当代中国文学书馆
dangdaizhongguowenxueshuguan

落笔成河

陈修远 著

中国文联出版社

图书在版编目（CIP）数据

落笔成河 / 陈修远著 . -- 北京：中国文联出版社，
2020.7（2023.3重印）

ISBN 978 - 7 - 5190 - 4306 - 3

Ⅰ.①落… Ⅱ.①陈… Ⅲ.①散文集—中国—当代
Ⅳ.①I267

中国版本图书馆 CIP 数据核字（2020）第 112628 号

著　　者　陈修远
责任编辑　李　民　周　欣
责任校对　毛帅朋
装帧设计　中联华文

出版发行　中国文联出版社有限公司
地　　址　北京市朝阳区农展馆南里 10 号　　　邮编　100125
电　　话　010 - 85923025（发行部）　　　85923091（总编室）
经　　销　全国新华书店等
印　　刷　三河市华东印刷有限公司

开　　本　787 毫米×1092 毫米　　　1/16
印　　张　19.5
字　　数　360 千字
版　　次　2023 年 3 月第 1 版第 2 次印刷
定　　价　89.00 元

上苍给了我们生命，我们用奉献去拥抱。

——泰戈尔

序

丁荫楠

本书作者向丁荫楠导演赠送书法作品

　　修远同志抱着一摞厚厚的书稿，来请我为他的这本散文随笔作品集作个序，缘于平日对他的了解，我欣然应允了下来。

　　黄河是中华民族的母亲河，经过亘古不息的流淌，孕育出了世界最古老、最灿烂的文明，所以他有得天独厚的地域文化优势；儒家文化是中国传统文化的经典代表，所以他有着对民族传统文化深深热爱与追求的情结。修远生长于山东省青岛即墨一个海边渔村，在他的心里，那里是一方滋养他的文化沃土，他孜孜不倦地汲取着文化营养，丰富的精神食粮让他获得了极大的满足。他自幼独擅文字，学生时代勤奋刻苦，在文学创作和书法艺术方面，深受班主任老师、后有"即墨太史公"之称的韩乃桂先生的影响。在信息封闭、书籍匮乏的时代，韩老师依然想方设法助他博览群书，夯实基础，他广泛阅读经史子集，世界名著等均有所涉猎。当年韩老师那不足十平方米堆满书籍的小宿舍，成为少年时期最吸引修远的知识大世界。

　　修远青年时在当时的即墨市先后从事新闻宣传、党委秘书、群众文化等工作期间，从博览群书的蓝恭珊、下笔有神的周怀英等领导身上，学到了更多的为人、为学、为书、为官之道。后来，经过长春电影制片厂一年的电影文学创作学习，先后发表电影文学剧本《被泪水打湿的红纱巾》《爱如秋日阳光》《天马栈桥上空的玫瑰》，并采写了大量的新闻作品，分别在《人民日报》《农民日报》等报纸杂志发表，在山东人民广播电台、青岛人民广播电台等广播媒体播出。正是这一时期，他出版过长篇小说《风雨飘摇》，发表过近二十万字的散文诗歌，搜集整理并出版宣传家乡的民间故事集《钱谷山的传说》。

"路漫漫其修远兮，吾将上下而求索"是伴他一生的座右铭！修远有幸生长在孔孟之乡，有幸半生没有离开文字和文化，是中国五千年优秀的文化把这个农民的儿子熏陶成了一个文化工作者。从这些文章里不难看出修远是一个耿直不阿、胸襟广阔的人，山东汉子的正直与忠诚，潇洒与率真，在他身上体现得淋漓尽致。正是缘于他的性格，使得他的文章和书法才显得冷峻挺拔、潇洒大气。

修远现居北京，除了担任央视节目撰稿人和央视微电影频道副主编外，还在北京多家书画机构任职，带领书画艺术家们不辞劳苦地到全国各地进行书画艺术展和联谊交流活动，深受前往单位的领导、艺术工作者、书法爱好者的热烈欢迎。他诚恳地对我说："我一直这样想，文化，就需要服务于社会发展和经济发展，不断传递正能量，这才能够体现出文化搭台、经济唱戏，这样才能更好展现出文化的魅力，体现出文化的价值！"在一次企业家和书画家的联谊活动中，他现场为河北春泽农业科技有限公司创作的长达三十二行的嵌字诗，只用了不到十分钟的时间就一气呵成，旋即洋洋洒洒以书法表达出来，令全场观众惊羡不已，大家不由得被他深厚的文化底蕴和书法的功力所折服。修远先生曾在一个大型商业促销活动中短短的一个多小时内，一口气连续创作嵌字书法作品十多幅，为企业订货量创下新高，同时也将他的嵌字书法艺术表现得淋漓尽致。

几年来，他创作各类嵌字书法作品三百余首（幅），很多喜爱书法的领导、企业家、艺术名家等都收藏有修远的嵌字书法作品。有着"中国嵌字一绝"之称的修远，能够短则一分钟多则几分钟之内即席创作"句句祝福、行行颂扬"传递一股正能量的嵌字诗，并现场用书法形式表达出来，不能不令人拍案叫绝！

修远从来不只拘泥个人的发展，他的心中有一份厚重的社会责任感和使命感。作为一个中国传统文化的挚爱者、弘扬者和传播者，作为一个艺术家，他总觉得能为祖国优秀传统文化走向世界、走进世界人民的心里而做些事情，是自己毕生的追求；作为一个共产党员，能够通过自己的努力和成就，为家乡和全国各地信息资源对接，为家乡和地方的发展做一些力所能及的事情，何尝不是他最大的心愿？

　　好吧，就让我们一起走进这部《落笔成河》，一起去感受他的家乡之美，一起去领略祖国文化之美，一起去探究修远同志深邃广博的内心世界吧！

　　是为序。

丁荫楠

（中国文联原副主席、中国电影家协会原副主席、著名电影导演）

3

目录

第一章　乡韵乡愁

第三章　四海放歌

第四章　馥郁人生

LUO BI CHENG HE

乡韵乡愁

一抹乡愁寄春雨

"床前明月光，疑是地上霜。举头望明月，低头思故乡。"

无论是李太白的静夜之思，还是白居易的"望阙云遮眼，思乡雨滴心"，还是高适的"故乡今夜思千里，愁鬓明朝又一年"，读来总是让人感到一股幽远的思情弥漫在心头。那份情真意切，借月借雨借霜鬓，给无形的乡愁添上了有形的翅膀，让人别有一番滋味萦绕在心头。我想，只有远离家乡的人，心里才会有一抹挥之不去且越来越浓的乡愁吧。

真的呢，直到几年前我也远离了故乡，才懂得了什么叫乡愁，才真正读懂了古人那份发古幽思绵绵不绝的乡愁。每次与家乡临别时，我总是用一双留恋的目光抚摸着清清的墨水河，抚摸着即墨古城的青砖灰瓦，抚摸着蓝色新城梦幻般的天空，抚摸着亲朋好友的火辣辣的情谊，抚摸着家乡的青山绿水一草一木，然后含泪转身依依惜别。

在我心里，乡愁是生我养我的那一方土地。我还在母亲腹中孕育的时候，就已经在吸吮着家乡土地的营养，钱谷山的灵气，海风送来的带有海腥的空气，还有家乡的风物家乡的人情，都已经在潜移默化地影响着我的生命，我从呱呱坠地的瞬间，就已经和这块热土结下了不解之缘。后来的日子里，纵然是千山万水天高地远，家乡的情愫如同一粒千年红豆杉的种子，就这样深深地深深地种在了我这听着柳腔长大的孩子的心里，于是，我也就对家乡的一山一水一草一木一亲一友，多了一份牵挂，多了一份深深的眷恋。这份牵挂和眷恋，日积月累间，便生成了这样一抹沉甸甸的乡愁。

在我的心里，乡愁是那山村里的袅袅炊烟，从故乡的村庄里悠悠升起，东家的饭香串到了西家，南家的菜香串到了北家，就这样轻轻地旋转着，就这样袅袅飘移着交织着，你中有我，我中有你，那古朴的村庄和淳朴的乡亲啊，就这样笼罩在了这祥和安然的炊烟里。祥和的烟雾笼罩里，一群骑着"高头大马"的野孩子奋力厮杀在一起，喊杀声吓坏了墙角踢毽子跳方格的女孩子，她们稍一愣神，转身带起一片白白的烟雾，躲到另一个角落去了。宛如心中情思一样的绵绵炊烟，蒸腾着，飘荡着，交织着，缠绕着，于是便汇聚成了萦绕在我心头上的那片故乡的云。

在我的心里，乡愁是那山村村口的一眼老井。清晨，趁着下田前挑水的乡亲，吱吱呀呀挑着水桶，踩着薄薄的雾，放下那长长的井绳，打乱了平静的水面，于是，村庄便如同这井里的涟漪，荡漾起来了。挑水的人们穿梭往来，嘻嘻哈哈打着招呼，这时，谁家打开了街门，扑扑楞楞放出了白鹅灰鸭，东胡同的和西胡同的鹅们鸭们会面了，竟也学着乡亲的样子，努力地伸长着脖子，咯咯嘎嘎亲昵地打起招呼来了呢。夏天，等到井里水涨的时候，趴在井口往里看，平静的井水就像一面镜子，清晰地映照出自己的模样。那一眼如镜般的水井啊，映照过了村里一个个男女老少的脸，当我的脸也叠映在这面镜子上的时候，我忽然感到原来我就是照着家乡的样子，长成了现在的模样。

在我的心里，乡愁是那田野里的一场春雨，亲吻着口渴了一个漫长冬天的麦苗，在这窸窸窣窣的春雨中，山野村庄融成了一幅静谧的山水画卷。匍匐在雨天的地堰边儿上，耳朵贴近湿润的土地，看着晶莹的水珠挂在片片麦芽，倾听着大地和天空的对话，倾听着喝饱了水的小麦舒展着腰肢轻轻拔节的声音，醉心吸吮着空气中那豌豆苗儿的清香，心坎里总是长出无比的惬意、无比的喜悦。一阵风儿吹过来，我不禁抬起头来，在我眼前仿佛出现一个身披蓑衣的老农，站立在温润的天穹之下，高擎着一只水桶，咣咣地敲打着，粗犷的声音在这细细的春雨中传播得那么悠远：吼！吼！吼！天上下麦子喽！天上下粮食喽！

乡音在耳，乡愁在心。

这场细细的春雨，不知会勾起多少游子怀乡的离愁。

岁月已是知天年，白首离家远，

一抹乡愁在心间，夕阳山外山。

　　如果说余光中的乡愁，是一枚窄窄的邮票，席慕蓉的乡愁是一棵没有年轮的树，那么我的乡愁，就是那淅淅沥沥的一场春雨，尽情滋润着家乡春天的泥土，让大地丰收，也滋润着我的乡愁，永不老去……

三月荠菜美煞人

阳春三月好风光，草长莺飞踏青忙。桃花梨花漫山坡，马山脚下荠菜香。

我这人似乎特有女人缘，连生孩子都是生一堆小姑娘，难怪当时在即墨工作时同事们都说我长着一副丈人脸，呵呵，看上去一点都不错呢。

在家乡工作时，几个同事周末前商量周日一起去马山踏踏青，顺便挖一些荠菜回来吃，我首先响应。到了周日，当我骑着车子来到聚集地建行大厦的时候，我却见等候在那里的五六个人是一色的"三八部队"。见我来了，大家说一声："走了。"我说："人还没到齐呢。"档案局王成先局长的夫人春花嫂子说："有你在，他们就不用来了。"这是什么话？我掏出手机一通电话，对方回答就像商量好了一样："恁（即墨方言，你或你的）嫂子听说你去，不让我去了，说有小陈在就不用我了。"最后还统统补上一句："恁嫂子待你比我都亲呢。"这都是什么人呀？分明是凑成堆打扑克，把这么一群如花似玉般的嫂子甩给我了。好吧，反正下雨天打孩子——闲着也是闲着，说走咱就走。在一群美女当中，我俨然就是一个大将军，高喊一声："马山，走起！"几辆自行车的车轮便向着马山方向飞转了起来。

三月的马山，在蓝莹莹的天下，显得格外清晰，那青煦煦黄幽幽的石林，纵横交错的褶皱间刻画着春天的轮廓，山坡上的桃花，在美丽的太阳下露出了粉粉的笑脸，似乎替我这"娘子军连长"感到害羞似的，随着微微的风直向我扮着狡黠的鬼脸，有的竟然忍不住笑弯了腰呢。山下面，随便找一块青油油的麦田，都会长着很多嫩嫩的肥肥的荠菜，于是，那群女人如同黄莺一般地落到田野里，叽叽喳喳鸣唱着醉美的春光。

漫坡的荠菜，在阳光下一棵棵显得油亮亮的，煞是喜人，不一会儿的工夫，我就挖满了塑料袋。眼睛瞄一眼那几块（即墨方言，个，有点蔑视的意思）女人，一个个简直不是出来挖荠菜的，歪着头喋喋不休东家长西家短，嘻嘻哈哈，一边挖，一边抖擞着泥土，也顾不得平时居家饮食的干净，把一棵棵荠菜咔哧咔哧填进嘴里，那吃相，吡，不敢看了，埋汰着呢。再看看她们手里袋子里那一小把可怜的荠菜，都不够她们自己现吃的，让我都不好意思把自己挖的荠菜带回家。

荠菜是鲜的。记得小时候放学回家，看到母亲挖回了荠菜，我会忙不迭地拿一摞地瓜干，抓一把母亲择好的荠菜，尤其是趁母亲不注意偷上一把生花生米，把地瓜干荠菜花生米塞满口，嚼起来满口的那个清那个脆那个香啊，到现在回想起来都会情不自禁地流下一串串的口水呢。那个时候，野菜掺上一把黑面是用来充饥的，因为漫长的春天正是青黄不接的时候，家家户户的女人们都会趁着暖洋洋的春光，到田野里山沟里挖回各种各样的野菜回家蒸饭。苦菜和荠菜是最为金贵的，用苦菜炒个鸡蛋，用荠菜烧碗汤，是要先给堂上老人尝鲜的，我们这帮光着屁股光能吃不能拿的小厮，只有眼睁睁看着爷爷奶奶尝鲜，往肚子里咕咕咚咚咽口水的分儿呢。

荠菜是美的。现在挖野菜是一种生活时尚，是农村向城市炫耀的浓浓的时尚。春花嫂子不愧是出了名的心灵手巧，你看她几棵荠菜，淋上一个鸡蛋，那绿绿的汤儿便荡漾起了生活的春意；几棵荠菜，摊出一张张薄薄的小饼，蒸腾着多少圆圆的和美。她调的荠菜饺子馅更是一绝：把荠菜洗干净，不焯水连根儿细细剁碎，再剁上一小块白菜，切一刀韭菜茬儿，掺上五花肉，细细地包起来，一个个圆鼓鼓可人的小饺子，在滚开的锅里翻腾起来的时候，那白白的饺子皮透着绿色，那诱人的鲜美，就随着蒸腾的白白的热气飘荡了出来。天哪，煮这样的美味可千万把窗门关紧了，要不然非引得那天上的地上的中间飘荡的什么什么流着满嘴哈喇子飘进来不可。

饺子上桌了，我抓起一个就塞进嘴里，烫得我咽咽不下去，吐吐不出来，两只眼睛那滚滚的泪水犹如三江四海滔滔不绝。春花嫂子大大的眼睛瞪了我一眼：你这人真是，难不成这辈子你是馋死鬼托生的呀……

三月里来好风光，
漫坡漫岭哟荠菜香，
长长的路儿啊载上我吧，
载着我怀揣着满满的乡情啊，
阳春三月哟回家乡……

五月端午艾蒿香

　　从马山后面太阳能小镇的华盛农庄出来，小闫问我多久没去游览马山了，我说大概要有十四五年了，于是，小闫二话没说，就拉我进了马山的深处。一路之上不断看到有人抱着艾蒿下山，我这才想起后天便是端午节了。

　　在我的老家即墨，五月端午这一天，家家户户是要在屋檐和墙角插上艾蒿的。

　　五月端午是重午日，在古代是被看作"毒日"的，因为这一天是春夏之交的日子。每年春夏交替的时候，空气就会变得潮湿，瘟瘴之气容易蔓延，蝎子、蜈蚣、蛇、壁虎、癞蛤蟆等"五毒"都从五月五日开始滋生。艾蒿就是夏天"驱毒避邪"的首选之物，所以这天的取艾蒿还是很有讲究的呢，一定要鸡叫二遍的时候出门，鸡叫三遍的时候回来。

　　所以五月端午这天太阳还没冒红的时候，村儿里的男人们就会拿着镰刀，到野外借着露水儿割回几捆绿蓁蓁灰茵茵的艾蒿，趁着麻麻的天色，除了把一些连根拔起的艾蒿插在街门口和屋檐下之外，还把割回的艾蒿仔细晾晒在院子里。我的父亲在抗美援朝战争中被美军的炮弹炸掉了一条腿，哥哥当兵在外，所以每年五月端午清晨割艾蒿的事情，通常就落到了我母亲的身上。

9

　　母亲在端午的前夜，通常是不睡觉的，上半夜煮糯米蒸糕包粽子，下半夜就坐在炕的一角，就着昏黄的油灯，用提前准备好了的五色线，认认真真地编"五索儿"，然后趁着我和姐妹还在睡梦中的时候，轻手轻脚地给我们戴在脖子上和手脖脚脖上。"五索儿"是一定要戴到五月端午后的第一场雨的，下了第一场雨的时候，母亲就会把我们身上的"五索儿"轻轻解开，带我们来到河边，把它们一条条放进河水里，让它们随着流水蜿蜿蜒蜒漂向远方。母亲在这个时候，就会轻轻唱起一支儿歌："五索儿五索儿漂漂，河水河水摇摇；五索儿五索儿游游，龙王龙王收收。"看着它们随着河水远去，看着"五索儿"没有缠绕在一起，于是母亲就笑了。我问过母亲为什么要戴"五索儿"云云，母亲笑着跟我说："小孩子戴'五索儿'好养活，长大了没病儿没灾儿呢，放到河里不缠绕，一条条让河水带到大海里，就说明你们兄弟姐妹会和睦相处，万一哪一根儿'五索儿'让龙王收到了，那这个孩子将来就会大有出息哩！"看着母亲那充满憧憬的样子，我的心里常常想啊：我的那根会不会让龙王收到呢？

　　鸡叫二遍的时候，大概也就是三四点钟的样子，母亲收拾好镰刀和绳子，把大姐二姐轻轻叫醒，每人手里塞一条小花手绢儿，要顺带着她们俩到田野里"拉露水儿"呢。我睡觉也是很警醒的，于是也跟着母亲和姐姐们一起走进灰麻麻的野外。姐姐们和她们的女伴儿们"拉露水儿"，我就陪母亲一起拔艾蒿。"拉露水儿"是少女们干的营生，尽管老家的女人们还没有浪漫到"五月五日，蓄兰而沐"，但是这天的露水可是能让女子们心儿明眼儿明，用沾满露水的小手绢儿擦了眼，将来会找到一个好对象好人家呢，而且这条小手绢儿一定要晾干保存好，直到有了心仪的人儿，找个机会羞羞答答塞给人家，于是，人世间便又会成就了一段好姻缘呢。妈妈人缘特好，经过的人们都过来和她打着招呼，这个三婶子，那个三嬷嬷（奶奶）的，不亦乐乎。附近弯腰割艾蒿的，总是时不时地在不经意间，把自己手里的艾蒿放在母亲的艾蒿堆儿上……

　　五月端午活正忙，豌豆麦子上了场。割回的艾蒿晾晒到大半干的时候，父亲和母亲就利用晚上的时间，就着银亮亮的月光儿不间断地编织着艾绳，一边编一边给我讲五月端午插艾蒿的故事，我才知道原来插艾蒿也有故事哩。说是永乐皇帝扫北到了即墨地儿，有一天无意间看见一位妇女背着一个大孩子、牵着一个小孩子拼命地逃跑。那小的孩子跑不动，呜呜直哭。这种扶强凌弱的反常情况，勾起了永乐的好奇心。他快马加鞭越到前面，截下那妇女问："你为什么背着大的，却让小的在地上跑？"那妇女泣曰："听说永乐扫北要来了，得让这个大孩子活下去，因为他是前婆生的。这孩子命苦，他妈生他的时候就死了。那小的是我自己亲生的，宁肯舍弃亲生的孩子，我也得保护好前窝的孩子，不能让人说我是个偏心眼儿的后妈。"永乐听后不免动了恻隐之心，他说："念你心眼儿好使，我不杀你一家人，记得回去在你家的大门口插上艾蒿。"又转身让随从传令全军，凡遇到门口插着艾蒿的人家，不得进屋打扰，违令者格杀勿论。那妇女回村后，急急忙忙告知乡里乡亲，说永乐不杀插艾蒿的人家，大家争相效仿。永乐的大军过境时，那天正好是五月初五，所有插艾蒿的人家都幸免于难。后来，这个村子就被叫成了"留村"（即墨城东，现为大留村）。后来我知道，尽管这只是一个民间故事而已，但是里面却蕴含着一个启示一代一代的人们弃恶扬善的深深的道理呢。

一根根长长的艾绳，一圈圈缠绕在晾晒衣服的铁丝上，一圈圈地堆放在屋檐下，没几天就晾晒得干干的了。这时候的蚊子特别多，于是，家里家外大街小巷里，在这夏天的夜里，点燃的艾绳荡起了白白的烟雾，那浓郁的香气便弥漫在了整个村子，蚊子等虫子们只有躲在远远的地方。看着满街满胡同满院子的人们，或躺或坐，或歪或卧，摇着蒲扇喝着钱谷山自生的"豆瓣茶"，说着书儿讲着古儿，拉着一天劳动的快乐，袅袅艾烟中，飘荡起了简单生活的幸福和快乐。

写着写着，一阵蒸腾的艾烟，出现在了我的面前，一股浓郁的艾香扑鼻而来。我知道，那是故乡端午节的艾烟荡进了我的心里，故乡那绵绵的艾香，又飘在了我的心间……

小麦开镰

学生马良旭给我打电话，说他在即墨华山三路与蓝鳌路交叉处做了一个叫"快捷快递"的新公司，生意很不错，我听了不免心里高兴。良旭问我："老师，最近回来吗？"我说不了，眼下应该是忙碌的麦收时节，我回去是个闲人，加上老家割麦子的时候最累，就不回去添乱了。良旭听了哈哈笑了起来："割麦子累什么呀？老师，我这样跟您说吧，现在说农民割麦子穿着西服打着领带一点都不是夸张，大小联合收割机轰轰隆隆满地跑，农民连地头儿都不用去呢！"

听了良旭的讲述，我的心里不禁激荡澎湃了起来，这才离开农村几年的光景儿呀？于是，一幅"车闹人欢溢田畴，丰收喜悦漫坡流"的壮美的画面浮现在了我的面前，也把我的思绪拉回了我的童年……

清晨一阵起床号嘀嘀嗒嗒响起，紧接着街头儿就响起了急促促的哨子，于是，黑压压的人们就拿起已经磨得白亮亮锋快的镰刀，齐刷刷来到了队部。牛车马车全副武装，生产队里的那台"东方红"拖拉机，也突突突突很有节奏地轰鸣了起来。队长和队里干部们已经提前考察估算好了开镰的地片儿，于是，趁着这灰麻麻有些湿气的清晨，简单地给各生产组分配好任务，人们便兴高采烈地跟着各自的组长，蜂拥到了金耀耀的希望的田野……

地头儿上，大家望着如同海浪般涌动着的成熟的小麦，丰收的喜悦撞击着一个个宽厚的胸膛。汉子们蹲在地头儿，掏出荷包儿，按满一斗旱烟，狠歹歹（猛）吸下一口，高声大气地说着话儿，似乎心里的花儿都要开了呢。女人们是负责捆麦子的，聚在一起薅来几铺儿长得高高的麦子，一边嘻嘻哈哈说着自家的和听来的笑话，一边麻溜溜地打着捆麦的绕子。女人们满嘴的笑话儿几乎离不开裤腰带以下的，惹得旁边的汉子们一阵阵哄堂大笑，女人们更是笑得四仰八叉，泪水都笑满了脸哩。女人们的绕子打得差不多了，就喊："别吃（即墨方言，抽）烟了，快点干活。"男人们不屑地瞅一眼急不可耐的女人们，慢条斯理地来一句："急什么？抬轿的不急把嫚儿急得。麦子掉头儿三袋烟，这才不到两袋呢。"

麦子掉头儿三袋烟，其实那是汉子们"临战"之前在暗暗铆足了劲儿呢。

组长把哨子含在嘴里，嘁嘁嘁几声清脆的哨音响起，接着组长像是对着长天对着旷野一般，扯起粗犷的嗓子高喊一声"开——镰——喽"，于是，一片镰刀割在麦秸上的嚓嚓的声音，便此起彼伏混响在了广袤的原野。汉子们一蹲一起就是一大片割倒的麦子，女人们一起一伏就是一个汉子般粗壮的麦垛，牛车马车驮起了一个个小丘儿，拖拉机载满了一座座山包儿。田野里，道路上，牛儿马儿欢快地打着招呼，男人女人不时地来个半荤半素的段子；场园上，麦子堆成了一座座小山儿，脱粒机野马一般吼叫声里，一堆堆黄澄澄金灿灿的麦粒儿，刹那间就晒满了大大的场园。没有结婚的小光棍儿可是不敢乱说话的，说不相应，那些不论裤子不论袄的中年娘们儿就会把他摁倒在地，解开裤腰带儿，给他把裤裆塞满刚脱下的麦糠，让他三天三夜都抖搂不干净呢。

颗粒归仓，寸草归垛。我们那时候，最快乐的就是放了假跟在大人们屁股后面拾麦穗儿，一穗穗儿捡起，一把把儿捆好，一堆堆儿码在一起，等着大人们的表扬，等着牛车马车拉到在生产队的场园上。麦收结束了，生产队就会买回一些厚厚的本子和一支支油亮亮的钢笔，细心的队长特意安排在本子封皮儿上印上"三夏生产做贡献"，然后和学校联合起来开上一个表彰大会，让我们光光荣荣地上台领奖，光光彩彩地回家向爹娘报喜，光光荣荣地满大街向小伙伴儿们炫耀呢……

良旭在电话那头儿说："老师回来吧，回来我带你去感受一下咱老家现在怎样割麦子，你都不知道，现在城里的美女们都跑到乡下来体验过去割麦子的生活呢，来农村感受一下过去拖腔拉腰割麦子，都成了时尚了哩！"

哦，生活的时尚无处不在。当生活以快节奏走向现代化的时候，人们返璞归真的追求就会越来越强烈起来，那些已经或即将消逝的东西，便会成为一种别样的时尚，给人们带来一份回味，一份留恋，一份珍藏。

小麦开镰，收割一个丰年，收割一个希望，麦收之后，紧接再来一场好雨，我的父老乡亲又会播种下一个新的希望。

啊！我的家乡，在希望的田野上……

父亲带我下坊子

　　从革命老区梁沟回到邯郸城里的宾馆，已经是午夜时分，我脑子里闪现出当年八路军梁沟兵工厂保卫战的烽火连天场面，心里久久难以平静。好不容易静下心来写下这个标题，握着手机，却一时不知该如何写起。

　　我的父亲十四岁的时候，就给地主家打短工，冬天农闲时，就干起了给地主家放猪的营生。那时候的冬天，也不知道为什么总是那么寒冷，凄厉的北风狼嚎一般掠过，父亲赶着七八头猪在荒山野岭，穿着破烂的几乎没有棉花的棉袄，赤着双脚，抄着手儿，就像一只在凛冽寒风中瑟瑟发抖的麻雀。父亲十六岁那年冬天的一个晌午，奶奶拄着棍儿讨饭回来的路上，看到父亲冻得龇牙咧嘴的样子，两行清泪便挂在了奶奶那饱经风霜的脸上。泪眼婆娑的奶奶忽然看到一头猪拉了一泡粪，下意识地扔下拄着的棍儿，放下有着一把可怜的地瓜干儿的篮子，跑到父亲身边蹲下身来，抓起父亲那肿得如同两个大饽饽的脚，使劲儿地往猪粪里塞，于是，一股热流从父亲的脚上传遍了全身……奶奶嘱咐父亲，天擦黑的时候就早点儿回家，父亲紧咬着嘴唇，点了点头……就在那一天傍晚的时候，父亲被突如其来的国民党兵抓了壮丁，拉到了青岛汇泉湾修起了工事，接着又在解放军猛烈的炮火中，被迫直接穿上了国民党的军服，不久就

15

退进了北京城……

　　傅作义将军起义后，起义部队编入了解放军序列，一年多以后，抗美援朝战争爆发，父亲随着部队第一批雄赳赳气昂昂地跨过了鸭绿江。父亲是炮兵，在板门店一次保卫战中，因为没有及时移动炮位被美国鬼子的一颗炮弹炸掉了右腿……

　　父亲从小没有读过书，负伤转到后方以后，喜欢上了学文化，尤其是珠算，噼里啪啦一顿拨打，直打得全连队为之叫绝。退伍回到老家，村里安排父亲做了大队会计，于是，老人家整天乐此不疲，拄着拐杖去办公室，摇着三轮车到田间地头分粮分草。父亲天生幽默，他走到哪里，哪里就会绽放出一张张欢快的笑脸。

　　在我七岁那年秋天，我和刚本等几个小伙伴在村南崔家河口捉鱼，往回走的时候，为了避让生产队拉绵槐条子的驴车，我一下子滑倒在地，赶车的人一惊，赶紧大声呵斥牲口停下，也不知怎的，那头大叫驴哇哇叫了两声，竟拖着一车浸泡了的绵槐条子从我的肚子上碾了过去，当时我连气儿都没有了。赶车的人抱起我就大呼小叫地赶到村里的卫生室，爸爸闻讯也赶到卫生室，看到吓得脸色发白的赶车人，就拍了拍他的肩膀宽慰他说："今天的事我知道，没你的事。生死由命，福祸在天，你该干吗干吗去吧。"后来，我也不知道怎么回事，就迷迷瞪瞪活了过来。后来很久一段时间，我一直感到肚子疼，父亲就摇着他的三轮车载着我去了公社卫生院。

　　公社卫生院在公社驻地东皋虞，斜对面就是供销社饭店。我躺在输液床上打着吊针儿，供销社饭菜浓浓的香味，一个劲儿往我的鼻孔里涌，勾得我肚子里的馋虫一个劲儿地钻动，浑身上下从里到外一阵阵地难受。打完针，我跟父亲说肚子饿了，父亲看看我又看看对面的饭店，终于做出了一个重大决定："走，爸爸带你下坊子（饭店）。"进了饭店，父亲要了一碗猪肉白菜一个香喷喷的馒头，说了一句："吃吧。"我说："您先尝尝。"父亲把脸偏向一边，轻轻说了一句："我吃过，都是你的，撒泼儿吃吧。"父亲的话音刚落，我就迫不及待地风卷残云一般吃将起来。

　　那个年代，不用说普通老百姓，就连村里的公社的干部都对饭店望而却步。现在想想，那时候的饭店也没有别的好吃的，无非就是大锅菜烧锅酒，主要消费对象是外地在大集上卖东西的人，因为要等到散集，加上回家路远，就在饭店花上个一两毛钱，来上一碗大锅菜一茶碗儿烧锅酒，吃完饭再包上一个或两个馒头，带回家给老人……

　　这是我平生最幸福的一顿饭啊！碗里漂着一层晶晶亮亮的油星儿，好几块儿肥肥的肉儿掺在切得细细的白菜丝中，显得格外出眼，格外诱人。饭店里的馒头圆圆的白白的，轻轻一闻，一股浓郁的香气就会扑鼻而来，不消几口，一碗菜一个馒头就被我消灭了。我抬头看了一眼坐在对面的父亲，这才发现父亲正暗暗看着我，他的眼光里除了疼爱，分明透露出一丝馋意，看见我吃得光光的碗，父亲咕咚一下咽下了一大口口水。

饭店经理韩叔叔缘于对革命功臣的敬仰，亲自端了一碗菜汤和一个馒头，默默给父亲放在面前，父亲端起汤递给我，我忍着馋又推送给了父亲。父亲慢慢端起汤，心情复杂地一口一口喝了下去，最后，掰了一小口儿馒头，把碗底碗边儿擦得干干净净，一口填到嘴里，仿佛嚼海参一般，品着，咂巴着嘴。吃完了，父亲跟韩叔叔要了一张包桃酥的纸，把剩下的馒头一层层仔仔细细包好，揣进上衣口袋，又轻轻拍了拍，说了一句：带回去给你妹妹……

事隔四十多年了，想起父亲带我下坊子，我就会情不自禁地流下辛酸的泪。

现在尽管日子好了，但是当父母的依然是不舍得吃不舍得喝，把最大的幸福留给子孙，让子孙们感受到长辈的呵护，每每想起这些，我这个做儿子的，总会有许许多多的歉疚萦绕在心间……

拳拳父母心。愿我这份还不算迟到的父亲节的礼物，能够把天下儿女给父亲的亏欠和祝福，带给他们，抚慰他们。

养子方知父母恩！

梧桐花儿开了

　　高铁列车穿行在黔东南山区，一路上尽管层峦叠翠，但是由于隧道一个连着一个，我禁不住情绪低落，放倒座椅仰靠着，很快便有一股睡意漫过，昏昏然竟轻睡了过去。

　　接近贵定的时候，列车广播声把我从浅浅的睡梦中拽了回来，惺惺忪忪睁开了眼，半梦半醒透过车窗往外扫了一下，忽见两峰之间开阔地上，散落着一个村庄，村庄的上空被一团紫云裹罩着，几只羊儿很悠闲地游荡在傍晚村头儿的草地上，几个农民样子的人从山梁子上，慢悠悠向着村子走去……一幅农村田园的恬静的画面，就这么从我的眼里印到了我的心里。那一片紫盈盈的花儿呀，使我不禁惊讶了起来，难道凌霄花儿在贵州是这个季节就盛开了吗？旁边陪同我一同去从江的遵义朋友告诉我说，那片紫云是梧桐花。

　　梧桐花？我的思绪就像这风驰电掣的列车，旋即回到了我那儿时的老村庄。

　　小时候的故乡，几乎是青灰色的。青石头墙灰色的泥瓦，青石块儿铺成的街道青石胡同儿，就连满街进进出出的男男女女，在这个季节身上穿的衣服，也是青褂青裤灰衫灰袄，唯一能够把青灰色的村庄染上颜色的，除了蓝天白云，就是满村满街满胡同儿的梧桐，那绿绿的阔叶儿，那紫盈盈粉嘟嘟的花儿，把村子装扮得春意荡漾，清香迷醉。

我们家的老屋原是一座地主的宅院。解放后，因为父亲在抗美援朝战争中，被侵略者的炮弹夺去了一条腿，成了革命功臣，于是村子里就把这处宽宽敞敞的宅子分给了我们家。因为院子很大，母亲便在五间正屋左手边的整个院子三分之一的地方，费了好大的气力，一块块挖出铺在地上的石头，整出了一块足足有二分地的地方，栽上了一片梧桐。我歪着头儿看着一头汗水的母亲，问："妈，你栽这么多梧桐干吗呀？"母亲顺势用手背揩一下额头上的汗水，笑着对我说："等你长大了盖新房当檩梁，打箱做柜给你将（娶）媳妇用呀。栽下这片梧桐树，到时候给咱老陈家引进一个漂漂亮亮的金凤凰呢。你长大了，小梧桐树就长大了。"

母亲是村里出了名的勤快人，更是一位心怀三春之暖的好人。院里的梧桐花开了一茬又一茬儿，梧桐树也伐了一茬又一茬儿，每茬树伐倒，母亲就和父亲商量，村里好多人家儿大女大，用木料的多，谁谁谁家已经打了招呼要借木料用，就等树桩干了以后，让我大姑父过来截成板，让人家来取。那时候，小孩子的我就喜欢大姑父来我家。大姑是我唯一的姑，大姑父和大姑都是那么恩善（即墨方言慈祥和善的意思），大姑父每次来都会给我和玩伴们做一些手枪冲锋枪什么的，而且还能跟着大姑父吃上一些好菜好饭。木板借出去了，我从没看到有人来还，也没有看到父母跟谁去索要，只看到我们家里每天人都很多，尤其冬天的时候，炕上炕旯晃里一大堆人，大家抽着旱烟袋卷着纸烟，烟气缭绕中，欢声笑语弥漫在大伙儿的脸上，弥漫在整个屋子里……

黔东南的梧桐花儿开了，我老家的梧桐花儿也开了吗？

梧桐，落地生根，贫瘠中快速生长，就如同淳朴的农民，生处不嫌地面苦，不怨天不尤人，不管生活多么艰难，不管环境多么艰苦，都和梧桐一样顽强而快乐地生长生活着，一代一代，一茬儿一茬儿，收获时就像梧桐花儿一样分享着喜悦和快乐，艰难时也像梧桐的根一般互相搀扶，一茬儿一茬儿，一代一代……

我老家的梧桐树啊，在这样一个美丽的季节，总是能给人们的心里裹罩上一团紫气，给人们带来鸟语花香……

一路向前

　　早晨一觉醒来，列车已经驶出了乌海，正向着银川奔去。这次来新疆，哈密方面落实航班的时候，我说还是乘火车吧，因为坐飞机除了眼底下的茫茫云海，什么也看不见，而当列车在祖国大地上滚滚穿行的时候，守在窗前，静静看着一幅幅山河壮丽的图画，心里会涌动起一股股情感，或壮怀激烈，或心旷神怡，或平静无波，或浪漫温馨。

　　忘了是谁说的，离家越远，思乡越深，这话说得真是有道理。人走的地方多了，走得远了，出行也就变成了习惯，每一次到一个陌生的地方，也似乎没有了特殊的新奇，只有到了地方，融入那里的友情和文化，才会产生如家般的浓浓的情愫。看着窗外路灯下灰白色的积雪，遥看着远处朦胧而因灯光闪烁不失美丽辉煌的城市乡村，我心里已然回忆起了青少年时的一些"出远门"的片段。

　　说起来你可别笑，我在中学毕业后到参加工作之前，到过的最远的地方，就是距离家乡不足百里的高密，连我心里一直向往的即墨城也就去过两回，第一次进即墨城竟然是"公费"。那是一九七七年前后，我被推选为当时的即墨县优秀少先队员，并作为代表光荣地参加了全县第一次少先队代表大会，那时候，我知道了即墨有个东方红广场，知道了墨水河，而且在那个追求"三转一响"（自行车、缝纫机、手表、收音机）的年代，知道了竟然有电视机这么个稀奇古怪的东西，以至于经常捧着作为优秀少先队员的珍贵的奖品《雷锋的故事》，回忆起即墨城的一幕幕。其实，在那个年代，因为交通条件和经济条件都不允许，尤其是受"生处不嫌地面（环境条件）苦，买卖（做生意）不如种田稳"的老观念约束，能够从村里去到县城的人，真的也不是为数很多呢。

写到这里，我忽然想起一个笑话。二十世纪八十年代初期的时候，因为改革开放的春风吹遍了神州大地，农村里一些有点木瓦工手艺的青壮汉子在农闲的季节，走出家门走进了繁华的即墨和青岛，有了农村和城市间的交流，也更让人们对城市的生活产生激情四射的向往。走出家门的青年人，因为受到了城市繁华的影响，思想显得格外活跃，加上那时候身怀木瓦技艺，对象特别地好找，如我这般肩不能担担手不能提篮之辈，似乎找个媳妇也是要找个人家挑剩了的呢。那个时候，年轻人对外面世界的向往，也有了"青岛那么大，我想去看看"的念想，于是，在那个年代，特别时兴去青岛旅行结婚，一对新婚小夫妻去青岛旅行结婚回来，家里街坊邻居七姑八姨众姐妹，便纷纷前来打问青岛结婚的感受，听着新娘眉飞色舞很骄傲的讲述，大家的脸上显出了极其崇拜的神色，说句过头的话，那场面，一点也不亚于现在的追星族看见了邓紫棋呢。在那个青岛旅行结婚如潮的年代里，有位小伙子临结婚前在岳父母和准新娘面前承诺，一定要去青岛旅行结婚。这消息很快就传遍了整个村子，从未离开过家门的姑娘，看着满街羡慕听着满街啧啧，心里甭提多高兴了，暗暗赞叹自己找了个能去青岛旅行结婚的如意郎。去青岛结婚，也是要花好几百块钱的，那时候几百块相当于一间大瓦房呀。新人旅行结婚回到娘家，满村的大姑娘小媳妇都闻风而来，听新娘子讲述青岛的美丽见闻。新娘子无限风光，神采飞扬，从青岛的街说到青岛的楼，从青岛的人说到青岛的车……讲得是眉飞色舞。有人问，青岛没有一点跟咱家一样的吗？新娘子扑闪着眼睛，想了想说：就一点和咱家一样，每天早晨广播喇叭里也说"即墨县广播站"……说到这里，我就想啊，在那个尚未开放的年代，有多少年轻人家里舍不得去青岛旅行结婚，又拗不过社会潮流和面子，才带着新娘子把到即墨旅行结婚说成是青岛旅行结婚，反正那时候女的不出家门也不知道。呵呵呵，再说了，反正大家都没出过什么家门呗。

现在好了，人们的腰包鼓了，思想观念解放了，尤其是大即墨的交通发达了，滨海大道穿行在一百八十公里绵延的海岸线，济青高速、青银高速、环湾高速、荣威高速……市乡公路织成了一张网，城市公交通到了全市农村的每一个角落，尤其是青岛地铁即将有如长龙穿遍大即墨，给人们出行带来了更大的便利。去年我回家乡，几个村里的老伙计高兴地说，以前种地交钱，现在种地给钱；以前街道就像日本鬼子的大皮靴，提不起来，如今水泥沥青路叫你越走越舒坦；过去出门骑着个自行车摩托还得借，如今好了，你看咱村几乎家家都有小汽车，走远道，一抬腿，不是公交，就是地铁，连高铁站咱即墨都有了。农民这算盼来了好光景了，这心也宽了，路也宽了……

是呀，政策好了，精神足了，日子越过越甜，邻里和睦，社会和谐，生活越来越好，走得远了，见识广了，道路越走越宽。我的家乡，正在如同滚滚不息的长江黄河，奔腾向前……

晨曦微露的时刻，前方恰好到达一个小站"惠农"，真好，那么也就让我用我们栏目的主题《一路向前》，来祝福家乡即墨和家乡亲人们，乘着这盛世好时候，撸起那袖子再加油。趁着太阳即将升起的时刻，我们一路向前！

故乡的老家槐

　　老家村里的干部请我为老家写点什么的时候，第一时间闪现在我脑海里的，就是那棵耸立在老村西北头的老家槐。

　　老家槐，是当年肖老太太嫁到臧村肖家第二天的时候亲手栽下的，或许生命中有许多与三界物十方灵相通的地方，这棵见证了臧村百年历史的老家槐，也陪伴肖老太太走过了一百多年的岁月。据说，肖老太太结婚的那天晚上，梦见一只仙鹤叼来一株小树苗，搁在了她婚房的门外。第二天她起床出门的时候，果然见到有棵小树苗横着躺在地上，跟自己梦中所见的几乎一模一样（其实，这棵小树苗是几个跟着大人闹洞房的小孩子扔在洞房门口的），她感到很诧异，跟公公把梦里的事情说了，然后在大门口栽下了它。从此，她天天浇灌，如同呵护着自己的孩子一样，呵护着这棵小槐树。

　　春天的时候，小家槐发芽了。肖老太太看着满树的绿叶，心里美滋滋的，似乎这棵树给她带来了无数的希望，就像树上满满的叶子，一片一片，密密匝匝，她满心的希望也充盈得密密匝匝。小树长着长着，长出了四个杈丫，于是她也拥有了四个壮壮实实的儿子。老太太每日里坐在树下，摇着纺车，给四个儿子说着《道德经》，说着天地玄黄宇宙洪荒，小槐树也每天感受着主人的智慧，如同她的四个儿子一样在母亲的温情和智慧的沐浴中，一天天成长起来。后来，老大走出家门，投入到了如火如荼的抗日战争，家里的三兄弟也在家乡分别投入到了土地革命和解放战争中。儿子们每当有了战功捷报，老太太便高兴得合不拢嘴，坐在树下对着这棵家槐——叙说。

在老太太九十岁的时候，我成了一名少先队员，并且担任了学校少先队的大队长，经常利用放学后和星期天组织队员们为军工烈属们打扫庭院挑挑水。那时候，每当我们做好事的时候，听着大人们的夸奖，看着红领巾飘荡在胸前，我们心里的那种自豪感和幸福感，就甭提了。来肖老太太家做好事的次数，可以说我是最勤最多的，这不单是因为老太太的家庭受人敬仰，也有一部分是源于自己的小小私心。那时候，我觉得老太太很有学问，她说起话来之乎者也别有一番味道，也就是从她的身上，我知道了人之初性本善，知道了大学之道在明明德，知道了老吾老以及人之老，更知道了多行善事莫问前程……后来，随着自己学识和人生阅历的增长，我慢慢对肖老太太的话，有了更深的体会和了解，才忽然发现为什么肖家的人们那么有学问，学问高得连他们家的狗都会念《三字经》（村里人们对肖家人有学问的一句赞扬的话），肖家的子子孙孙为什么都那么有出息，原来是缘于他们祖祖辈辈对传统文化的尊崇和传承啊。

老家槐，你荫佑的不仅仅是肖家的人啊！整个臧村在你的荫佑之下，百年来民风淳厚，民丰物阜，无灾无难，人才辈出。想起了老家槐，便想起了老家臧村的人们，于是，便有了这篇《臧村赋》：

华夏悠悠，神州泱泱，巍巍九皋，滔滔三江。天蕴灵秀，有村曰臧，地载五德，臧者即良。肖陈史马，三张五王，明时建庄，清朝褒臧。北枕钱谷，南接海洋，物华天宝，地灵人祥。人本良善，古道热肠，诚信为天，忠孝仁襄。古圣先贤，庇佑一方，合村一家，日月天光。大运天成，厚福天降，五谷丰登，四时瑞祥。欣逢盛世，改革开放，海不扬波，龙凤呈祥。温承天地，泉蕴百川，人才辈出，凌空翔翔。喜看古城，奇葩绽放，蓝色硅谷，沸腾海洋。轻轨若龙，通达四方，喜看明朝，天地辉煌。

春天来了，愿故乡的老家槐郁郁青青，愿故乡的人们郁郁青青。

难忘即墨地瓜话

  偶读贺知章"少小离家老大回，乡音无改鬓毛衰"，我的思绪，又伴着即将到来的元宵佳节，飞回了家乡，飞回了古老而年轻的即墨。

  有了亲切的乡音，也就充满了深入骨血的乡情。即墨的地瓜话（即墨方言），满嘴流淌着的是甜蜜的薯汁，满心荡漾着的是那香醇的老酒。看到一篇文章，随着普通话的普及和东西南北文化的融合，很多的方言已经消失了，方言也是中华民族的文化瑰宝，于是很多专家呼吁保护方言，而且上海、福建、江苏等很多地方已经用文艺和教育的方式，来对方言进行拯救和保护。读罢文章，心里感慨万千。是呀，方言在特定地域和特定群体中表情达意，有着丰富的特色和感染力，尤其是即墨的地瓜话，更是能够绘声绘色地把情感表现得酣畅淋漓，表达得让人们的心儿如沐春风。

  记得当初在家乡从事新闻宣传的时候，当时的《即墨时报》老社长董安荣先生说了一个关于即墨地瓜话的笑话：山东人民广播电台一位记者来即墨农村采访合作医疗成果时，采访到一位常年生病的老大娘，记者问起合作医疗对老人家带来了什么福祉时，老大娘高兴地告诉记者："唵唊来，恁（您）快败（别）说了，打从（自从）有了合作医疗哈，大队里的赤脚（jǔe）医生是见天（天天）

来起（给）俺看病，又是打针又是吃药（儿），也不用俺花个唧钱（不用自己花钱），恁快看看吧，于（如）今俺老嬷（儿）嬷（儿）的病，是好（儿）好（儿）好（儿）好（儿）的了。"好（儿）好（儿）好（儿）好（儿）的了，用普通话解释就是病已经全好了，可是即墨地瓜话所表达的是一个非常肯定的语气词，是普通话所远远表达不出的效果，它表达的是病已经好了，再也没有那么好了，而且永远也不会再犯了的深长的意思。当时那位记者写稿子时，就把好（儿）好（儿）好（儿）好（儿）这个语气词写了上去，还特地标注出了拖开的悠扬的长腔。到了电台播出的时候，一下子把播音员给憋死了，他跟记者沟通能不能改个词，记者说不能改，改了就没有语气效果了。于是，播音员就用普通话来读这个词，可是怎么读记者都觉得别扭得要死，因为它只有用即墨的地瓜话才能表达得活灵活现呀！

乡音在耳，乡情在心。回到即墨，亲人相见，朋友相见，那满嘴的地瓜话听起来是那么朴实，那么亲切。身在北京，我似乎又回到了那过去的岁月，回到了过去满街飘着浓浓郁郁的犹如即墨老酒般焦煳香气的地瓜话的家乡。于是，一个朋友街头相遇的场景，浮现在了我的眼前……

"伙计，回来啦？回来啦！什么时候回来滴（方言，的）？正才（刚刚）下了火车。伙计怎（咱）若干年没见了，商议商议，抱（不好）我弄个景儿（酒局），找几个老伙计们子(老朋友)怎一块坐坐，一块（儿）哈（喝）个小酒（儿）？好恁，怎么不好？！能木（那么）怎（咱）走，航（即墨方言，上、去的意思）小绍兴（儿）！"于是，几个人箍脖子搂腰儿痞打狗闹（欢快嘻闹）欢蹦乱跳滴走进了小绍兴（儿）……

哦，我的乡音，我的即墨地瓜话！想起了你，就想起了家乡；想起了你，就想到了家乡我的亲人们……

天南地北即墨滴游子啊，远离了故土，恁还记得多少（说）乡音，还记得多少怎（咱）老家闹闹乎乎（暖暖和和）温暖着恁胸膛滴地瓜话？怎那甜蜜蜜厚楚楚（淳厚）烀通辣气（蒜泥辣香味）滴即墨地瓜话呀，会让恁晕乎乎恣洋洋醉倒在那暖暖和和的家乡的怀抱里呢……

儿时的冬天

在美丽的海林，我感受到了北国千里冰封、如诗如画的冬天，在迷人的中国雪乡，我领略到了令人心旷神怡如痴如醉的童话般的雪，这醉人的晶莹世界，不禁勾起了我对儿时冬天的回忆。

我出生在即墨东部钱谷山之阳的一个村落。钱谷山，因其山高陡峻和迷人的神话传说而闻名遐迩。儿时的冬天，也会经常下几场很大的雪，每当下过了雪，村里的大人们就会神采飞扬地把雪一筐筐一车车地覆盖在麦田里，给小麦盖上一层厚厚的"被子"，见了面都会互相呵着白气道一声：麦子又丰收了！脸上绽放出仿佛扬着满场园宝石粒儿一般的小麦的喜悦，就连狗儿们似乎也知道了人们的心思，撒着欢儿在厚厚的雪地上兜着炸起的雪屑，来回地又跑又跳。

儿时的冬天，最有趣的莫过于打雪仗。十几个人抑或是更多的人，满街欢闹着扔雪球，雪球在头上脸上身上炸开，溅出一阵阵雪屑，满街除了嬉闹就是茫茫的团团白粉在飞。偶尔捉住几个俘虏，大伙把雪球从他们的脖颈塞进去，于是一阵阵失败者的哇哇叫骂和胜利者的哈哈大笑，就融合在了一起，显得那么和谐，于是，天和地也更加显得和谐了起来。

　　冬天的晚上，总是全家人围坐在一铺大炕上，或者剥花生或者搓玉米，上学的孩子就着跳动的油灯写写作业，不时地抬头感受一下大人们谈笑风生。我那时最喜欢的就是听故事。

　　我们的南屋邻居，是一位六十多岁的大妈，她是村里出了名的故事篓子。我从上一年级时，就喜欢在冬日的夜晚，以家里没地儿学习为名，去帮她搓玉米或剥花生，大妈见我勤快又喜欢她，就一段段地给我讲那些鬼呀神呀，说到可怕的地方，大妈的语气和神色会让我感到一阵阵脊背发凉头皮发麻，不时地看一眼房门关紧了没有。最恐怖的是接近半夜往家走的时候。尽管大妈家和我们家是南北邻居，但是她家和我家处于两条胡同，我要回家，就要走过整整两条深深的胡同。天上月亮惨淡，地上白光朦胧，我一个人听完故事，踩着脚下的积雪，街上静得可怕，忽然一阵树影摇晃，就感到有一个个影子跟在身后，于是，稍一愣神，马上就是一阵夺命般的狂逃……现在回想起来，尽管觉得可笑，但心里也会涌动着阵阵的后怕。

　　儿时的冬天，都是故事。

　　那故事长得呀，似乎说也说不完呢。

干 妈

上月底回山东考察临沂市青少年示范性综合培训基地，本打算从临沂直接返京的，临行的前一天晚上和干妈家二姐打电话，得知干妈肾病复发，需要去医院检查时，我临时决定赶回即墨，去医院看望老人家。

三十多年前，我走进了即墨二中初中重点班。当时的二中在店集公社（现为金口镇店集中心社区），干妈家就在二中西墙外的西枣行村，从学校西墙倒塌的豁口处翻出去，恰好就是干妈家。那时候我们上学需要转粮，家里每月把三十三斤玉米送到粮管所，粮管所再按照 70% 和 30% 的比例，转换成细粮和粗粮，于是，那时候我们一天竟然能吃上两顿白面馒头了。在那个年代，一天能吃上两顿白面馒头，除了大学生恐怕就是当兵的了。

记得初中二年级的那年冬天，母亲患病住院了，哥哥当兵在外，妹妹还小，姐姐在青岛医院给妈妈陪床，家里一个多月没有给我转过粮来，我的生活一度陷入了艰难的困境。没有了粮票，就不能在学校伙房打饭，又不好意思跟老师和同学说，于是，连续一个多星期，每到吃饭的时候，我都悄悄躲出去，白天饿了就到校园路边拧开水龙头，直到把冰凉的水喝得肚子咣当咣当响，到了晚自习的时候，借口上厕所跑回宿舍，瞅瞅四下没人，爬上窗台扯下几块吊在檐下的干硬的窝窝头，跑到操场无人处慌乱地啃吃起来……那时候，早晨因为时间紧张，窝窝头经常做不熟，同学们吃饭时只把外面蒸熟了的一层吃掉，中间不熟的就用铁丝穿起来吊在宿舍屋檐下，等周末带回家给家里喂猪喂鸡。现在想想，心里很是感谢学校伙房经常蒸不熟窝窝头，要不是那样的话，兴许现在我已经不知道在哪里飘荡着了呢，呵呵。

我们的班长树勋是个感情特别细腻的男孩子，他注意到我每天晚自习都要离开教室一段时间，有天夜里悄悄跟随着我，终于发现了我偷吃挂在屋檐下那些干硬的窝头的秘密。树勋问明了事情的缘由后，第二天就悄悄跟我们的班主任韩乃桂老师说了，韩老师到教师餐厅换了二十斤饭票和十块钱的菜票塞给了我，深情地看了我好久，最后轻轻地拍了拍我的肩膀，默默地转身回到了教室。我拿着韩老师给我的饭菜票，一股暖流蒸腾在心间，泪水就像断了线的珠子，滚满了两腮——老师一家的粮票也不够用啊！

树勋回家把我的事也告诉了干爸干妈（那时候他们还不是我的干爸干妈），干妈听了，流下了怜惜的泪，嘱咐树勋一定要把我带到他们家里去，和他们一家人同吃同住，就这样，我走进了干爸干妈的家。后来，母亲终于没有躲过死神的死拉硬拽，撇下残废的爸爸和我们兄妹五个走了。那时候，我感到天都塌了，看什么都是黑漆漆的。临到我过生日的那天，干妈特意包了饺子，端着热气腾腾的饺子，我百感交集，没想到她老人家竟然连我的生日都记得！那个时候，我是多么想流着眼泪跪倒在地上，大声地喊她一声妈呀！

后来，树勋考上了青岛师专，我参加了政府的工作，我们俩经常通信互相鼓励。树勋得知我正在参加自学考试，于是把他的大学哲学课教科书和全部的笔记都寄给了我，并在来信中说爸妈和姐姐们都十分挂念我，让我有时间去看看他们。于是，在一个星期天，我骑车来到了干妈家，干妈干爸和两个姐姐见到了我，就像是见到了离家已久的亲儿子亲弟弟一样，干妈左端详右端详，见我长得又高又壮的样子，眼里和脸上已经掩饰不住内心的喜悦。中午吃饭时，干爸多喝了几杯，古铜色的脸上放着喜悦的光，嘴里翻来覆去含混不清地念叨着："崇琥（我的原名），人家给我算过命，说我命中有三个儿子呢。"干妈也附和着说："是呢是呢，人家真的给我们算过，说我们命里还有个长子呢（树勋小我两岁，下面还有一个弟弟），要是你愿意，就认我们为干爸干妈吧！"

干爸，干妈，你们何尝知道，能够喊你们一声爸爸妈妈，是涌动在我心里好几年的梦寐以求的愿望呀！就这样，我多了一对父母，又多了五个姐妹兄弟，每年正月和中秋节去看望他们的时候，街坊邻居问干妈这是你家什么亲戚时，干妈总是满面春风，说："这是俺儿，俺大儿……"

　　干妈个子不高，但是长得很敦实，一张圆圆的脸上总是写满了恩善。树勋上大学时，家里条件比较差，勤劳的干妈白天下地劳作，从田里回家时，再剜回一大扁篓青草野菜喂猪喂兔喂鸡鸭鹅，晚上就在西三间屋里用几口大瓮精心种黄豆芽。每次给黄豆芽淋水时，她都要把身上扑打得干干净净，再戴上帽子，生怕一根头发丝儿掉落在瓮里。干妈说，摆弄吃的东西是个良心活，稍微有点不卫生，不但影响豆芽生长，而且人家吃了也会生病，可不能马虎大意，更不能使假坑人。因此，她发的黄豆芽总是水灵灵儿嫩生生儿油漉漉的，让人一看就喜欢得不得了，一旦拿到集市上，立刻就会被争抢一光。后来，招得那些远远近近大大小小的商贩们就像采花的蜜蜂，嗡嗡嘤嘤围在了大门口呢。

　　二姐陪着干妈从诊室出来的那一刹那，我突然发现干妈这些年竟然一下子老了好多。干妈看到我和兄弟们一起守在诊室门口，上来拉着我的手，依然那么恩善地说："崇琥，你大老远地回来干什么？妈没事，没事，以后在外面不用挂念，有你姐姐和你兄弟们呢。我的儿，听说你经常出差，年纪也不小了，自己好好照顾好自己……"

　　干妈，你就是我的亲妈！您的不孝儿子远离家乡这么多年，您生病都不能伺候在床前，只能借着床前的月光，遥遥祝福着您，祝福您早日康复，祝福您健康长寿……但愿我的祝福，能够消减上天对我不孝的惩罚吧。

五　娘

　　五爹喜欢到海里捉鱼，而且每次都能捉很多，村里人都很羡慕。五娘知道我喜欢吃新鲜的小杂鱼，于是，我在家乡工作时，每次五爹捉鱼回来，五娘总会让五爹喊我去吃鱼喝酒。我知道，五娘是关心我的事业和人生，借着喝酒吃鱼嘱咐我事儿呢。

　　我父亲兄弟五人，按照我们即墨东乡的习俗，父亲的兄弟乃至没有出五服的兄弟，小辈们都要按照排行称呼大爹二爹三爹的。五爹是排行老五，是父亲最小的弟弟，当过兵，颇有文化，加上他的故事多得是"一肚子两肋巴"，所以从小我就喜欢守在他面前听他说书讲古，也因此和五娘走得最近。

　　五娘名唤于德瑞，缘于方言，村里人都叫她于德水。别说，五娘这名字叫得好，一家人的日子可真的是如鱼得水。五娘在家为姑娘时，是高小教员，读了好多好多的书，懂得的事理自然要比村里人多得多，因此她对孩子们接受文化教育看得格外重。当初大姐考上了上海外国语学院，五娘高兴地一个人悄悄跑到山上我们家的祖坟上，一一向祖宗们祭拜，感恩祖宗们的眷顾（那个年代把祭祖也当成了封建迷信），那时农村出来个大学生，可是凤毛麟角啊。

　　后来，大姐想到家里生活艰难，下面三个弟弟妹妹都上学，加上五娘体弱不能参加集体生产劳动，全家就依靠我五爹一个人挣工分，决定放弃上大学的机会，帮五爹在家挣工分，供给两个弟弟一个妹妹上学。五娘语重心长地对大姐说：孩子，家里的日子虽然紧巴，但是好在咱家是军属，集体都能给予适当的照顾，好歹你出去上学把户口带出去，将来吃上"国家粮"，也是咱家的荣耀不是？就这样，五娘拖着病恹恹的身子，养猪养兔养鸡养鸭，把孩子们都培养进了大学的门，看到孩子们一个个成长起来了，五娘便在心满意足的微笑中，一天天变老，身子骨也一天天虚弱了起来。

我中学毕业后没有考上大学，回到了农村接起祖祖辈辈家传下来的锄镰锨镢，干起了修理地球的工作。白天顶着烈日面朝黄土挥汗如雨，晚上静静守着父亲姐妹思考着自己的人生。本来父亲因为我没能考上大学非常生气，加上我经常投稿遭到退稿，村里一个干部竟然把我的退稿信用线绳串起来吊在办公室的梁上展示，更是刺伤了父亲的那颗要强的心，严厉地警告我不准再看书不准再写文章，好好种地，别不务正业再丢人现眼。我理解老人的心情，但是又实在按捺不住一颗求知的心，于是，我把内心的苦闷诉给了五娘。五娘听了，让五爹把我父亲请到家里，一席长叹，最后父亲不得不暗暗地给我让了步，默许了我读书写东西的"不务正业"。

五娘家姐姐参加工作了，大弟上了大学。五娘把姐姐和大弟学过读过的书和做的笔记都收集了起来，甚至大弟在学校受奖得到的"塑料皮"笔记本都不让他用，一并"没收"，用竹篮子装上，故意沿着大街往我家里给我送来，逢人就说：俺都算过了，俺侄儿将来一定会有出息，所以我给他去送书和本子叫他业余时间好好学习。由于五娘平时能掐会算相当应验，所以很多人听了五娘的话，都有些相信了呢。其实只有我知道，五娘是为了我清理一些干扰，让我耕种之余潜下心来追求学问呢……

去年我回了一趟老家，五娘已经不在了，五爹也变老了。看着五爹的样子，我知道，再也吃不到五爹捉的小海鱼了，更听不到五娘的叮咛和期许了。

读书使人进步，知识就是力量，我由衷地感恩我的五娘，感恩这个让人们可以公平读书的温暖的世界，尤其近闻故乡即墨正在如火如荼地进行"书香即墨，阅读悦美"全民读书活动，心里倍感激动和振奋。在这样的一个热烈的全民读书氛围之下，我更是格外怀念我的五娘……

母亲节到了，我坐在从外地回京的夜行列车上，不禁想起了爱我的和我爱的五娘，脑海里闪过五娘对我的点点滴滴，不禁泪流满面，胡乱写下这些零碎的文字，算是写给天底下所有平凡而伟大的母亲吧！

冬至如年

"一九二九不出手，三九四九冰上走，五九六九沿河看柳，七九河开，八九雁来，九九加一九，耕牛遍地走。"

转瞬间又是一年的冬至，这首古老的歌谣，在午夜时分不知从哪里飘进了我的耳际，让我对寒冬做了一次多情的回望。回望中，我的思绪也随着被岁月拉长的身影，深深地将那家乡冬至的记忆唤起。

"冬至大如年。"少年的时候，冬至这一天家乡农民停下了一年的辛苦劳作，生产队里也开始宰杀八九个月才喂大了的肥猪，孩子们一大早就跟着大人们来到杀猪场，端着盆儿等候着分猪肉分下货。于是，满街的人们在端着猪肉和下货，满面红光往家走的路上，穿梭而行的人们互相嘻嘻哈哈打着招呼。忽然一阵喧天的锣鼓响起，人们便慢下脚步，用羡慕的眼光尾追着那支敲锣打鼓为烈属军属送肉的队伍，看到大门口挂着"军属光荣"或"烈属光荣"的人家，兴高采烈地迎出门来，把一大条用细麻绳系好了的猪肉拿回家去的时候，心里不禁啧啧而叹，低下头来对儿子说：你什么时候能长大成人也去当兵啊？看看人家，又比咱家多了四斤猪肉……"

小时候，每逢冬至这天，我就和几个小伙伴呼呼啦啦早早来到杀猪场，凑到杀猪人的身边，请求杀猪的给吹一个"猪尿脬子"（猪小肚）。顺便凑热闹看老黄杀猪。那时候，人们或许不知道猪小肚好吃，通常杀猪的时候都吹起来给小孩子当"气球"玩。我们队每年冬至都是老黄"主刀"，老黄是队里的拖拉机手，也杀得一手好猪，每到冬至这天，他是最"展样"（有面子）的时候。只见他大声招呼四个打下手的棒劳力，把嗷嗷叫的肥猪抬到床子上，举起那根已经弯曲了的油光光的铁杠子，朝着猪的耳门子，狠狠实实就是一下，只见那猪一个激灵，马上变得不声不响了。这时只听老黄邪里邪气唱唱呕呕起来：从小不上床，上床就捅上；捅进去怪疼的，拔出来通红的。大伙听了，你瞅瞅我我瞅瞅你，接着便会心地笑了起来。老黄哼呀完了，揪住那硕大的猪耳朵，白光一闪，一道鲜血就从猪喉咙下的口子里蹿了出来，淌进谁家早就搁在床子下面那只盆底撒了一把粗盐的盆子里去了。紧接着，老黄用牙咬住刀子，两手掀起一只猪的后腿，左手扶住，右手从嘴里抽出刀子，在猪蹄子上端割开一道小口，捞起一旁的长捅条，从割开的口子里钻进去，在猪的身上来回穿捅了一番。然后俯下身来，把嘴贴到那口子上，鼓起腮帮子使劲地往里边吹气，不一会儿的工夫，那床上的猪就变成了一个圆鼓鼓的黑色的大气囊。

冬至杀猪，通常是在生产队粉坊（红薯粉条加工的作坊）门口，吹满了气的猪立刻就被抬进粉坊里面。"大气囊"抬走了，老黄招呼打下手的又把第二头待杀的肥猪抬上了床子……粉坊里，几个半老徐娘一边肆无忌惮地说着裤腰带以下的笑话，一边烧好了满满一锅蹿着浪头儿的开水。人们用吊扣把"大气囊"吊将起来，端端正正吊在大锅的上方，两个壮劳力站在锅台上，用大大的水瓢把一瓢瓢的开水，均均匀匀在"大气囊"上浇了个遍。水刚浇完，两个壮劳力就各自拿起锅台角上剃毛刀，非常麻溜地把猪身上的黑毛刮了个干干净净，一头黑色的猪一下子就变得白条条亮光光的了呢。这时，外面老黄的第二头猪恰好收拾完抬进来了。"黑气囊"抬进来，"白气囊"抬出去。老黄三下五除二开膛破肚，撸起袖子，伸进手去掏出心肝下水，一股股白色的热气，夹杂着浑浊的气味，在人们的面前蒸腾起来，人们似乎一点也没感觉到气味的浑浊，反而更加兴致盎然地看着老黄游刃有余地从猪的胴体中，干干净净剔出了一根根白色的骨头。母亲和几个一条胡同儿的女人们，就会把这些几乎没有肉的骨头称回家。别看骨头没有什么肉了，说实话，那时候一般的家庭也是舍不得要的，因为一斤骨头顶一两肉。一两肉啊！剥上一棵大白菜炖上一大盆，全家人也能沾着油星儿犒劳几顿呢。

老黄剔完骨头，俯下身从冒着热气的下水里，找出猪小肚，扔到地上的干土里，翻过来翻过去，用脚来回踩了几下，用手指头捏住口，深运一口气使劲儿这么一吹，一个水桶般大大的"气球"就送到了我们的手中。孩子们嗷的一声撒开丫子就开始了争抢"气球"的游戏。我那时候特别愿意隔着"气球"看天空中的太阳。当"气球"被小伙伴们砰砰咚咚高高踢起来的时候，那沾着斑斑驳驳泥土的"大气球"在太阳光的照射下，透出红殷殷的橙色，附着的泥土形成了黑乎乎的阴影，一片一片一点一点，在我的视觉中立刻幻化成了一个小小的地球模样，你看啊——这块阴影是高山，那片阴影是海洋……

家贫轻过节，身老怯增年。

冬至这天家家户户是要包白面和黑面两种饺子的。母亲说，冬至这天是"鬼冬"，就是给去世的先人们过冬，不论辈分大小，不论年龄长幼，死者为大，必须包白面饺子以示恭敬，我们活着的人只能跟着先去的人们沾点光吃上一顿饺子，不过是黑面的……那个年代，即便是过年，也是这样先人和老人吃白面饺子，其余的一律是黑面饺子呢。不管怎么说，白面也好，黑面也罢，里面的馅儿是一样的，都是白菜和肉，现在想想那个年代，也知足了！

吃完了中午饭，母亲便吆喝那几个称了骨头的邻家女人，带上一把斧头，用盆把洗好的骨头端到已经冲刷干净的碾台上，有说有笑地用斧头噼里啪啦把骨头锤得细细的黏黏的，我们几个小孩子们也拿着小锤儿跑过来，帮着大人们锤骨头。看着锤头下红嘟嘟的一堆细细黏黏的"骨头酱"，心里想象着明天"入冬"的那黑面包子皮里面，包裹的将是鼓鼓的"骨头酱"的浓香浓香的味道，而且还能敞开吃得饱饱的，心儿都醉了呢。

天时人事日相催，冬至阳生春又来。

刺绣五纹添弱线，吹葭六琯动飞灰。

岸容待腊将舒柳，山意冲寒欲放梅。

云物不殊乡国异，教儿且覆掌中杯。

冬至大如年啊！冬至是家的节日，也是异乡人回归的节日。正如远方的游子，无论他身在何处，也要回归生他养他的那方泥土。在这个白昼最短的日子里，享受漫漫长夜中团圆的烛火，啃上一块酥嫩的骨头，吃上一碗香香的饺子，肉香中有亲情的温润，饺子里有撕骨的牵挂。

冬至，与其说是进入寒冬，还不如说是进入暖冬，它能给人以希望，给人以热情。劳作的人们一天天都有了盼头，开车的师傅一日日有了奔头，上班的人们一天天有了熬头，离家的游子们一日日有了回家的念头，辛苦一年即将有新的收获，辛苦一年即将有新的希望。西方的圣诞节就要到了，圣诞老人会送给他们平安和快乐，传统的大年夜就要来了，年夜钟声会带给他们吉祥和幸福。

往事如云烟，何须再回首？今朝胜天堂，且行且珍惜！

又是一年冬至日，南回归线——太阳的回归线啊，直射的阳光会从那里返回，远方的游子啊，却只能站立在北纬 40°寒冷的冬天，遥望着家乡，找回些许少年时期冬至的记忆……

记忆中的腊八节

清晨，好友纷纷发送腊八快乐的祝福，我才想起今天是腊八节，或许真的到了怀旧的年纪，思绪又一下子飞回了童年的家乡，飞回了家乡的童年。

过了冬，年哄哄，过了腊八年哈哈。过了腊八，年味便渐渐浓了起来。母亲这一天大清早就要起来，趁着麻麻微亮到村头井台上，呼呼闪闪挑回几担水，卷一枝纸烟，眯着眼睛惬意地抽上几口，然后就挽巴着袖子淘米做糕，寓意新年步步登高。母亲是因为经常肚子疼才抽烟的，据说抽旱烟能有镇痛的作用。

对于大人们来说，最高兴的就是腊八开支，爸爸吃过早饭，就挂着拐杖来到大队办公室，准备给社员们开支。看到一堆堆喜气洋洋充满着希冀的社员们围在办公室沿街的窗口，爸爸心里不觉也升起了一些美好生活的祥云。开支，是过去大集体的时候社员忙碌的一年中最为期盼的日子，那个时候，劳力多的家庭自然是兴高采烈的，因为他们自己大约知道今年扣除粮草费用能开回多少钱，而对于劳力少家口大的人家，确实又是平添一年新愁绪的日子，因为今天的日子，他们又将被生产队倒扣，能够持平是最大的心愿。

腊八节对于孩子们来说，是最高兴的时候，因为今天学校正式放假了，又可以尽情地玩高头马、打雪仗了，更为高兴的是，大人们今天开支了，大人或许会割上几两肉捎上几挂鞭炮，然后，晌午饭可以吃上猪肉白菜炖粉条，而且粉条还是最好吃的扁粉，也可以偷偷摸摸拆几个鞭炮跑到街上，砰砰啪啪热闹一番。

说起拆鞭炮，我和刚本、寿子（木本）最为专业了。那时候，大人们买回鞭炮，通常会排放在炕头席子下面，为的是不受潮有个大大的响头，取个新年的吉利。拆鞭炮需要工夫，要确定大人不在家且短时不会突然回来，方敢进行。伏在炕头上，轻轻地打开鞭炮梢头上的细麻绳，仔仔细细一道道拆开缠绕在一起的麻花芯，赶紧撸下那么五六个、七八个，一次拆多了是不敢的，这样容易被发现。拆好后，再仔仔细细一道道编起来，检查一下恢复了原样后，便心里一阵狂喜，欢呼雀跃地跑将出去，跟小伙伴们比谁的大谁的响……

哦，儿时的腊八已经一去不复返了，现在的大人们和孩子们不再为了生活而犯愁，日子一年年就像那芝麻开花，这也不是正应了老辈民间的那句"吃了腊八糕，年年岁岁步步登高"吗？

那好，就借今天的好日子，祝远方的你和身边的你：步步登高！

家乡的年味红火火

好几年没回即墨家乡过年了，觉得春节似乎已经没有了什么色彩，尽管首都的春节到处打扮得美意十足，但是总觉得不如即墨家乡的年味那么足那么荡漾。

家乡的年味是亲朋好友的宛如春花般的笑脸，每个人的脸上都散播着节日的喜庆和祝福，那一口犹如即墨老酒一样的醇厚的地方话，听在耳边，暖在心里。过年好啊！好，好，恁全家都好！过年发财啊！哈哈哈哈怎（咱）都发怎都发……到了正月初一，满街都是拜年的，不管往日发生过什么，见了面总是主动抱起热情的拳，真诚的祝福便由心中涌动了出来，于是，大街小巷便涌动起了一股股人间的真情，这份真情蒸腾在天地之间，让家乡的年味愈加浓烈了起来。

写着写着，忽然我眼前似乎闪现着美丽善良的即墨美女赵美蓉观灯，只见她一边赏灯一边唱："白菜灯蓬蓬松，摇头散发的芫荽灯，黄瓜灯一身刺儿，茄子灯紫荧荧，韭菜灯赛马鬃，葫芦灯弯中儿中儿，南瓜地里造了反，北瓜地里乱了营……"呵呵呵，想起即墨柳腔《赵美蓉观灯》，心里不禁想到了即墨的春节灯会和彩街。

在即墨，每年春节期间都要举办市民灯会和文艺彩街，给市民营造出了红红火火的年味。那一年正月，我带着老人孩子去墨河公园赏灯会，满目的富丽，满目的堂皇，满目的欢乐，看着喜气洋洋的人们，我自己也满心蒸腾着新年的新希望。灯会是一种大文化，它把天上的、人间的、神州的、即墨的所有文化元素，用宏大的微小的绚烂的辉煌的灯融汇在了一起，让市民们在欢乐的氛围里知道了天地之大，积蕴起了对祖国对民族的无限热爱之情。

最火爆的年味来啦！到了正月十五，即墨文化大彩街，使得即墨万家闭户扶老携幼涌到蓝鳌路、文化路、鹤山路和振华街上，一辆辆大型彩车开过来了，一阵阵震天锣鼓敲起来了，一队队秧歌高跷踩过来了，一支支演出队伍舞动起来了，一街街市民的欢呼声滚动起来了，整个即墨城汇成了一片欢乐的海洋。千万人的心儿连在了一起，偶尔互相看一眼，仿佛大家都是老熟人，一个真诚的笑，一声过年好，把百万即墨人的距离拉得近近的。于是，老人们的脸上朗润起来了，年轻人的心里宽敞起来了，孩子们的笑声清脆起来了；于是，即墨的山海岛林泉滩港，在蓝蓝的天空下，在红红火火的年味里，相视而笑了起来……

于是，即墨这座千年古城更加红红火火了。

吉他声声唱青春

你到我身边，带着微笑，带来了我的烦恼。我的心中早已有个她，哦！她比你先到……

当年，张行弹着吉他唱火了大江南北的时候，把我们几个十七八岁的农村小青年，着着实实给迷得简直五迷三道了，酷爱音乐的我们再也按捺不住了。那时候，刚本的二哥在青岛，给他带回一把"梅花"吉他和几本关于吉他演奏的书，没几天，喜爱乐器的他就能叮叮咚咚弹出张行《迟到》的旋律了。看着他弹琴的情态，听着他用细腻的嗓音唱起这优美的歌儿，我羡慕得简直做梦都想着自己也有一把吉他，也能像刚本那样弹唱出好听的歌儿呢。

刚本是我大娘（即墨风俗称呼，大伯母）家我的侄儿，我俩同年同月，他比我大一天，住在一条胡同，从小光着屁股长大，一起捉鱼，一起摸虾，一起背着书包走进学校。他的父亲少年时就喜欢吹拉弹唱，那时候部队经常训练，在一次军民联欢中，被济南军区的文工团看好了，可当文工团领导跟我大爹大娘商量时，大娘坚决不让大哥跟着部队走。因为大娘这一代人经历的战争太多了，看到过很多流血牺牲的场面，加上大哥是独子，在大娘的意识里一旦大哥当了兵，就要面临上战场，一旦上了战场，那可是把脑袋揪下来别在腔巴子上，说不定哪天就掉了哩。就这样，大哥最终没能离开钱谷山下的这个村庄。刚本正是遗传了我大哥的艺术基因，尤其对音乐格外敏感，不管什么歌儿，只要让他听上三遍，他就能完完整整地唱出来，完完整整地弹出来呢。

刚本是我们几个伙伴中第一个拥有吉他的，我感到很惊讶的是自从有了吉他，刚本竟学会了五线谱。五线谱在我眼里那简直就是一根根电线上忽上忽下忽多忽少地蹲着一只只燕子，黑乎乎一片呢。有一天，刚本来找我让我去他们家，神秘兮兮地让我听他弹奏一支我从来没有听到过的曲子。四三拍的舒缓嘭恰恰嘭恰恰从他的指间如风儿般飘出的时候，我一下子被带进了一串海边漫步的画面之中。"谁的曲子？"刚本一笑说："我写的。"我说："这曲子太好了，就叫《海边情思》吧，我来填上词，你把它唱出来如何？"两个毛头小青年一拍即合，思考了一个晚上，第二天我就把歌词写好。那时候我家有一台"星浪"牌大手提录音机，四个喇叭低音效果一级棒，我集合了村里有吉他的四个伙伴，夏日的晚上，几个人在我家院子里分好工，刚本演奏旋律加演唱，志海、崇刚和弦，我呢，就用敲打琴箱的方式，模仿架子鼓嘭恰恰嘭恰恰……一遍遍排练录制，最后非常漂亮地录完了这首歌。那时，村里副业项目有很多，尤其地毯厂里集中了全村的少男少女，他们纷纷借去我们录制的磁带翻录出来，于是，满村的录音机里飘出来的都是我们的歌儿，你听——

我独自徘徊在海边，涌起情思万千。潮涨潮落年复一年，往日的情话在耳边。你说过永不离开我，为何要离开我身边？亲爱的姑娘你可听见，我声声亲切的呼唤？我盼望有那么一天，我们俩能够再相见……

当时还记得写过一首《你的长发拂过我的脸》，也在全村成了最为流行的歌曲哩。就这样，我们从张行唱到邓丽君，从刘文正唱到蒋大为，从《血染的风采》唱到《吉米来吧》，从白天唱到黑夜，从春天唱到冬天，尤其到了夏天的夜里，每当在我家院子里歌唱的时候，院里院外总是呼啦啦围了一堆人呢。只可惜那时没有钱，我们建立一个乐队的愿望一直没有得到实现，这也成了我们心里最大的遗憾。

前几天给刚本打电话，我回忆起当时的情景，刚本说，伙计（jie，方言，超越了"朋友"的一种亲昵的称呼），我到现在也没扔下呢，农闲的时候，对照着讲座越学越觉得有味道呢，现在回过头去看看以前咱的演奏演唱，觉得太嫩了。

　　是啊，社会在发展，人们也在不断地追求进步，人们只有不断追求进步，才能促动社会向着更高的层次不断地发展。社会的繁荣、文化的进步发展就像一股强劲的东风吹动着人们的心弦。那好，趁着这国富民强的好时候，就让我们弹起吉他，放声高唱吧——

　　漂亮的姑娘，十呀十八九，小伙子二十刚呀刚出头，如锦似玉的好年华呀，正赶上创业的好时候。啦啦啦啦……如锦似玉的好年华呀，正赶上创业的好时候！有劲儿你就尽情地使哟，有汗你就尽情地流。要问我们想什么呀，建设祖国最风流。啦啦啦啦……要问我们想什么呀，建设祖国最风流！

正月初一拜大年

独在异乡为异客，每逢佳节倍思亲。

清晨醒来，我收到老家人史子茂等人的一条条初一拜年的微信，心里一阵阵热浪滚滚，小时候正月初一拜大年的情景，便一下子浮现在了眼前。

我们村子在温泉镇（改革开放前称皋虞公社，现为青岛市即墨区温泉街道办事处，也是山东省蓝色硅谷核心区）是个大村，全村大约八九百户人家的样子，有大大小小十来个姓氏，分布在陈家疃、肖家疃、马家胡同、张家胡同、史家崖等几个小片区。听片区名儿就知道，带"疃"字的姓氏，门户是最大的，而我们陈姓的门户在整个村子里占了大约三分之一，成了全村最大的姓氏。门户大了，一旦家族中有什么大事，那是有说不出的热闹，尤其是正月初一的拜大年，更是热闹非凡。

这一天，在户外白雪的映照下天刚出现麻麻微亮的时候，大人孩子们就从头到脚换上崭新的衣服鞋帽。尽管浑身上下换了新貌多少有些不自在，但还是满心欢喜地对自己来上一句：这新衣服不错，精神！于是，扯扯衣襟正正帽子，带上孩子先来到爹娘的屋子，对天对地对灶王对正北的列祖列宗磕上几个头，烧上几炷香，然后来到父母房间，正襟危坐道一声：爹，娘，过年好。爹娘端坐炕头，赶紧接话：好，好，恁大人孩子都好。男的接到爹娘的回话，便在炕旮旯里一跪到底，给堂上父母磕头以示尊敬，然后就按照远近亲疏辈分老幼的顺序，开始了长达一个上午的大拜年。

来到街上，啊！满街都是新的呢。你看街上熙熙攘攘拜年的人流，衣服都是新的，脸上的笑容都是新的，说话的声音是新的，就连走路的姿势也因为穿着崭新衣服也变成了新的呢。家家户户的大门窗都刷了新的油漆，贴上了红红的新对联，一眼望去，满大街都是红红鲜鲜的，"过年好啊"，此起彼伏的问候声响满了整个村子，一团团喜气升腾在大人和孩子们的心间。

那时候，我们小孩子基本上就是属于打打酱油凑热闹，跟着大人们学说话学磕头，觉得大人们一改平日的粗犷，满嘴净是一堆文明话儿，心里感到那么好玩。

说起来实在可笑。十二岁那年的大年初一拜大年，我和刚本因为肩负着"重要使命"，成了陈氏家族拜年的一个单列的组合。

我的大哥那一年从部队上回来探亲，给我们悄悄下了一个"任务"，利用正月初一拜大年的机会，给他搜罗一些香烟供他享用。出于对军人神圣的尊敬，大哥的任务刚交代完毕，我和刚本就像两个小八路一样，小胸脯一挺，齐刷刷来了一句："保证完成任务。"连条件都没讲，两个小伙伴儿这就正月初一"上了战场"。那时候，不管到了谁家，老人们和大人们都一个劲儿地劝抽烟劝吃糖劝喝茶劝吃"长生果"（花生），而那一年我和刚本俩半大小子因为有任务在身，对那些本来平时馋得要死的糖果茶肴丝毫不感兴趣，只要人家随口说句抽支烟吧，就一反常态毫不客气地接过来，点上烟就绝不浪费时间，赶紧道别。出了大门，便以迅雷不及掩耳之势把刚点燃的烟掐灭塞进衣兜，又兴高采烈地来到了下一家……

上午八点三十了，通常在老家这个点应该已经拜完了父母，该到了走上大街团拜的时候了，我身在异乡，就让我的思绪跟随着老家的叔伯弟兄们，再来一场正月初一大拜年吧——

过年好啊！我的父老乡亲……

红火火的秧歌扭起来

昨天一立春，我的家乡即墨就火了起来，城市乡村火火的秧歌扭起来了，快乐的鼓点响起来了，古城的春天，被这花花绿绿的民间文化唤醒了。

今天是正月初八，我正在修改一部电视片的脚本，老家村里的陈福胜发的村里扭秧歌的几个微信小视频，一下子把我的思绪勾回了火火的即墨，勾回了钱谷山下的那个火火的村庄。

在即墨农村，每年到了冬闲，村里秧歌迷们就会凑在一起研究排练新年的秧歌戏。他们用这种传统的文化形式来庆丰年祈平安，那粗犷的动作，朴实的道白唱腔，滑稽有趣的表演，那红火火绿莹莹的场面，吸引着全村男女老少一路围观，欢声笑语弥漫在整个村子的大街小巷，好日子的美好期盼充盈在每个人的心里。"剪子股"剪出了一年的新画面，"龙摆尾"摆出了风调雨顺的新气象。"伞头"一动龙身动，"媒婆"颠步花脸迎。"扇子"挥洒百善起，"拉花"一群舞春风。

正月初八，百业开花。在老家时，缘于我在乡镇当主任时做过群众文化工作，于是，年前的时候，经常同村里的秧歌迷们一起探讨新年秧歌词的编写，看到他们一脸的认真样儿，心里着实感动，深深感到自己肩上负着的是全镇群众对文化的强烈需求。应当肯定地说，我们村的秧歌队水平是远近闻名的，因为"土编剧"张元臻、王守思、陈崇沛等人颇有文采和编写经验，能够根据各个村庄的新人新事，及时编出新的唱词，很受方圆几十里群众的欢迎，几乎年年被邀请到崂山地区演出，红包打赏之丰自不必说。鼓手王和瑞，三两白干进了肚，闭着眼睛歪着耳朵，要什么鼓点你就来吧，直敲得你心花怒放；伞头陈崇学，一个长腔儿拉得，直叫你前仰后合，恨不得抱着啃他一口；"资深媒婆"王守思，拖着个浑厚的男中音，那媒圆得，帝王将相家的金枝玉叶也能叫他说得嫁到民间呢……

啊！我家乡的秧歌红火火，家乡的亲人乐呵呵。红火火的秧歌扭起来呀，新农村天天牛起来。蓝色的硅谷蓝色的城，家门口建起了大学城。地铁通过了钱谷山，扭着红红火火的秧歌呀，你就奔前程！

油 条

　　从贵州结束了"半坎文化"考察，我又接到全国青少年综合培训教育座谈会的邀请，于是便风尘仆仆来到了座谈会举办地山东临沂。进了山东地界儿，也就算回到了家乡，所以在全国各地与会者面前，总不免有些"地主"般的喝瑟。

　　座谈会结束后，主办方安排接待宴，尝着一道道色香味俱佳的特色菜肴，大家谈古论今，喜气洋洋。席间上来一道菜，一开始我不信自己的眼睛，正在苦思冥想之时，主办方的郑主任笑嘻嘻地开口了："来来来，尝一尝这道怀旧菜——油条拌黄瓜。"哦，油条拌黄瓜！吃着这道菜，我的思绪情不自禁飞回到从前……

　　一九七九年，我走进了即墨二中，就是那一年，我认识了油条。学校驻地那时候叫店集公社，离学校不远的供销社有个油条部，每天香香的油条味都会不厌其烦地"飞跑"接近一里的路，钻进我们这些大都来自贫困农村的贫困学生的鼻子里，勾着，勾着，使劲儿地勾搭着肚子里的馋虫。有一天，我看见一个父母都是教师的女同学，手里拿着两根黄澄澄油漉漉的油条，一边跟我们说话，一边吃着油条，吃完后，用两个指尖儿从裤袋里夹出小花手绢，轻轻擦拭着油乎乎的手和油乎乎的嘴。一看人家那优雅的吃相，我就知道吃油条对人家来说，简直就是家常便饭，惹得我满嘴的口水咕咕咚咚直往肚子里咽。第二天，我们三个同学趁中午偷偷溜出去，因为我们决定每人凑两毛钱和二两粮票，买上一斤油条狠狠撮上它一顿。可是走了不到一半，我们仿佛约好了一样，想起了紧紧巴巴的家和紧紧巴巴的爸妈，于是竟都犹豫起来，最后，还是心照不宣地一起折回了学校。吃一根油条，对于那时的我来说简直是一场黄粱美梦。

后来，我进入了乡镇政府机关，那时候油条就是我多年梦寐以求的早餐。开了第一个月的工资，我到粮管所饭店狠狠心买了两斤油条，因为熟悉，饭店小姑娘又给我多抓了好几根，包起来朝我嫣然一笑。我将油条放满了一自行车筐，骑车走进村里，街上的人们都用一种像羡慕那位吃油条的同学的眼光看着我，那时候，我心里虽然有一种或多或少的骄傲，更多的却是一种无可言状的酸楚。

黄瓜拌油条，苹果拌油条，菠菜炒油条……也就在那一天，我第一次吃到了油条的另类做法。

那天无巧不成书的是，大姑父大姑似乎有心灵感应，仿佛知道他的侄子会买油条似的，竟双双翻山越岭从染鸿沟来到我们家。自从我母亲去世，身体状况不佳的大姑大姑父，两三年也没怎么来了（后来才知道二老是为了给我介绍对象呢）。姑父来了，老父亲和我的几个爹们自然很高兴，见我买回了油条，更是高兴万分，因为下酒的肴菜不用愁了。我五爹当兵的时候，在上海住过好多年，不但文化了得，世面见得也多，便自告奋勇地挽着袖子下了厨房，于是，在我五爹的一阵忙活下，菠菜粉条炒油条、黄瓜蒜泥拌油条、苹果丝儿拌油条、果条穿心炸油条……六道"大菜"端上桌，只把我们全家老小吃得是满口淤塞满嘴流油，那福享得简直没法形容。后来，全村的人们都知道了油条可以有这么多的吃法，只要来了客人，家家都跑到粮管所饭店或买个三四两，或称上个半斤回来做菜当酒肴。因为那年月猪肉需要凭票供应，家家户户平时也都舍不得花费肉票，所以用油条做菜肴，一时形成了一种"时尚"了呢。再后来，人们对油条从司空见惯，到了今天渐渐失去兴趣……

沧海桑田，社会变迁，吃惯了海参鲍鱼山珍海味，忽然又尝到怀旧的黄瓜油条，感慨万千，我想，这也是人们对餐饮文化的返璞归真的思想吧。

愿油条这种古老的食品，再一次在当今丰盛的餐桌上成为一道崭新亮丽的风景吧。

钱谷山上访狐仙

日前，在家乡电视台栏目《知即墨》上，看到温泉四舍山森林康养小镇项目落地的消息，我激动得直有一种"漫卷诗书喜欲狂"的心情。

温泉，是我生活和工作过的地方，如今已经俨然变成了一座现代化的美丽城镇，那如画般的小镇，时常萦绕在我的脑海，令我兴奋异常。读着四舍山康养小镇的新闻，我情不自禁地想到了我那仙气缭绕的钱谷山。

钱谷山，是我家乡的山。山不很高大，但莽然有些气势，在我的心目中，钱谷山永远是最高最大最磅礴的山。

《即墨县志》载："昔人运钱谷于此山以避乱，故名钱谷山"，很是有些道理，山顶巨石之上的清代咸丰年间的石刻，足以为佐证耳：名山避乱属三秋，怀抱孙眠枕石头。夜半松涛惊起坐，仰观霜雾一天愁。而在民间的传说中，钱谷山的来历却是另外一个版本，说的是山上曾住着一位法术高明的钱谷道人，他有一座钱谷宝库藏于此山"四郎爷"顶下方某处，因名之为钱谷山云云。

小时候在夏夜的街头，我经常躺在大人们的中间，数着天上的星星，抚摸着在身边飘荡的萤火，听着大人们七嘴八舌说书讲古，他们讲得最多的，就是村子北面的这座钱谷山。从"碾子涧"讲到"染鸿沟"，从"狼脸石"说到"山神爷"，从鸿蒙山说到"四郎爷"，从黄腱顶说到狼趟埠，从卧龙岗说到"胡三太爷"……神话传奇的"胡三太爷"，在即墨大地上，恐怕是流传最广、传播最深的一位"狐仙"了。他以仙术治病救人，上到王母娘娘的毒疮，下到太宗世民皇帝的头风，据老辈人说都是"胡三太爷"给治好的呢。我敬佩地看着，听着，觉得大人们简直太奇妙了，他们怎么会知道那么多天上人间的事儿呢？

钱谷山上有神仙，在村民心里，似乎是毋庸置疑的。也别说，在我六七岁的时候，村里的几个民兵背着钢枪巡山，在钱谷山一个山洞里，打死了一只据说是喝醉了酒的狐狸，偷偷在民兵房炖巴炖巴就着"三二七"解了一顿大馋（三二七是当时的一种散装白酒，用三斤地瓜干外加两毛七分钱，便可到供销社换得一斤酒，所以称为三二七）。这事本来是极为保密的，可是第二天中午的时候，从山上的"愚公队"里就传回了一个爆炸性的新闻：一个年轻的媳妇守在民兵打死狐狸的山洞口，大声哭骂杀害她醉酒弟弟的恶行。"愚公队"是村里组织的以贫农为主体的老年人护山组织，属于"根红"一族，他们带来的消息立刻传遍了全村，那几个民兵吓得是屁滚尿流，惶惶不可终日了。其实，民兵们在山洞里开枪打狐狸的时候，枪声惊动了"愚公队"，几个老头把这一场面看得是一清二楚，这才有了这个不是神话的可怕的神话故事。

我的一位叫作陈崇方的本家大哥很有文化，他同村里的人们一样，笃信钱谷山上的神灵。记得也是一个阳春三月温暖的星期天，崇方大哥联合史显我、马吉林等几个颇有些文化的老年人，约我一起登钱谷山拜"胡三太爷"。或许是出于对"胡三太爷"的敬奉，抑或是有感于几位老年人的笃诚，我带上酒和香纸，欣然同他们一起登上钱谷山顶，来到了"狐仙洞"前。

三月的钱谷山上，青茵茵的草儿这一簇那一堆儿地长满了山顶和阳坡，满山浓密的黑松，把眼前染成了一片黛色。站在山顶，极目远眺，山下的村庄已是炊烟袅袅，喜看田畴，返青的麦田绿绿的，透出盎然的春色，不知是蓝蓝的天空染蓝了大海，还是蓝蓝的大海映衬出蓝蓝的长天，那海天一色的景致，直令我为我的家乡叹为观止，在这春日蒸腾而起的大地的蜃气中，自己似乎也成了神仙呢。

我学着几位老人的样子，虔诚地摆上酒"打上路程"（燃香），顶礼膜拜了一番，便静静地等着"胡三太爷""显圣"。过了好久，似乎是两只玻璃瓶子轻轻撞击，一声轻微的当啷声，传到了我的耳际，我仔细向狐仙洞里看了几眼，竟发现一只活像鼹鼠的动物，慢吞吞从几只酒瓶间穿过，向着洞府的深处摇摇摆摆而去，临近消失，竟回过头来从容地看了我一眼。我跟崇方大哥悄悄说起这一幕的时候，老大哥的脸上竟然泛起了红红的光，拉着我的手激动地说："兄弟，你是多大的造化呀，'胡三太爷'竟然让你看到了他老人家的玄化之身，多少年了，多少经常上山拜他老人家的人都难得一见呀，你的造化大了。"老大哥的话，说得我如坠云里雾里，俄尔，又不免暗暗多了一丝沾沾自喜。

"神仙"是有的。我想，古代的道士们其实是很有文化的，他们精研的是周易八卦，修炼的是天地精华，有了仙风之山，自然会有道骨之气。文化层次极高的修道之士，对于医学玄学的掌握和应用自然会是淋漓尽致，加上他们游历甚广，上识得天文，下知晓地理，数千年旧事装在他们的心里，九万里河山堆码在他们的胸中，对于没有文化的普通百姓，他们便成了真真正正的神仙呢。

不管怎么说，有佛有道修行的山，自然就是非同一般的山，山上的一草一木一沙一石，也都会沾染了灵气，我家乡的这座钱谷山，就是一座有神有灵的仙山呢。

既如此，那么是否有一天也到钱谷山里建上一处康养小镇？山上的仙气护佑着，奇花异草浸润着，甘甜的山泉滋养着，康养小镇岂不变成了神仙之地？或许会招惹得老寿星，骑着他的梅花鹿，挂着他的宝葫芦，屁颠儿屁颠儿把他的府第，搬到咱这钱谷山来也未可知呢。

一只炮弹壳的故事

　　小时候，记得我们家有一个大弹壳，黄黄的铜壳总是发出冷冷的光，爸爸说这东西扔了可惜，于是就把它当成了盛酒的家什，咕咕咚咚三四斤白酒倒进去，竟然只到弹壳"脖子"。母亲说那是她小时候在海滩上捡的一个从日本鬼子飞机上丢下的炮弹壳。母亲说起往事，尽管脸上很平静，但是我从她的讲述中，却在脑海里闪现出了一个惊心动魄的画面，这个画面现在回忆起来，都会让我觉得心跳加速头皮发麻。

　　一九四○年，日本鬼子在我的家乡汤上（今即墨温泉）建了据点，于是，七个日本人和一帮黑狗子就把拥有四五十个村子的地方，耀武扬威地牢牢占据了起来，烧杀抢掠成性的日本鬼子，使得方圆四五十里的乡亲，日夜生活在了恐惧之中。

　　那一年母亲十三岁。

　　那个年代，一到春天就会青黄不接，本来年景就不好，加上日本兵的抢掠，老百姓的日子更是水深火热一般。有一天，姥姥带着我母亲趁着日伪军抢掠后离开村子不久，就跟村里一些乡亲偷偷去村南不远的海滩赶海，这时一个惊心动魄的故事就这样突然发生了。

那时候赶海，无非就是在潮头上拣拾一些被潮水呛死或退潮时撒在海滩上的死鱼烂虾，再就是在海滩上刨蛤蜊、海螺，赶上了大汛潮的时候，海滩上一大天都是干的，这样的日子便会有好的收获，基本上大篮子满小篮子冒，拖腔拉腰弄回家后，好几天家里都有好东西吃。那一天正赶上大汛潮的日子，姥姥和乡亲们趁着太阳刚冒红就迫不及待地涌到了海滩上。到了海边，已经有好多附近村庄的人们影影绰绰在海滩上了，母亲和几个孩子们因为好久都没敢出门了，于是欣喜若狂地来到海滩上，撒着小脚丫一顿狂欢，拣到一只小泥螺都高兴得大呼小叫。姥姥和大人们不断地站起来寻找着满海滩撒欢儿的孩子们，大声叫喊着不让他们跑远。

海浪在远远的地方闷闷地叫着，海鸥在人们身边翻着银白色的身子轻盈地飞舞，男人们追着潮头拣拾鱼虾，不时地隐隐约约传来阵阵捡了大鱼的欢呼声。女人们三五一簇蹲在海滩挖刨蛤蜊，圆圆的泥蛤蜊一把把扔进篮子里，间或挖出几只青灰色的"鸹鸽头"（一种较大的蛤蜊），便会响起一阵阵羡慕的啧啧声。母亲和伙伴们也不闲着，低着头弯着腰，提着小竹篮捡拾顶着一撮薄泥儿慢吞吞移动的泥螺，不一会儿的工夫，母亲的小竹篮里便有了三四碗的收获呢。

嗡——嗡——，一阵飞机沉闷的嗡嗡声，从西北面山里传了过来。海滩上的人们顿时鸦雀无声，当声音越来越清晰的时候，人们忽然发现七八架黑乎乎的日本鬼子的飞机，已经快要飞到他们的面前。孩子们吓得赶紧会聚到了大人的身边，远处潮头上的汉子们，也撒开了丫子往海滩上跑了起来。

日军飞机飞临海滩上空的时候，见到海滩上许多吓得慌里慌张不知所措的老百姓，把飞机开得低低的，似乎就是掠着人们的头顶，张牙舞爪胡飞乱冲，母亲说，那飞机飞得很低，低得要是有大人举起担杖，感觉就能把它给戳下来似的。在飞机的横冲直撞下，本来平静的海滩上，一下子炸了营。姥姥攞上篓子，牵起我母亲就随着混乱的人们往海岸上跑，海岸上有一道长长的沙岗，沙岗上长满了密密匝匝的刺槐林可以暂且容身躲避。

头顶上的日本兵，见老百姓们慌乱的样子，一边歇斯底里地大笑着，一边把机枪子弹一排排扫射了下来，看着不过瘾，又穿插着扔下一颗颗炮弹，轰轰地在海滩上炸起了几丈高的黑泥。一颗炮弹下来，紧跟着就是一片惨叫……母亲的小竹篮也不知道什么时候吓得扔掉了。飞机胡乱轰炸了一阵子，便轰轰向着东南方向飞走了，海滩上躺着十多个死伤的乡亲，红红的血染得海滩上一片一片，那残酷的场面看上去那么让人腿软发瘆。母亲叫着嚷着要去找回自己的竹篮，因为那里面有她辛苦劳动的成果啊！姥姥没办法，只好硬着头皮和我母亲一起回到海滩上。母亲眼尖，走了不远就发现了她的竹篮，而且竹篮旁边，还躺着一个亮亮的东西。母亲蹑手蹑脚走过去一看，原来是一只黄亮亮的大弹壳！

就这样，这只弹壳被我母亲抱回了家，再后来，父亲因为当过兵，又加上这只弹壳是母亲"拿小命"换回来的，在我父母结婚后，父亲就把这只弹壳拿回了家，当成了一个大酒瓶。长大了我才知道，父亲之所以用这只弹壳盛酒，他是要把日军侵华的这段历史，时时刻刻搁在面前哩！

这只弹壳大概是早些年在家里翻建房子的时候弄没了，但是这只弹壳的故事，却深深地深深地铭刻在了我的心里……

一曲柳腔把魂牵

　　三月中旬从山西出差回京，我接到浩然总监的电话，要我一起参加第三届中国大学生微电影创作大赛颁奖典礼。由于刚刚结束哈密和太原两地的工作，连续出差，身体着实有些累，加上去年初冬在呼和浩特策划总政歌舞团"《名家与经典》走进内蒙古大型演唱会"的一个多月，受风寒侵袭四肢麻木了好长时间，我本想推辞休整一下，可当听说颁奖礼在我的家乡即墨举行时，立刻两眼放光，来了精神。

　　算来已有七八个月没有回家乡了，原本打算正月间回一趟即墨的，但是由于事情太杂，大空儿没有小空儿浪荡，终未能成行，这次机会来了，怎肯放过？承德会合后，我们一行三人沐浴着毛毛春雨一路驱车疾驶，七八个小时的车程，在我的感觉中仿佛过了好几天的样子，这条长长的回家的路啊，怎么感觉似乎越走越长呢？浩然总监是个很有情调的人，他似乎看懂了我归心似箭的心理，轻轻打开车载音响，约翰·丹佛的 *Take Me Home, Country Roads* 便环绕在我的耳际，震颤着我的心。此时此刻，我的心情正如这首歌一样，急切盼望着这条故乡的路带着我回到我可爱的家乡。

　　颁奖晚会进行到大约一半的时候，忽然响起了即墨柳腔的音乐，魂儿仿佛要离开我的躯壳一般，一股股张力在我的身体里膨胀着——我是听着柳腔长大的啊！

现在想想，我特别感谢那个"战山河"的年代，除了战山战河战严冬为我们开垦了大量的耕地，最令我陶醉的还是柳腔戏。记得二十世纪七十年代初，皋虞公社（温泉镇前身）"月台岭大会战"时，全公社的参战人员大都住在我们村，于是，我们村也就成了无比热闹的"文化中心"，全公社好几个农民剧团轮流着来到村里进行慰问演出，那时候演得最多的就是柳腔，我从《大彩楼》看到《小姑贤》，从《母老虎上轿》看到《赵美蓉观灯》，从《西京》一直看到了《东京》，特别爱看的就是《赵美蓉观灯》。也就是那一年，我亲眼观赏到了毛兰嫚儿（国家一级演员、柳腔表演艺术家毛秀美的艺名）的表演。你看那个扮相俊美、婀娜多姿的毛兰嫚儿，三寸莲步轻轻移，六寸玉腰杨柳摆，樱桃轻启颤盈盈，水袖曼舞下瑶台，把个《赵美蓉观灯》唱得哟，用老家话说，那叫一个"恣盈盈美灵灵的满口货儿"呢。那活泼泼儿的词儿，那滑溜溜儿的琴儿，早就刻在了心底了呢，你听——"鳞刀鱼，赛银叶，旁边走的蟹子灯，扭扭嘴的波螺（海螺）灯，一张一合的蛤蜊灯，蹦蹦跶跶的蛙子灯，龟呱儿龟呱儿的蛤蟆灯。白菜灯蓬蓬松，摇头散发的芫荽灯，黄瓜灯一身刺儿，茄子灯紫莹莹，韭菜灯赛马鬃，葫子灯弯中儿中儿，南瓜地里造了反，北瓜地里乱了营"……这亲切得不能再亲切的唱词儿，这亲切得不能再亲切的乡音儿，就像一大碗散发着焦煳味儿的即墨老酒，轻轻地，轻轻地从我的嘴里香喷喷甜蜜蜜流进我的心里。难怪贺敬之浓情而赞曰：杯接田单饮老酒，醉人乡音听柳腔。原来这即墨柳腔和即墨老酒真的可以融合在一块儿呢。

舞台灯光亮了。一群面如桃花的小演员舞动在舞台上，清澈的声音唱起的正是《赵美蓉观灯》，眉目传送着浓浓的情，腰身闪动着水波的影，红的粉的花间飞，绿的黄的醉花丛。四胡一拉勾人魂，唢呐声声钻心中。啊，阔别多年的即墨柳腔啊，你竟然可以演得比春天都华丽，竟然可以唱得比花儿更动容，看得我热泪盈眶，看得我热血沸腾，激动得全国各地观众心潮澎湃，激动得来自五湖四海的宾朋欢声雷动！

看着一朵朵浪个滢滢的花影，听着一声声脆个灵灵的黄莺，我看到了即墨柳腔的美好明天。美醉了的即墨柳腔啊，你六十年前进过中南海，三十年前进过人民大会堂，明天你会走到哪里我不敢说，我相信你会走进一个繁花似锦的华丽天堂。

长长的故乡路啊，你带着我回家，

故乡的柳腔啊，让我一步三回头；
千里万里牵动着我的心啊，
一曲柳腔啊，你把游子的魂儿留……

LUO BI CHENG HE

乡音乡情

即墨有座九泉山

称"九泉山"者，盖以地昂多泉故也。

明永乐时，滇湘徙民傍而居焉，渐成村落，遂名"南泉"。水丰则物盛，泉美而人秀……

传说九泉山昔曾清泉渷然，水甘而冽，草木繁荣，景色秀丽，有神鸽栖焉。某豪强破山引泉，欲独占己有，引起天人共愤，神鸽飞离，山颓泉涸。今喜逢盛世，政通人和，倘有神鸽则必思归矣，为铭社会主义之德、感共产党之恩、彰时代之光、增地方之色，南泉人决意重振"九泉山"英姿，于是垒石为峰，浚其泉源，辟为公园，以为群众游憩之所，是可谓"仓廪实而礼乐兴"，"欲流之远者必浚其源"者也！村领导励精图治，任持斯事，为之奔劳募告；应之约，感其诚，撰此为铭。

这是我的老师韩乃桂先生的一篇《九泉山铭》，就是因为这篇铭文，我在青年的时候，就知道了九泉山这个灵动的名字。当时我就想，一座小山丘却有九泉汨汨，这个拥有九泉山的南泉村一定是个地灵人杰的上风上水的宝地，要不然也不会走进我老师韩乃桂先生的眼里心里，那灵动的文字也不会从他那如椽大笔之下汩汩流出。于是，去访一访南泉、拜一拜九泉山的念头，便油然而生，但是因为各种缘故，一晃三十多年过去了，竟一直未能成行，一种长长的慊憾也埋在了心里。

前天我从山西回到青岛，刚从青岛北站出来，就见王大国老师等候在雨中，心里一阵热浪滚过，两双手儿就紧紧握在了一起。大国老师是南泉人，早年就一直在南泉一家地方国营企业工作，为人谦卑，乐于助人，是一个出了名的热心肠。前些年退休在家，品茗读书交游，好一幅悠然南山的生活画面。大国老师把我直接接到了南泉，已经等候在运松书画工作室的书画家李运松先生和蓝村某中学的周公聪主任等，立刻满面春风地迎了上来，让我感受到了家乡亲人那真挚的热情。临近饭口的时候，即墨颇有些名气的诗人、作家周春雨老师拎着几瓶好酒，急匆匆走了进来。令我感动的是，春雨老师为了能够陪我好好喝上一顿酒，竟然没有开车，一个人从八九里外的家里徒步走到了南泉街上。

席间，自然是谈笑风生、觥筹交错，文人幸会更无前。周公聪主任当初是青岛教育学院汉语言文学专业的高才生，五车八斗，才华横溢，毕业后一直从事教育教学和学校管理工作，可谓三尺讲台小，桃李满天下，说起话来更是旁征博引、幽默机智，让我看到了他的厚实，他的底蕴，更从他的身上看到了文化的魅力和文化的力量。

酒过几巡，我已经有了一些醉意，忘了是谁忽然说起了九泉山，我一下子想到了乃桂先生的《九泉山铭》，不由得浑身打了一个激灵：哦，令我神往已久的九泉山啊，这次我终于得到了拜访你的机会。匆匆收了杯，几个人便陪我来到了南泉，走进了九泉山。

南泉村是一个有六百多年历史的古老村庄，古时因村中有一座小山包儿，四周有九股泉眼昼夜喷涌，高约尺许，故称之为九泉山。

老辈人讲九泉山西北侧有一座龙王庙，庙前的一池泉水，水光波影中有一条金线，传说是崂顶一株千年老参的影子反射在这个泉里。有一日，附近大金家村有一位双目失明的善良的老太太，求医途中无意间在泉水边洗了一把脸，没想到她的眼睛一下子复明如初，而且容颜也变成了豆蔻少女一般。当时的九泉山，有一对金鸽栖息山里，保佑着一方土地兵匪不侵，人丁兴旺，风调雨顺，五谷丰登，这里真的是一方风水宝地哩！

尽管喝了一些酒有点迷迷瞪瞪，但走进九泉山公园，我顿觉神清气爽。你看那垂柳依依，正把平静的湖面当成明净的镜子，在微微的风儿里一根根梳理着长长的柳条，婆婆娑娑的倩影倒映在水里，把一池清水染得翠绿翠绿；几只穿着黑色礼服的燕子，或躲在浓密的柳树枝条里呢呢喃喃说着情话，或在柳树竹林之间欢快地穿越追逐，一群群麻雀也跟着叽叽喳喳欢闹不休。精致的小桥，静静的池水，林荫映带中，一对年轻的人儿携手从不远处走过，三五成堆的村民惬意地聊着美好的光景，他们的脸上写满了新农村幸福生活的甜蜜，一股浓浓的祥和之气，萦绕在了九泉山上，萦绕在了南泉村的蓝蓝的天空下，萦绕在了人们的心里……此情此景，我的心里蓦然欢呼：好一个陶彭泽笔下的桃花源！正沉浸在九泉山美景美色里，一阵管弦琵琶，一阵朗朗吟唱声，荡然闯进耳中。循着声音找去，只见在农民文化中心里，镇里文化中心的王志刚主任，正在指导村里的戏曲爱好者排练节目。有板有眼的指导，有板有眼的演唱，有板有眼的生活啊，从这里有板有眼地向着四外散播。我说，来上一曲《王汉喜借年》，于是，在悠扬的伴奏声中，我也有板有眼地唱了一段大雪飘飘年除夕……

生活总是如此美好！用诗歌来吟诵生活的美好，用歌声来传唱生活的美好，用文字来记录生活的美好，已经成了一种高雅的社会时尚。生活在九泉山周围的人们，过上了美丽幸福的新生活。他们的歌声是高亢的，他们的琴声是清亮的，他们的心胸是敞亮的，是九泉山这块风水宝地给他们聚拢了好的运气，党的乡村振兴战略又给他们的金鸽插上金色的翅膀，难怪有人说九泉山本来就是那对金鸽的衍化。那么，就让九泉山这对金鸽，趁着天朗气清、惠风和畅的盛世，载起南泉人的梦想，在蓝蓝的天空上，尽情地飞翔！

即墨有座九泉山，钟灵毓秀动人间。九泉喷涌着幸福的水啊哟，山石刻画出生活的圆。民丰物阜唱新歌，唱得国泰又民安。金鸽展开金翅膀哟，背负着梦想上蓝天。一捧捧清泉甜在心，一声声歌谣醉心田。赶上这盛世好时候哟，一跃千里哟你就大步迈向前！

即墨有座九泉山！

65

即墨，你被上帝宠坏了

每每从家乡电视台栏目《知即墨》上读到即墨新闻，我总是心潮澎湃不可已矣。不久前，我从即墨人文风物角度，写过一篇《即墨，你能不能不要美得这么辣眼睛》。重新拣读，忽然发现，即墨近年之所以大项目屡屡井喷落地，即墨的发展之所以如此吸引着世界的眼球，原来是因为这里是一个被上帝宠坏了的地方啊！即墨，你让远离你的游子分外眼红！

1. 一轴山岛，从西向东

马山的石林，炫耀着你历史的沧桑；灵山的霞光，释放着青霄元君的慈航；驯虎山上，童恢大人正襟危坐，驯虎山中，山泉汩汩，麦饭飘香；铁骑山顶，猎猎铁旗依然飘荡；鹤山八景，透射出一派仙风道骨啊，四舍如宇，森林小镇托出康养；钱谷山下，休闲农庄紫气东来，巉山险啊，矗立在波涛之上，鸡鸣山高，雄鸡一鸣三县吉祥。一座田横岛也就够了吧，大小管岛的耐冬啊，又把你染得娇艳芬芳。

即墨，你是一个被上帝宠坏了的地方！

2. 一卷碧水，四方纵横

你看那大沽河的水，偏偏要像母亲的爱抚一般，穿过你的西部平原，给你送来一个挪城，还要外带一个宋化泉，一条银练生就了两枚蓝汪汪的宝坠，就这样给了百万墨城生命的源泉。你看那条蜿蜒的海岸线，又给你东部的丘陵挂上了一条蓝宝石项链，天下第一海水温泉，竟不偏不倚镶嵌在了这条蓝宝石项链的中间……这一卷碧水啊，把你打扮得这么靓丽，才有了你这两千多岁青春不老的容颜。

即墨，你是一个被上帝宠坏了的地方！

3. 一揽精英，从古到今

即墨自古出好官，即墨自古出英杰。即墨大夫让齐湣王不鸣则已，一鸣而惊天下，童恢驯虎保平安于一方，尤淑孝治河修坝拒灾害于千里，许铤踏遍山水描摹一县的美景百年。一声风雷起东方，共产党带来大气象。改革开放春潮急啊，一揽精英从天降。励精图治帷幄中，宏图大展哟龙凤翔。即墨，上帝给了你一轴美丽的山川就算了，还要再给你一卷最令人眼红的泉滩海湾，又送给了你一群适应新常态、抓住新机遇、谋求新跨越、实施新作为的精英，把你装扮得如此壮美如此迷人。

即墨，你是一个被上帝宠坏了的地方！

4. 一册壮美，气吞河山

疏老城建新城，一座傲立齐鲁东方的辉煌古城，彰显出了你恢宏的文化底蕴；一个蓝色的创智新区，展开了你一飞冲天的抱负；一个中国江北最大的市场群，书写出了你前所未有的繁荣；一条深蓝色的硅谷，打开了你囊括天地的情怀。现代产业培育了特色城市，城市特色激发出城市活力。难怪一汽大众来了，带起了一座宏阔的汽车产业新城，难怪不到两年间竟然近百个重大项目蜂拥而至，连续井喷过了千亿，难怪中国的、世界的大学名校就偏偏建到你的家门！难怪你能把全世界的眼球吸引到了你的身上，原来你是一个被上帝宠坏了的地方啊！

你的现在，俺都不敢看了！
你的未来，俺都不敢想了！

即墨，
你能不能不要美得这么辣眼睛

　　一帘石林一座山，马山离天三尺三，纵然清晨不吃饭，也要登山把日看。你从何处而来？端出了一亿多万年的故事。白云庵里的青烟袅袅而起，青云飘摇间，马山的狐狸哟摇摆起了红红的尾巴尖儿。蓝天白云，仙气缭绕，几多秘密都藏在了马山。

　　即墨，你能不能不要美得这么辣眼睛？

　　一片平原西北洼，沽河两岸锦上花。粼粼碧波粼粼光，满目青翠发春华。女儿村的生姜分明是一片绿云翠竹，招摇着仙子般妖娆的身姿，勾引得天上的神仙涎水沥沥落九天；湍湾的紫蒜紫气盈，七级的萝卜"龙头青"。移风店的蔬菜刘家庄的葱，槐树沟的槐花惹眼红。张炳祠，小月河，沽河边的密林里呀传出甜蜜恋人甜蜜的歌。

　　即墨，你能不能不要美得这么辣眼睛？

　　一座古城横空出，一片新区创智城。蓝色硅谷蓝色梦，千年商都舞东风。两千年的文化，就是你城墙上的一方方青砖；两千年的文明，更是你屋顶上的片片黑瓦。一代代即墨人沐浴着两千年的文明，精心打扮着他们心中的即墨城,绘得潮海涌动,写得通济丰盈,唱得北安和谐,催得环秀翠拥。蓝色硅谷,风起鳌山湾;创智新区,一座蓝色的城;轻轨若龙,连接大青岛;年轻的即墨,唱响蓝色的梦。

即墨,你能不能不要美得这么辣眼睛?

一群乡贤一首歌,一曲千年说文明。即墨大夫封万家,九贤祠里紫气盈。田单火牛破燕军,即墨天下起雄风。王吉本为羲之祖,扶持大汉百年兴。如砥文声天下传,世间文章满门红。嘉善三边报大捷,四世一品振远声。蓝章蓝田同朝官,父子御史正气凌。书宦世家说杨氏,良臣单骑抚寇勇。更有郭琇(即墨历史名人,见《清史稿》)生鲠骨,一代直臣青史名……即墨是一方热土,孕育出了一代又一代灿若星汉的优秀儿女,两千年的岁月,两千年的风华,让即墨的历史美得如画,让即墨的山水如此钟灵。

即墨,你能不能不要美得这么辣眼睛?

一尊仙鹤一仙山,一个道士法无边。一所大庙遇真宫,一蠹高台人升仙。丘处机真会选地方,他不偏不倚就选中了东面大海的鹤山作为全真教的修传之所,从此水鸣于天梯之内(水鸣天梯),"仙宫秋月"伴随着"杏林飞霞","鹤鸣烟雨"中,"鹤山晓钟"敲醒了春夏秋冬,"摸钱涧"里荆棘横生,"梧桐金井"金光凌凌。"滚龙洞"里人龙滚动,"一线天"中风起云涌。"沐浴盆"内仙波如汤,"聚仙门"前百仙蜂拥。"招鹤台"上仙鹤回鸣,"老君炉"里三昧正红。天地之间"栖鹤梳羽","升仙台"上神仙凌空。泰山虽云高,不及东海崂,崂山最奇秀者首推鹤山。

即墨,你能不能不要美得这么辣眼睛?

一股温泉蕴百川,一线海岸黄金滩,一座海岛如鲸卧,一个故事天地间。大自然独厚即墨,天下第一海水温泉受了天地之令,滚动着滚烫的身子从千米地下,涌动而出,于是,温泉沸腾了,一座像是天上搬下来的仙城,如同一捧明珠,就这么抖落在了即墨的东海边上。金色的沙滩,把这颗熠熠生辉的明珠,映衬得格外耀眼。感谢刘邦,你当年把齐王田横赶到了即墨的东海尽头,于是,五百义士一曲宁为玉碎不为瓦全的感天动地的悲歌,塑成了天地都为之动容的"田横岛"……海潮拍打着田横岛,渔火在闪耀,夜幕笼罩着古老的传说,风轻桨橹摇。月光轻抚着群山岙,霓虹在闪耀,晨曦激荡着蓝色的梦想,春意花枝闹……

即墨啊即墨,你能不能不要美得这么辣眼睛?!

赋得即墨弥天香

金口芹菜赋

一帘翡翠，一束琳琅。一把馥郁，一挽郁香。古城即墨，灵秀之乡。物华天宝，人杰地祥。商都发轫，金口古港。海堤[1]闻名，彭龄[2]故乡。故园香芹，乾隆褒赏。越三世纪，终不能忘。一尊汉子，崇海[3]远望。一枝女子，珍美[4]从襄。披肝沥胆，暮色晨光。金口芹菜，重释光华。

岛城农业添新绿，齐鲁再发新气象。传统名品金口翠，有机绿色送健康。世人只知马家沟，不知金口弥天香。我劝天公重抖擞，引我金口实心芹菜登大堂。

【注】

1. 海堤：青岛市即墨区金口街道村庄名，位于金口街道办事处南侧，古有种植实心芹菜的历史，其芹菜曾为乾隆时的贡品，乾隆皇帝曾赋诗赞曰：翡翠掩盖无颜色，郁香不忘后园情。

2. 彭龄：初彭龄（1749—1825），字绍祖，号颐园，原籍莱阳北黄村。乾隆十八年（1753年）迁居即墨海堤村（今属金口镇）。为乾隆四十五年（1780年）

进士。历官编修、御史、云南巡抚、刑部侍郎、内阁学士，道光年间擢兵部尚书。初彭龄家世代簪缨，官位显赫，是清代中叶即墨境内继郭琇之后的又一名闻遐迩的清廷大员。至今，初彭龄及其宗族的逸闻逸事，仍在山东一带广为流传。

3、4. 崇海、珍美：宫崇海、孙珍美夫妇。宫为海堤党支部书记，二人同为金口海堤"金口翠"优质实心芹菜品牌的创立者，为金口蔬菜发展和农业增收做出了突出的贡献。

湍湾紫蒜赋

和风清清，湍湾滢滢，湍湾西南，花红柳青。民风淳厚，兴旺人丁，小月河畔，土肥物丰。得天之独厚，沐人文地灵，此地独出紫色蒜，生得灵秀天下名。

即墨古邑，辈出杰英，周黄杨郭，本土大宗。更有蓝氏，父子在京，同为御史，共事大明。蓝田文章绝，河南监察行，故乡紫蒜贺帝寿，五百年间贡朝廷。

改革开放，举国昌盛，湍湾紫蒜，一度盛行。工商繁荣，百业俱兴。紫蒜失传，亟待振兴。合亮[1]高瞻远，道合史修勇[2]，人福[3]同德领康庄，当年御蒜获新生。

千年商都，即墨大行，西部平原，如沐春风。农富社稳，岸阔潮平，巩氏合亮，党员先锋。青岛亮合宇，装饰之明星。扑倒身子当地种，为民造福堪称颂。

泱泱神州远，郁郁华夏青，湍湾紫蒜添瑞气，大地若彩虹。绿色送康健，家家紫气浓，湍湾紫蒜助和谐，抱团天下行。

【注】

1. 合亮：巩合亮，青岛亮合宇装饰工程有限公司总经理、湍湾紫蒜恢复项目发起人。

2. 修勇：史修勇，青岛豪升纺织有限公司总经理、山东省著名家纺品牌"倍富娜"拥有者、青岛一分田高端农业合作社理事长、湍湾紫蒜恢复项目联合发起人。

3. 人福：王人福，青岛湍湾生态农业科技发展有限公司总经理、湍湾紫蒜恢复项目联合发起人。

湍湾紫蒜新赋

天地玄黄，宇宙洪荒。春纳五福，夏走清凉。秋收神韵，冬临丰藏。人生一世，福寿宁康。耕读传家，诗书溢香。德荫子孙，行及万方。学文习武，化人开疆。山河壮丽，神州泱泱。四海龙吟，九皋凤祥。长城蜿蜒，黄河汤汤。江开南北，齐鲁荣襄。圣贤遍野，孔孟老庄。绵延东去，崂矗海上。东崂鹤立，即墨之乡。千年古都，泉海岛港。

物华天宝，地灵人祥。长门千里，田横悬羊。钱谷四舍，鳌立海浪。万华齐牛，马山狐扬。老酒飘香，醉人柳腔。鸟笼大欧，畲子葛庄。海南豆腐，百年流芳。淮涉流韵，月河水长。湍湾西南，土肥地良。古有紫蒜，一品贡绘。半世无踪，今岁发祥。史氏修勇，巩氏合亮。念燕反哺，跪乳乡党。岛城名士，中华大梁。董公全洲，巨橡辉煌。横空贯日，湍湾显祥。月河瑞荡，紫蒜辛香。紫气东来，四海祥光。好人好礼，好人荣昌。家有紫蒜，紫气满堂。日啖紫蒜四六瓣，入得湍湾不思乡。

臧村赋

华夏悠悠，神州泱泱，巍巍九皋，滔滔三江。天蕴灵秀，有村曰臧，地载五德，臧者即良。肖陈史马，三张五王，明时建庄，清朝褒臧。

北枕钱谷，南接海洋，物华天宝，地灵人祥。人本良善，古道热肠，诚信为天，忠孝仁襄。古圣先贤，庇佑一方，合村一家，日月天光。大运天成，厚福天降，五谷丰登，四时瑞祥。

欣逢盛世，改革开放，海不扬波，龙凤呈祥。温承天地，泉蕴百川，人才辈出，凌空翱翔。喜看古城，奇葩绽放，蓝色硅谷，沸腾海洋。轻轨若龙，通达四方，喜看明朝，天地辉煌。

故乡好友赠蒜薹赋

湍湾蒜薹，绿若翡翠。心灵相系，意长情美。细嚼慢品，漫香酥脆。翠香

72

浓浓，红酒一杯。一根入口，若痴若醉。小月河清清，难得修勇一寸心；金湍湾悠悠，更喜合亮三春晖。

念故乡情在云尽处，思友情心灵相依偎。此情堪比岱宗高，此意绵绵上翠微。我欲乘风到湍湾，漫卷紫云三百杯。高歌一曲动山岳，把盏豪饮彩云归。

钱谷山赋

盘古开天，三皇五帝。莽莽环宇，神州崛起。江河纵横，群峰并立。三山五岳，风光壮丽。观八千里路豪迈云月，叹数千年之浩瀚历史。一卷山河捧在手，一册风云纳心底。五千年风雨，十亿人壮志，五百年沧海桑田，八万里日行坐地。千百年腥风血雨，神州疲弊。千万里滚滚浪潮，一唱雄鸡。

巍巍岱宗，齐鲁傲立。峨峨崂峰，东海雄起。惊涛拍岸，云横烟低。红日出海，荡荡紫气。想秦始皇者登临观海，哀几十万民卑躬屈膝。一层石阶立起来，一个身躯倒下去。三千丈悲歌，两千年豪气。问天地仙家何处？说古今崂山道士。俱往矣多少释道，唯有墨子。看乾坤斗转星移，丘氏处机。

青岛花园，即墨古邑。千年商都，英杰四起。山海林岛，泉滩港立。蓝色新城，唱开大戏。看山河绵绵继往开来，赞钱谷名山连绵百里。一亘灵秀天地间，一个故事说狐狸。有谁堪称道，胡三能济世。唐太宗金口封号，秃尾龙疗伤府邸。叹古人荒于避乱，烽火迭起。看今朝荣昌满目，洞天福地。

名山避乱，三秋之时。怀抱孙眠，脑颅枕石。夜半松涛，蓦然惊起。仰观霜雾，愁苦凄厉。俯斑斑青崖洪波涌动，仰茫茫天宇追今抚昔。一次心灵来触碰，一部民族苦难史。几度夕阳红，拭目看今日。登钱谷把酒临风，看田畴心旷神怡。俯仰间风云际会，苍鹰展翅。张臂膀拥抱天地，山海相依。

钱谷之巅，四柱鼎立。张力擎天，曰四郎石。四郎一举，凤凰来仪。紫环云舞，人才济济。凡五百年间英才辈出，聚文武工商七十二系。天公抖擞天独厚，人杰地灵乘风起。海上有此山，大运承天地。喜颜飞踏歌而行，逐浪高扬帆远去。看代代新人层出，春笋而起，犹钱谷四郎擎天，顶天立地。

钱谷山下，欣逢盛世。雄崖古所，奕奕新姿。鱼米海珍，王村岛里。金口古镇，改天换地。喜一颗明珠托起温泉，于华夏大地生辉熠熠。西扭盛开文明花，臧村腾飞展巨翼。钱谷农庄红，文化数皋虞。乘长风改革开放，中国梦叹为观止。高瞻远万年太久，只争朝夕。国与家万古长青，誓与天齐！

葡萄架下听情话

迢迢牵牛星，皎皎河汉女。纤纤擢素手，札札弄机杼。终日不成章，泣涕零如雨。河汉清且浅，相去复几许？盈盈一水间，脉脉不得语。

小时候知道一个故事，叫作牛郎织女天河配。老人们常说，七月初七晚上坐在葡萄架下，静静地，静静地侧耳倾听，能够听见牛郎织女站在鹊桥上说情话的声音呢。于是，我从小就对这个传说产生了深深的迷恋，也在好几个七月初七的晚上，就着"煿花"（一作饸花）吃完"七巧饭"，自己悄没声地搬一个小草墩儿，坐到院子里的那棵几乎爬满了整个小院的葡萄下面，仰着脸儿，托着腮帮，支棱着两只耳朵，静静地期待着天上的牛郎和织女手握着手儿，悄悄地说着那动人的情话。或许是我的修为不到，抑或是我不够浪漫，到如今半辈子都过去了，牛郎织女竟然没有让我听到过只言片语呢。

前几天回青岛在崂山采风，通过家乡朋友迟元诚和孙向宇，我认识了中建八局青岛分公司的何宗斌总经理夫妇。恰值七夕前夜，大家聚在一个农庄，在葡萄架下品茗聊天，讲起了各自的爱情故事，大家都沉浸在了对往日浪漫的回忆之中。何总对即墨有着独特的情感，即墨古城和即墨一汽车城等大项目，都

74

是由他们担纲承建的。何总夫人是东营人，说起她和何总的爱情历程，更是让我们一会儿笑声阵阵，一会儿泪流满腮。

三十五年前，何总在中国石油大学（华东）校区当兵的时候，偶然与嫂夫人相识，于是，一段长达三十多年的浪漫爱情，就这样拉开了帷幕……

刚刚恋爱的时候，有一段时间，嫂夫人回广饶老家省亲，离开东营不到两天，就收到了一封厚厚的邮件。打开来一看，居然是这个当兵的何宗斌寄来的一封长达七十页的情书，除了诉说深深的相思之情，就是一番激励她成为居里夫人等的期望，把个灯下的嫂夫人感动得泪水稀里哗啦，流满了好几碗。两个人结婚后，何总转业分配进了中建八局，又奉命来到了青岛，从此两人过起了牛郎织女的生活。那个时候电话通信不方便，何总平均两三天就会给妻子写上一封书信，说说工作聊聊家常，顺带着诉诉相思，虽然"天各一方"，但是两个人心里充满着甜蜜，感情越来越深、越来越浓。

何总这人对工作那是绝对没说的，这么多年来，他除了老人身体原因和寿辰以及妻子的生日外，从来没有请过假。冬月初七是嫂夫人的生日，有一次嫂子过生日，为了省钱，何总搭了朋友的一辆大头车回家，刚出青岛，大头车坏在了路上，一直到下午两三点也没修好。何总急得如同热锅上的蚂蚁。大冬天的，细细的汗珠一个劲儿地从他的额头往下流。心急如焚的他便乘车赶到潍坊，但是从潍坊发往东营的末班客车，已经连尾气也看不见了。这时，天上飘起了细碎的雪花，最后，他咬咬牙近乎哀求一般好说歹说打了一辆面的，一直到了下半夜，才风尘仆仆赶回了东营的家，两个人眼含热泪，紧紧地拥抱在了一起。

嫂夫人四十岁生日前两天正好是他休班，正在他盘算怎样回家给嫂夫人过生日时，公司一个电话让他去北京开会，他很遗憾地跟嫂夫人说明情况后，就乘上了去北京的夜班列车……到了生日的那天，嫂夫人接到一个电话，说是有一个快件需要她亲自签收，嫂子便来到约定好的小区商店门口，一边跟邻居们聊天，一边等候着送快件的人。这时，一个小伙子抱着一个大大的礼盒打听着她的名字。她心存狐疑接过盒子，打开一看，哇！九百九十九朵玫瑰，如同一团火红炽热的光，一下子出现在了面前，周围的人们齐呼啦地围拢过来，发出了一阵阵的惊呼。良久，嫂子从晕厥中醒过来，说怎么会有人给我送花呀，分明是送错了。小伙子示意让她看一看花间的卡片，卡片上只有一行简单的文字：老婆，生日快乐！嫂子只看了一眼，就已经泣不成声……嫂子一边说着故事，一边用纸巾擦着不断潮湿的眼睛。听着嫂子那真情诉说，我的眼睛也潮润了起来。有情若斯，足以感天动地啊！

这时，舒婷不知道什么时候"走进"了我们，带着我们一起朗诵起了她的绵绵情话——

我如果爱你——
绝不像攀援的凌霄花，
借你的高枝炫耀自己；
我如果爱你——
绝不学痴情的鸟儿，
为绿荫重复单调的歌曲；
也不止像泉源，常年送来清凉的慰藉；
也不止像险峰，增加你的高度，衬托你的威仪。
甚至日光，甚至春雨。
不，这些都还不够！
我必须是你近旁的一株木棉，
作为树的形象和你站在一起。
根，紧握在地下；
叶，相触在云里。
每一阵风过，我们都互相致意，
但没有人，听懂我们的言语。
你有你的铜枝铁干，
像刀，像剑，也像戟；
我有我红硕的花朵，像沉重的叹息，又像英勇的火炬。
我们分担寒潮、风雷、霹雳；
我们共享雾霭、流岚、虹霓。
仿佛永远分离，却又终身相依。
这才是伟大的爱情，坚贞就在这里：
爱——
不仅爱你伟岸的身躯，
也爱你坚持的位置，
足下的土地。

家乡的"西施舌"

在北京的南沙渔港转悠，竟然发现了我久违了的"西施舌"，三下五除二买回一些煮了，或许是没有美酒做伴的缘故吧，抑或不是来自家乡的"西施舌"吧，嚼在嘴里总是感觉少了许多鲜美之气。

"西施舌"可谓即墨沿海珍贵的名产了。说到"西施舌"，不能不说说西施。中国古代四大美人之一的西施，民间传说的佳话颇多，在烹饪史上与这位美女相关的美食亦不少。

关于西施之死，大家众说不一。福建名菜"炒西施舌"的传说中，有这么一段故事。春秋战国时期，越王勾践灭掉吴国后，勾践的夫人知道西施非常美，担心勾践喜欢上，就偷偷地叫人骗出西施，将石头绑在西施身上沉入大海。过了很多年后，沿海的泥沙中便有了一种似人舌的文蛤，大家都说这是西施的舌头，所以称它为"西施舌"。其实"西施舌"是海产品文蛤的一个品种，二十世纪三十年代著名作家郁达夫在福建时，亦称赞长乐"西施舌"是闽菜中的一种神品。

在我的家乡即墨，关于"西施舌"的传说，更有一个凄美的爱情故事。说的是很久很久以前，在即墨东部沿海一带的一个小渔村里，住着一对如花似玉的姐妹，妹妹温柔善良，姐姐好吃懒惰。由于姐妹两个貌美如花，人们就把妹妹叫作西施，把姐姐叫作浣纱女（取自西施浣纱的典故）。清朝年间，一艘从福建开过来的叫作"相公号"的商船，看到了一座大大的城市，便向城市驶了过去，其实，那城市是即墨东部海上的一座叫作"变山"（女岛）的岛屿附近出现的海市蜃楼（关于即墨女岛的海市蜃楼，《即墨县志》有专文记载）。商船靠近"城市"的时候，触到了海上的礁石沉没了。有一天，妹妹西施在海边搭救了一个从"相公号"死里逃生的年轻商人，为了躲避闲言碎语，她把年轻商人藏在一个海边岩洞里，每日送饭送药，渐渐地两个人相爱了。商人身体恢复了，就用身上剩下的一点银子做起了挑担货郎，每日里手摇"货郎鼓"穿村走巷卖货，晚上就回到岩洞和西施相会。姐姐浣纱女发现了两个人的秘密，她见那个商人很有钱财，趁妹妹生病之机，冒充妹妹趁着夜色来到岩洞里，欺骗了妹妹的情人，两个人趁着天不亮驾船离开了东海边。妹妹西施千呼万唤，在茫茫海边咬舌殉情。善良的蚌姑娘把妹妹西施的舌头包藏了起来，后来，即墨东部沿海一带便有了这种味道异常鲜美的蛤蜊——西施舌。

西施舌被称为"天下第一鲜""百味之冠"，其鲜美程度是无法用语言描述的，难怪有人说道，西施舌怎么做怎么好吃。即墨的大小酒店关于西施舌的做法，更是八仙过海各显神通，炒、拌、汆、煮、炸，样样味极鲜。白菜西施舌、香菜西施舌、塔香西施舌、海参西施舌汤、西施舌疙瘩汤、海带豆腐西施舌、西施舌鲍翅羹等等，那白嫩嫩晶莹剔透的肉儿，那白白浓浓的汤儿，那鲜香逼人的味儿，着实令人垂涎欲滴。

来吧朋友们，来即墨品尝美味有营养的西施舌。即墨的海，即墨的天，即墨的风物，即墨的文化，即墨人的热情，会让你流连忘返。

一段往事

晚餐时，岳母说了一句话："陈修远多才多艺，肯定随他爸爸。"我说不是，其实我倒随我舅舅较多。不过，真正影响了我的一生的，是我的老师韩乃桂先生。

打小记事起，舅舅在村里就是文艺骨干，农业学大寨、工业学大庆、总路线、人民公社……一个个社会主义建设的热潮风起云涌，激荡着举国上下的民心，人民群众建设社会主义的热情，催发着社会大众文艺创作的热情。舅舅也不例外，办活报，写快板，编柳腔，演吕剧，唱样板戏……几乎样样都是里手。有一天，他见我在看连环画《一块银圆》，竟连夜写出了一个同名柳腔剧本，经过排演，获得了县"战山河"指挥部的奖励，我至今能记得演员们活灵活现的表演，尤其是地主李三刀和狗腿子相互抱怨的那一折—

李三刀：你说你混蛋不混蛋（不混蛋）？几个穷鬼吓得你抱头窜（抱头窜）。老爷我幸亏躲得快（躲得快），还叫银圆打破了脸（破了脸）。你看看你看看（你看看），鲜血一直往外窜（往外窜）。

狗腿子：老爷你先别抱怨（别抱怨），我也挨了一银圆（一银圆）。撸上裤子让你看（让你看），疼得我两条狗腿直跑偏（直跑偏）……

当时这一段对唱便成了孩子们模仿的经典，一到下午放学值日时，就在教室里热闹上演。

一九七六年，粉碎了"四人帮"，举国上下更是红旗招展锣鼓震天，办活报、办墙报就成了农村民间最为火爆的文艺形式。那一年我十岁，读小学三年级，被联办中学老师选为学校"毛泽东思想宣传队"的成员，那个时候，自己竟能编出"太阳一出磨盘大，金光闪闪照天下"的快板书了，而且作为公社的调演节目参加了肃清"四人帮"流毒的文艺汇演，从此一发不可收，编写三句半，咚咚锵，咚咚锵，咚锵咚咚锵的锣鼓声，响遍了田间地头；编演快板书，呱哒呱，呱哒呱的竹板声，敲醉了大街小巷。在叔叔大爷大妈婶子的赞许的眼光中，我走进了即墨二中。

我在一篇《我师乃桂》的文章中，记述了先生如何把我带上文学创作之路和引我走上正直人生的点滴，我跟亲友经常说起，没有先生就不会有今天的我，令大家一齐为之动容。当时我学习数理化很吃力，先生为了鼓励我努力进步，就打破常规，在选班干部的时候，提名让我担任了宣传委员。于是，班报校报留下了我勤奋的影子。六一儿童节来到了，先生自己创作了一个快板剧《四个老汉逛二中》，选了我和班长韩树勋、劳动委员韩吉臣、纪律委员还是什么委员的何国庆四人来表演。当时记得何国庆非常滑稽，整天歪着膀子歪着个头，借来的黑色老头衣服一穿，胡子一扎，头巾一包，大烟袋往腰里这么一别，那吭哧吭哧的形象，惹得先生和同学们哄堂大笑。何国庆一顿发窘，不敢对大个子同学发火，歪着头支棱着鼻子朝着小嘎嘣豆栗继军一顿猛烈的炮火：你个矬子样，叫你演演试试，你敢试？！吓得栗继军抱头鼠窜。

那天的礼堂里，全校师生聚集在一起，先生抑扬顿挫拉着二胡，音乐一起，四个小老头的歌声便回荡在整个礼堂大厅——自从粉碎了"四人帮"，学校真是变了样，嗨嗨嗨嗨嗨——努力学习成风气啊，四化建设人才起啊，嗬儿彩彩，嗬哈哈，俺老汉心里——乐呀乐得慌……

后来，学校组织排演反映肃清"四害"流毒、恢复学习风尚的儿童剧《上学路上》，先生推荐让我扮演受"读书无用论"影响的淘气少年聂小天。小天是火车司机的儿子，觉得爸爸没文化照样开火车，整天背着书包带着爸爸给他的小火车模型，在上学路上逃避上学，后来经过老师和女班长的教育帮助，终于成了一个爱学习的好少年。说实话，我从小就老实听话，演淘气鬼对我来说难度实在是太大，先生就指导我说：你多观察何国庆就能演好这个淘气鬼。

于是，我便把何国庆那套"光辉形象"搬在我身上，竟然把这个聂小天给演活了——不好，言多有失，无意中得罪了现在已经是彪形大汉的何国庆——那么，就用聂小天在剧中开场的一段唱结束本文吧——

小火车，咔嚓嚓，
爸爸爱它我爱它，
爸爸爱它我爱它。
送旅客，上北京，
运货物，到咱家。
越过大桥进隧道，
穿南走北乐哈哈。
哎——旅客们，从青岛开往北京的列车，出发喽……
呜——咔嚓嚓……

跟着李白喝老酒

　　"鲁酒若琥珀，汶鱼紫锦鳞。"这是唐代大诗人李白对即墨老酒的吟诵。

　　李白在唐开元二十五年（737年）曾经来过山东。当时山东地方的一个小官员很喜欢李白，提着一坛即墨老酒和一条墨河鲤鱼请李白喝酒。李白在给他的诗中以"鲁酒若琥珀，汶鱼紫锦鳞。……为君下箸一餐饱，醉著金鞍上马归"感谢这个小官员的招待。可见咱们山东即墨老黄酒把个太白老爷子喝得是手舞足蹈，飘飘然"不知何处是他乡"了。

　　鲁酒中历史最悠久者，当数即墨老黄酒。即墨老黄酒以其悠久的历史、独特的酿造工艺，形成了独有的老酒文化，成为中国北方黄酒之宗。即墨的地理环境气候和物产非常适合酿造高品质黄酒，原料是酿造优质黄酒的基本条件。即墨自古盛产大黄米，与其他北方地区的大黄米相比，即墨大黄米米粒大、光圆，是酿造黄酒的上乘原料。故有"即墨老酒的品质是种出来的"之说。

　　还有一样，那便是水，水对酿造优质黄酒异常关键。崂山泉水甘甜爽口，天下闻名，并且富含微量元素。优质黍米、小麦、麦曲、特定区域内的麦饭石水以及独特的"古遗六法"传统工艺，决定了即墨老酒的高贵品质。同时，基于上述诸多因素，即墨老酒的强身健体养生保健功效，使别的酒类遥遥然而无可及者也。难怪有国家领导人赞曰："如果说青岛啤酒是液体面包，即墨老酒就是液体蛋糕。"其营养价值岂容我辈絮絮而赘言乎？

从即墨出土的距今已有五千多年的"小酒杯"、商代提酒用的"堤梁卣"、喝酒用的"爵"、周代温酒用的"舟"、汉代行酒令用的"投壶"和喝酒用的"角"，都证明在远古的时候，即墨就开始酿造黄酒。春秋战国时期，即墨酿造黄酒已十分兴盛，成为当地最常用的助兴饮料和祭品，俗称"醪"，古称"醪酒"。当年，田单以火牛阵大破燕军，即墨百姓箪食壶浆犒劳大军，供奉的就是当时叫作"醪"的即墨老酒，故当代诗人贺敬之留下了"杯接田单饮老酒，醉人乡音听柳腔"的千古名句。《即墨县志》和有关历史资料记载，公元前722年即墨酿造极为盛行。传说秦始皇东游崂山，曾亲口品尝醪酒，并将其定为贡品。到了宋代，人们为了把酒史长、酿造好、价值高的"醪酒"同其他地区黄酒区别开来，以便于开展贸易往来，故又把"醪酒"改名为"即墨老酒"。

关于即墨老酒，历代文人墨客也都留有名句，李白曾誉其为"金液"，即墨名宦黄宗臣留有"石上开樽有浊醪"的名句，当代许多名人如舒同、杨得志、杨成武、谭启龙、贺敬之、欧阳中石、廖静文、于若木、吴作人等，都曾为即墨老酒留有香弥天地人寰的墨宝。

我是个爱酒之人，更是爱乡之士，虽称不上是酒囊饭袋，但自忖没有李白"斗酒诗百篇"的涌泉之才，何哉？那就不如让我跟着李太白，沾沾老爷子那块皇帝佬御赐金牌的光儿，去喝遍天下美酒吧！

难忘名吃"蝈蝈笼"

　　走遍了千山万水，尝遍了天下名吃，最迷人的还是即墨曼妙的风光，最难忘的还是咱即墨的"蝈蝈笼"。

　　"蝈蝈笼"，是即墨传统名吃水煎包最早的称呼，坊间通常呼之为"炉包"。记得我小时候在即墨参加少先队代表大会，偶尔会跑到淮涉河（今更名为墨水河）沙滩上，买上两个"蝈蝈笼"解馋。那时候，生活比较困难，但是包子的香味引诱得我情不自禁从当时的"东方红"广场跑到河岸边，那一股股浓浓的香气，在鼻子前荡来荡去，面香、油香、菜香、肉香以及蒸包子的柴禾香交织在一起，直诱得我们这帮子馋鬼哈喇子直流。"蝈蝈笼"出锅了，那焦黄的嘎渣儿，圆圆的白白的包子，活像一个个没有上足色的大石榴，一口咬下去，暄腾腾满嘴流油，刀切的四棱茧子猪肉，直诱得你不得不大口咬下去，一口咬下去，满嘴流油，那叫一个过瘾啊！

　　据《即墨县志》载，"蝈蝈笼"是即墨城胡家村胡姓之祖所创，迄今已有五百多年的历史了，这还要追溯到明代时候。明永乐二年（1404 年），胡氏兄弟三人为避战乱和灾荒，由河南省洛阳县迁徙到了咱即墨城南胡家村定居，垦荒种田，朝出晚归，很是勤劳。年复一年，省吃俭用，家境日臻宽裕起来。于是，胡氏三兄弟便利用耕作之余，在即城淮涉河沙滩的集市上做起了水煎包生意。起初，他们在沙滩上用高粱秸编排成二米多高的帐子围墙，顶部搭盖上红秫秸席，用以遮阴纳凉，御风挡雨。围墙内砌上几个简易炉灶，炉灶上安上平底锅，架几块长木板、十几个小木凳当餐桌，就算是建起了一个简易餐馆。

因为这个用高粱秸和秫秸席搭成的方形棚子，从外形上看酷似一个大型蝈蝈笼，所以人们便将他们所经营的水煎包称之为"蝈蝈笼"水煎包。

说起胡家的"蝈蝈笼"水煎包，在制作工艺上那是非常讲究。面的硬软，调料的比例，火候的大小，都有一定规范，其面口、火口、味口恰到好处。选料因季节而异，一般来说，冬季多用大白菜，夏季多用韭菜、茭瓜，和上好猪肉，佐以油、盐、面酱等。刚出锅的包子，看上去金黄晶莹，松软透亮，溢油欲滴，使人望而垂涎；吃起来脆嫩可口，香而不腻，味道鲜美，大有忘饱之感。因此，"蝈蝈笼"水煎包便很快名声大振、誉满县内外，简陋的"蝈蝈笼"包铺顾客盈门，生意兴隆，胡姓三兄弟也因此发家。至万历年间，胡家出官并与黄家（嘉善）联亲，从此便放弃了水煎包生意。

"蝈蝈笼"水煎包扬名后，即墨城的饮食业竞相学习胡家技艺。胡家停业，即墨城南关董文卿便继之出手经营。至此，制作水煎包的技艺广为流传，"蝈蝈笼"炉包铺遍及全县城乡，到清末民初，即墨的"蝈蝈笼"炉包便进入了鼎盛时期。1953年秋，青岛市城乡物资交流大会期间，即墨饮食商户应邀参加。会上，即墨的炉包备受各界人士赞赏，纷纷争相品尝。而今，即墨的炉包尽管不是以"蝈蝈笼"为铺面，但其制作工艺和特有风味却仍然盛名不衰，1985年还被评为"山东省地方名吃"。

近些年，即墨的炉包已经走进了豪华酒店，登上了大雅之堂，包子馅儿也由过去单纯的白菜猪肉、萝卜猪肉和韭菜猪肉，发展到海鲜馅、各种素馅以及具有药食，琳琅满目地呈现在各路食客面前，来自五湖四海天南地北的食客们，一旦品尝了"蝈蝈笼"，都会赞不绝口，流连忘返。

是呀，民族的才是世界的。我不由得对我们的祖先肃然起敬。是我们的祖先给餐饮赋予了文化的内涵。作为后来人，尤其是即墨餐饮人，一定要把我们祖先留下来的传统名吃，赋予更新的生命力，使之不断发扬，不断光大。

北张院村摘桃子

　　即墨七级（今改为移风店）有个北张院，村南有一座桃园，桃园里的桃子从六月开摘，一直能摘到十一月。由于大家都知道北张院的桃子不打农药，全凭自然生长，所以惹得远远近近的城里人，时不时地溜到这里解解馋。那红红的桃子，直把人们带进了王母娘娘的蟠桃园了呢。

　　我从小就喜欢吃桃子，尤其爱吃一咬一口红红"血水"满嘴淌的"六月仙"（农历六月成熟的仙桃）。小时候，那拳头大的桃子捧在手里，用手胡乱摩挲一下那细细的茸毛儿，先是用门牙镂开一小块儿，只见那红红的肉儿露了出来，还没等嘴里品出什么滋味儿，就迫不及待地咔哧一大口，顿时连鼻子都插没在了软软的红红的桃子肉里了呢。

　　前几天回乡的火车上，朋友巩合亮打电话说，自己特意跑到七级的北张院村的桃园去摘桃子，正好来个"蟠桃盛宴"接风洗尘。这让我情不自禁地想起了去年我们一起在北张院村南的桃园里摘桃子的情景。

　　去年七月下旬的时候，我回到了即墨，接风宴上，朋友小迟盛情邀请一起去他们北张院村摘桃子，趁着酒兴我们一行十几个人、十几辆车，从即墨城浩浩荡荡开到了北张院。村子里的叔叔大爷大妈婶子孩子们，对于我们的到来，脸上一点稀奇的样子都没有，倒是看到了小迟从车上下来，一个个围拢过来热情地打起了招呼。小迟说，村里一到这个季节，远远近近的人们就会开着车子络绎不绝地涌进村南的果园摘桃子，有城里人一家几口前来休闲采摘的，有远地儿的水果商人前来订购的……原来村民们已经见惯了车队满村子进进出出，所以对于我们一行人的到来也自然就不感到奇怪了。

小迟叫迟元诚，是崂山太清宫慈善功德会副会长、中国海洋大学EMBA（高级管理人员工商管理硕士）、建筑安全质量培训师，现在还是北张院村委的负责人，很有文化。当年我去崂山访道时认识了他，他把个崂山道教文化和崂山的一草一木都讲得出神入化，把我这个自以为读了很多书走了很多路的人，搞得活像一个小学生，很惊奇地听他侃侃而谈。看着其貌不扬的年轻人，我的心里一阵阵惊呼，难怪他的事业做得那么好，原来他的脑袋里肚腹里甚至浑身上下里里外外，都被文化包裹起来了呢。

小迟一边滔滔不绝地讲着北张院村的历史人文和果园情况，一边把我们带进了这片一眼望不到边儿的桃园。

一看见红红的桃子压弯了枝，绿绿的叶子飒飒响，男男女女老老少少时隐时现热热闹闹摘桃子的情景，我的眼前一下子闪现出了陶渊明《归去来兮辞》里那乐不可支的影子。你说这个陶彭泽，放着好好的官儿不做，非要去留恋田园，你看看这个老头儿："乃瞻衡宇，载欣载奔。僮仆欢迎，稚子候门。三径就荒，松菊犹存。携幼入室，有酒盈樽。引壶觞以自酌，眄庭柯以怡颜。倚南窗以寄傲，审容膝之易安。园日涉以成趣……云无心以出岫，鸟倦飞而知还……"非但如此，还要在一个个秋日，采菊东篱下，悠然见南山。想着陶老爷子那傻呵呵的样子，我不禁想到，要是当年这老爷子一头扎进咱北张院的这片仙桃园，还不得跟范进中了举人一般，高兴得一口气儿没有顺过来，泥里土里手舞足蹈、乱滚乱爬呀。

这时，一群穿着时尚，一看就是城里人的孩子，提着撩着盛满桃子的篮子，欢呼雀跃地走出来。孩子们的红红的小脸儿，挂着劳动收获的红红的喜悦，挂满了像这满园桃子的那红红的甜蜜。

北张院的桃子红啊，红透了美美的小日子儿，红透了火火的好光景儿；北张院的桃子甜哪，甜醉了火火的新农村啊，甜醉了美滋滋儿的新农民。

大祭海
——写给 2017 田横祭海节

山醒了，海笑了，
田横湾，涨潮了！
一声声龙鼓敲开了龙宫的门，
一声声唢呐催醒了田横的潮。
一声声鞭炮铺开了满地的红哟，
一声声号子撼动得地动山又摇。
一面面旌旗一列列飘，
一串串歌声一阵阵涛。
一排排渔船一挂挂网，
一岁岁风调一年年高。
一条条玉龙一道道光，
一对对金狮一张张笑。
一个个汉子一座座山，
乘风破浪啊咱就把那大船摇。

周戈庄，田横岛，
大祭海，展雄豪。
五百年的文化五百年的风，
五百年的豪迈五百年的谣。
五百年的祥瑞在笼罩，
五百年的雄风舞大潮。
汽笛声声山海相融，
渔歌阵阵和谐祈祷。
乘着这潮平岸阔的好时候，
咱撸起袖子啊扬起金帆向着那太阳跑。
呕——吼吼吼——祭海咯！
祭起来吧，祭起百舸竞发的大气象，
祭起来吧，祭起波澜壮阔的渔家傲。
祭起来吧，祭起风调雨顺的好光景哟，
祭起来吧，祭起波平浪稳一帆风顺的田横岛。

瑞雪秀出了我的城

　　一场美美的瑞雪，一朵朵冬日之灵，乘着夜色天女散花般洒落在我的美丽的古城，我那古城霎时间变得更加壮美更加风姿绰约起来。

　　我那古城雪夜，那些红红的灯笼在素雅的皑皑白雪中变得娇艳无比，静静倾听着天空飘洒的唯美的诗句；我那古城的每一根婆娑的枝条儿，也都澎湃出了艺术的激情，吟唱着"千树万树梨花开"的壮美；我那古城的每一块青砖，也都跃跃欲试，振奋成了一个个画家，刻画出一幅幅古城雪夜的壮美；我那古城的那一片片弯弯的小瓦片儿，似乎涌动出了脆生生的琴声，用音符呼唤着春的来临，再灵巧的手指儿又怎能弹出古城如此美妙的音韵？看着即墨好友的朋友圈发出的古城雪景，我心驰神往，此时此刻，该有多少含苞的迎春花藤伸出我那古城的梦境之外；该有多少爱雪的人，纷飞在我那雪夜的古城，喜悦如雨的心灵，长出了多少新绿的叶片；该有多少情人儿，借每一片我那古城的雪花，飘飞着对感情和人生的祝福……

　　我到过很多地方，看到很多地方的雪，千里冰封、银装素裹的北极村，宛若奶油般圆润多姿、梦幻般的雪乡，绚丽多彩的哈尔滨冰雪世界，犹如野马乱奔、飞扬跋扈的塞外飞雪，那滚滚如天外密云般的天山晴雪，都深深地印在了我的心里，让我这颗纷扰骚动的心，感到了一份扎扎实实的肃穆和平静，而你，而你，我那古城的飞雪啊，却令我这颗本已平静了的心儿，变得骚动变得不安了起来。多想以梦为马，多想以梦为马，狂奔到你的身边，五体投地，仰卧在我的古城我的雪地上。

瑞雪秀出了我的城！我的古城的青砖，让这洁白的雪儿秀得更有历史的光泽；我的古城的灰瓦，让这银光闪亮的雪儿秀出更多文化的绚烂；我的古城的枝丫，分明绽放出了春光般夺目的银色的芳华；我的古城里的红墙绿柱，让你这天外玉女映衬得已经焕发出了一座城市红红灼灼崭新的生机。

小时候，一到冬天，那大大的雪花就会时不时地从九天云外飘洒下来，不等上场雪儿融化了，这场雪儿又赶着趟儿似的，洋洋洒洒挥舞在了茫茫天地之间。千峰笋石千株玉，万树松罗万朵云。一个漫长的冬季，大地万物总是冰清玉洁，素雅美丽，千般的妩媚，万种的风情，天天有一种脱胎换骨似的清新雅韵伴在身边。每当下雪的时候，我就会扑向大街扑向原野，使劲儿张开双臂，把这玉洁冰清的世界揽入怀中，于是心中就会充盈着对春天的渴望，充盈着对丰收的希冀。

瑞雪秀出了我的城！此时此刻我的古城说不完千般旖旎，道不尽万种风情。且不说把酒一盏，拥炉自坐，饮酒赏雪时那份快意，更不论那"孤舟蓑笠翁，独钓寒江雪"的诗情画意，你单单踏在古城那厚厚的白雪上，听那脚下踩雪发出的"吱吱"声，穿行在火树银花般的神仙境地里，你就陶醉了。雪花飞舞，我的古城多少琼花玉树。正是："长墙蜿蜒极目白，不辨城郭与陌家。"刹那间，痴迷于我梦中的古城那冰清玉洁的琉璃世界里，悸动的心里开始流淌浓浓的诗意，我的古城的春日情愫也悄然萌发……

看！白雪弥漫中，即墨古城的迎春花儿，开了……

槐花繁处是故乡

　　高淑娥是个热爱家乡的人，更是一位有魄力的女性。

　　且不说她长期在农村基层从事党务工作，带领乡亲们共同发展，也不说她借助即墨太阳能小镇，走出了一条新能源与农业种植相融合的新型农业产业之路，单说她要借助马山自然保护区旅游，利用村子东边的百亩野生洋槐林做一个"槐花节"，以此来拉动他们"华盛太阳能农庄"的绿色农业采摘，以槐花文化塑造村庄的文化形象，带起乡村文化旅游，建设"最美乡村"的想法，就令我甚为赞叹。

　　听着高淑娥对槐花节和打造村庄槐花文化那动人的畅想，我情不自禁跟随她来到了坐落在马山后面的这个美丽的小村落——北王庄。作为即墨区光伏产业、农业创客、文旅示范"三园同建"的"太阳能小镇"南窗口，在高淑娥一班人的带领下，北王庄已然是即墨区美丽乡村建设的示范村了。走进村东这片野生野长的槐树林，漫步徜徉间，不难想象出春夏时节这一棵棵宛如华盖一般硕大茂盛的树冠，正见证着改革开放以来新农村建设的壮美成就，更用刚毅的目光，遥望着小村美好的前景……

　　在我的家乡即墨，最常见的树当数洋槐树了，槐花儿自然也就成了最常见

92

的花儿了。每当五月的熏风吹拂到我的家乡的时候，连绵的群山，蜿蜒的海岸，秀丽的村庄，绿油油的田间地头，会到处盛开着雪白雪白的洋槐花儿；一朵朵，一串串，一嘟噜一嘟噜挂满了高高大大的洋槐树，深山沟壑，道边田缘，河沿溪畔，绵延的群山腹地，到处都有着白如珠玉般的花影。串串饱实的花蕾，不时散发出阵阵沁人心脾的香味。这时你会发现，蓝天拥抱着白云，绿色的帐篷搭在浓密的槐林，密密匝匝的蜜蜂，田间地头、园林深处都有它们娇小可人的繁忙的影子，把本来就丰满的五月，渲染得更加神采奕奕了起来。

忽然一阵风吹来，不知从哪儿刮起一大片白白的泡沫球儿，我说："看，槐花儿开了。"淑娥稍稍一愣，又会心一笑："华春五月的时候来看真的槐花吧，要是我们把槐花采摘节搞好，让城里人都来咱北王庄感受一下田园生活，咱村儿里的老百姓的热情朴实，会像这郁郁芬芳的槐花儿一样，让他们乐不思蜀嘞。"

听着，看着，想着，我的脑海一下子浮现出这样一幅欢乐的画面——小村儿里里外外张灯结彩，戏曲歌舞穿梭摇动唱满了戏台，城里的男男女女老老少少，车水马龙，涌满了街街巷巷，涌进这片槐树林……于是，村儿里一下子热闹起来了，百亩槐树林，几千里欢笑声。精神矍铄的老者牵着孙儿孙女，年轻漂亮的姑娘媳妇伸展着婀娜的身姿，手儿娴熟地采摘着馥郁香甜的槐花，孩子们穿梭在花海人流中尽情嬉戏……村儿里的巧大娘俊媳妇们，把做好的槐花饼、槐花包子、槐花饺子、槐花蜜摆在了用槐花装扮起来的摊点上，五谷杂粮、新鲜瓜菜（浪格儿盈盈），吹糖人、爆米花、糖葫芦（喜格儿龙咚），惹得那些城里来的大人孩子们瞧花了眼、拔不动腿儿。一串串槐花采下来，一阵阵笑语荡起来，生活的和谐，生活的甜蜜，就从这里弥漫开来了呢。

槐花是香的，槐蜜是甜的，槐花蜜是蜜中上品，足以说明槐花的营养价值之高。剁一点五花肉儿，加一些韭菜茬儿，和一块地瓜面儿，槐花包子勾起了多少人肚子里的"馋虫儿"，炒一盘儿，拌一碟儿……一家老小、亲朋好友聚在一起，美美享受一顿丰盛的槐花宴。多采一些吧，带回家送亲朋赠好友，让他们也沉醉在槐花的香气里；再采多一点吧，细细晾干，金黄金黄的，像一筐筐碎金子；冷冻保鲜，温温润润如一团团羊脂玉……

从高淑娥的神情中，我读出了一位家乡农村基层干部那份对家乡、对父老乡亲那份高远的情怀……又是一年五月天，槐花香满山。带着我童年的梦幻，欢乐到田园。槐花甜啊槐花香，槐花繁处啊才是故乡！

扑进大自然，你就是神仙！今年五月，就让我们相约槐花之村——北王庄吧！

即墨是个好人窝

　　一个有着深厚文化底蕴的地方，尤其是受着根深蒂固的传统文化影响的地方，其政风民风一定清淳和美蒸蒸日上。即墨，就是这样的一个好地方。

　　我走了很多地方，每到一个地方，领导和朋友自然就会问到我的家乡，当我报出山东即墨时，大家的脸上总会由衷地肃然起敬：山东人好，豪爽好客，忠肝义胆；即墨人好，热情真诚，善良厚道。我听了大家对家乡人如此评价，心里难免窃喜：难怪自己漂泊在外而事情总是能做得顺风顺水，并不是自己做得有多好，更多的是沾了家乡美誉的光儿了呢。

　　说到即墨人善良厚道，这可绝对不是徒有虚名，因为在即墨这块丰腴土地的任何一个边边角角，自古以来都遍布着一个个好人群体。这一个个的好人群体，让即墨形成了好人窝子，只要你踏进即墨这个好人窝，你就会感受到即墨魅力形成的渊源。

　　昨天，《知即墨》一则新闻引起了我的注意，更震撼了我的灵魂。一个叫孙达帅的智力二级残疾的即墨人，风尘仆仆数百里赶到省城济南，把五年来风里雨里卖报后攒下来的积蓄，全部捐献给了一位齐鲁电视台报道的白血病患者。读了新闻，我紧紧地闭上了眼睛，感动的泪水一个劲儿从紧闭的双眼渗出来，三十年前的情景又一幕一幕地在我的脑海里闪现了出来……

当年，我在乡镇机关工作的时候，经常需要到市里学习、出差，每次乘"小公共"在即墨小公共汽车站上下车时，都会看到一个瘦高的智障残疾人，举着报纸哇哇叫卖。无论是谁，从他手里接过报纸的时候，都会收到他一个感激或者是祝福的微笑。冬天里，他一个冬季都穿着一件海蓝色的面包服，站在冷冷的风雪里，冻得鼻涕似乎一直挂在鼻子下面嘴角两边。以后的春夏秋天，他的身上永远都是一件青布褂子，头发凌乱着，汗水流满了脸的时候，他顺手扯起袖口，动作笨拙地揩一下，这个人就是孙达帅。

有一年大夏天，我看他站在车水马龙的车站门口，脖子上挂着的水壶都喝干了，嘴巴干得似乎都要冒出火来，我下意识地买了两瓶矿泉水塞进他的怀里。他盯着我，拼命地躲闪推辞，最后倒弄得我满脸通红不好意思了起来。又过了好多天，当我出现在即墨汽车站的时候，突然一张《青岛晚报》塞进我手里，我抬头一看，只见孙达帅正用一脸扭曲的笑面对着我。我接过报纸，顺手从衣兜里摸出五毛钱，只见他咧着个大嘴，嘻嘻哈哈地跑开了。我心里笑了一下，几步追上去把钱硬塞给他，他一个劲儿表示不收我的钱，我把钱硬塞进他紧攥着的手。我的同事也走过来对他说：收下吧，我们都有工作，挣钱比你容易……那一刻，我分明看到孙达帅那挂满汗水的脸上，多了两行慢慢流下的泪水。

有人跟我说，孙达帅身残志坚，政府和残联屡次对他进行救济，他都拒绝了，因为他觉得自己有手有脚能够自食其力，还有很多生活不能自理的人等着政府去救济……读了昨天的新闻，我忽然发现这个残疾的躯体里，竟然埋藏了一颗伟大的爱心！

爱满古城，德耀即墨。即墨，你是一个好人窝！那么，不管你是谁，只要走到即墨佳乐家，请你停留几分钟，买上孙达帅的一份报纸，借助他把你的爱心继续传递下去吧！

刚巧写了一则《开在古城墙角的牵牛》，就用这则短文来结束我的这篇"游子吟"吧——

一朵牵牛，开在了即墨古城的墙角，细雨中竟显得如此娇艳。

风来了，她的触须紧紧抓住墙上的缝隙，与砖墙生死相依；雨来了，浑身瑟瑟却依旧绽放出茵茵笑脸。酸甜苦辣，辛苦遭逢，不离不弃，笑脸向阳，长长的枝蔓坚强地攀缘，这不正是人生的写照吗？

牵牛是弱的，但是她不以自己为弱；牵牛是苦的，但她似乎从不以自己为苦。环境再恶劣，只要有了阳光雨露，她就要把绿绿葱葱的爱，把姹紫嫣红的情，绽放，绽放。

盖人生弱者，岂不应以之为标榜？人生本无弱者，自己把自己当成弱者，你便成了弱者。

不经历风雨难见彩虹，想起斯言，心里竟涌起阵阵感动，不禁潸然泪落……

为爱奔跑，为爱攀缘，于是生命便有了绚烂的色彩。

为爱奔跑，为爱攀缘，于是弱者便成了强者。

即墨有个女儿村

　　第一次听说即墨有个女儿村，是在我的少年时代。那时候，我经常把这个女儿村同《西游记》中的那个女儿国联系在一起，觉得女儿村里一定全都是非常迷人的美女呢。

　　第一次走进女儿村，是一九八九年秋收之际。当时市里组织参观移风店镇秋作物收获机械化作业，我随领导一起来到了这个让我心仪已久的村子——移风店镇女儿村。

　　说起来可笑，一走进女儿村，我便被一大片一大片的绿云一般婆娑的"水竹"吸引了。走在长满齐腰深"水竹"的田间小路，手扶着一片片黛绿色油油亮亮的"竹叶儿"，看着眼前这片至少也有五百亩的"水竹"，我心里想啊：谁说只有南方可以露天种水竹，我们北方不是也可以种出如此郁郁葱葱如此婆娑美丽的翠竹吗？农民们种植如此之多的水竹都将销往何方？……于是，我悄悄问司机王云君，谁知王云君听了我的问题，惊讶的眼睛瞪得比一百瓦电灯泡还大，本来他就是一副破锣般的大嗓门儿，这下更使劲儿扯开来，生怕满地的人们听不见似的大声吼了起来："哈哈哈，你真是个潮巴郎子（痴子的意思），就你还能当秘书啊！"党委蓝书记闻言回过头来笑问何事，王云君更来劲儿了，拉着蓝书记的手把他那张"大驴脸"（形容脸很长）笑得通红，笑得他竟然上气不接下气儿了："蓝书记，你的这个陈大秘书真给你壮脸，他竟然连姜都不认识，愣说这是'水竹'，你说能不能叫人笑掉大牙！"蓝书记也笑着开起了玩笑说："这事别往外说了，要不然小陈的脸就没地儿搁了……"

说实话，我自从毕业到参加工作，从未丢面丢得如此大发，亏自己还是农村生农村长的土孩子呢！不过在我的记忆中，即墨东部属于丘陵地带，人多地少，水利条件也不足，所以我们东部农村都是"以粮为纲"，蔬菜类作物稀少。即便是农民有一点自留地，也无非种一些土豆、萝卜、大白菜之类，不用说生姜了，就连芹菜都成了稀有之物呢，所以从小到大，不认识姜的苗子也就不足为怪了。

女儿村，位于大沽河岸畔。唐朝的时候有一个朝廷大员来即墨视察时，见村里的男子不分老幼，都自发到大沽河上护堤防汛去了，村子里只有妇女们持家农耕，心里甚为感动，于是发出了一声慨叹：沽河当为龙之门，祥瑞普降女儿村。就这样，女儿村的村名便一直延续到了今天。

说起女儿村的生姜，那可是大名鼎鼎享誉四海呢。

移风店真是块物华天宝、人杰地灵的风水宝地，自古出了好些个东西，不说大沽河的鲤鱼大沽河的虾，你听一听这首儿歌就知道了——

张院的簸箕毛子埠的升，大欧的鸟笼进了京。小月河的萝卜龙头青，七级的西瓜一弹就崩。湍湾的紫蒜火了京城，女儿村的大姜贡朝廷……

据说女儿村源于大沽河水的浇灌以及独特的沙壤土地，种姜的历史可以追溯到千年以上，而且这里的生姜因为姜太公"沽上钓台"垂钓，日日品食神清气爽，又因女儿村的姜金黄白嫩，芽头赤红，其状好似一座座紫气祥光萦绕的山峦，因此，姜太公谓之为"金玉祥光"，一时间名声大震，被历朝历代钦点为朝廷的贡品。女儿村的生姜给朝廷进贡时，连苗带姜一片叶子都是不可以弄丢的，因为朝廷取的是"金玉祥光，江（姜）山一统（丛）"的大吉利呢。

女儿村的姜牛啊！那一年正值生姜采收的季节，市委宣传部组织百村新闻调查，我又一次来到了移风店。一到移风店，我就急匆匆赶到了女儿村，见男女老少正在兴高采烈地采收生姜，那火辣辣的场面使我终生难忘。你看哪，壮实的汉子光着膀子，挥舞着三齿或者四齿的镢头，镢头起落间，一道道白亮亮的光在闪动，一镢下去，就是一大块宛如汤盆儿般大的金疙瘩；年轻漂亮的姑娘媳妇儿们，喜鹊一般叽叽喳喳，用一双白嫩嫩的手儿麻溜溜儿掰下高高的枝苗，轻轻抚摸去泥土，满地界儿铺满了黄澄澄的金疙瘩；老人们傍晌儿的时候，提拎着香喷喷的饭菜，牵着孙子孙女健步如飞，把热乎乎的饭菜送到了地头上。谁家蹒跚学步儿的小孩子，穿着红红的肚兜儿，燕子一样飞过来，咧开没有几颗牙的嘴儿，笑着抱起一大块新姜，刚挪动几步儿，就被胸前的大姜块儿压翻在地，引起了满地百姓前俯后仰地笑。远方慕名而来的商贩们，迫不及待地开着加长的"一三〇"（二十世纪七八十年代一种运输用的汽车型号）来到地头儿，把车厢挡板架得高高的，恨不得把整个女儿村的生姜据为己有方过瘾哩；水洗厂里更是一番热火朝天的气象，输送带欢快地来回转动，淋浴式的水洗喷头这么一淋，一块块新鲜干净的生姜，就像一个个恨不得抱起来狠狠实实亲上一口的小胖孩儿，跳着蹦着贴上了红红的商标……

女儿村的大姜啊，收获的季节又要来到了。

夜里，我做了一个梦：女儿村的姜田里呼呼拉拉涌来一群远远近近的城里人，呼朋唤友扶老携幼，齐刷刷扑进"水竹"丛里，争先恐后掠夺般地把一片片姜儿据为己有。远道儿赶来的商贩一看大事不妙，纷纷拿起锨镢扑进了地里……皇帝的女儿自古以来就不愁嫁！

女儿村的父老乡亲抱着金疙瘩笑眯了眼……

老嫂子的热炕头

岁月最易催人老。

时光如水，日月如梭，仿佛就在转瞬之间，我已两鬓染霜，对故乡的思念，也时时刻刻萦绕在拳拳心头。故乡，是席慕蓉诗中那支清远的短笛，总是在有月亮的夜晚在耳边响起；故乡，是余光中笔下那张窄窄的邮票，总是在呼唤着远方的游子回到故乡。

前几天我去潍坊，偷空回了一趟即墨，德平弟扔下一堆工地上的事务，开着车跑前跑后，一直陪伴在左右。久别重逢的好友们欢聚在一起，尽管已是三九寒冬，但心里的暖流阵阵涌动，并没有感觉出岁月之寒。回即墨第三天晚上没怎么喝酒，德平说陪我去泡泡温泉，我随口答应了下来。路上，我忽然感到眼睛有些酸涩，五爹和老哥哥老嫂子的影子瞬间闪现在了我的面前。多少年没和五爹一起喝酒拉呱了！前年四爹过世我匆匆赶回来，因为团队下午四点要从北京飞云南，早晨赶回家也就匆匆给四爹磕了几个头，算是尽了一点孝道。也就是那天，我在四爹家门口看到了五爹，匆匆说了几句话，便匆匆乘高铁赶回了北京。于是，我跟德平说，陪我一起回老家看看五爹和老大哥吧。德平从我眼睛里闪动的泪光和有些哽咽的声音里，看出了我的心思，默默地掉转方向，把我送回了久违了的老家。

八十五岁的五爹竟迎到了街头，八十一岁的崇沛老大哥也闻讯来到了五爹家。几只手紧紧攥在了一起，眼睛里都闪动着点点泪花。五爹端上预先准备好了的菜肴，打开了他珍藏了多年的五粮液，满满给我倒上一杯，又给自己倒上大半杯，端起酒杯，亲切地说道："来，大鹅（我）子，咱（怎）哈酒"……鹅子是我的乳名，母亲生我的头天晚上，父亲做了一个梦，梦见一只大鸟从西北天际飞落在我家屋顶，父亲正好带我哥在天井里乘凉，父亲就对我哥说，看，一只大凤凰。我哥说，我看是只大鹅子。第二天上午我出生了，父亲就把这个梦说给了请来给我取名字的史显我老师，史老师听了随口就说，那就叫"凤鹅"吧。五爹从小总是喊我大鹅子，今天老人家一叫出我的乳名，顿时一股亲切感犹如冬夜里的一束温暖的光，漫过了我的周身。

老哥哥一旁看着我们爷儿俩，一个劲地笑，不断地插着话儿。临近半夜了，五爹说床铺都收拾好了，让我好好睡一觉，老哥哥说，让兄弟到我家吧，他老嫂子听说兄弟回来了，把炕（烧）得滚烫滚烫了呢。

坐在老嫂子烧得滚热的小炕上，喝着老嫂子捧出的红酒，千言万语溢满了暖暖小屋，从小时候一直说到了现在。尤其说到了现在家乡的变化，老大哥更是打开了话匣子："伙计（jiě）真没料想到如今咱能赶上这样的好日子，你没看看咱村后的钱谷山啊？都变成了一片大庄园了，青岛地铁站都修在了咱家门口了。你望望（看看）那蓝色硅谷，我的老天！真是太叫人眼馋了，咱即墨这一撤市设区，老百姓的日子更是看不见地头儿了……伙计，我听别人说咱臧村疃有了地铁站，不用几年就变成城市了，你说会不？"我说："很快，而且你一定能看到那一天！"

三个人坐在老嫂子的热炕上，说着笑着哭着，不知不觉已是凌晨四点多了。一瓶红酒让我自己喝了个底儿朝天，晕晕乎乎躺在老嫂子铺好了的热炕头上，枕着浓浓的乡情，枕着烈烈的亲情，枕着对家乡未来美美的憧憬，惬意地进入了美美的梦里去了。

游子回家，因为家是我的牵挂，因为家里有人在牵挂……守岁樽无酒，思乡泪满巾。始知为客苦，不及在家贫。

老嫂子的热炕头啊！但愿不会成为我的回忆，我想我还会躺在这里，再美美地睡上几觉，美美地……

梦中的小月河

一场大雨，从中午一直下到了半夜，让美丽的哈尔滨的夏天又多了一份新鲜一份油绿，更多了一份清爽。滚滚的松花江水，比前几天刚到哈尔滨的时候，似乎又宽了很多，给本来就极有灵性的江水，更添了十二分的灵性。看着欢快地在岸边休闲游览和垂钓的人们，看着欢快的江面上跳动着朵朵欢快的浪花，每个人的心里都泛起了喜悦的潮水。

似乎好几年都不知做梦是什么样子了呢，晚上回到宾馆竟做了一个长长的美美的梦儿，梦里，我回到了即墨，回到了小月河畔……

清凌凌的小月河水，在细细的微风里，泛起细细的波浪，依依的绿柳，给长长的宽宽的河堤遮起了一层绿绿的阴凉，河堤上那一座座红顶儿黄墙的小屋儿，成了情侣们浪漫休闲的小巢儿，成了孩子们躲猫猫的小窝儿。两岸的休闲农庄采摘园里，城里来的男男女女领着老人带着孩子，欢呼雀跃地近乎侵略一般地采摘着自己喜欢的那些没有污染的蔬菜瓜果，看那架势，恨不得要来个风卷残云一扫而光，方可过瘾。

河上垂钓的人们或坐在大柳树的阴凉儿里，悠闲地叼上那么一支小烟卷儿，或静静盘坐在河面上的一叶小船儿，任凭灼热的阳光洒在脸上洒在身上。

此时此刻，不知是谁一声朗朗的大喊："哈哈，上钩儿了！"众人循着声音看过去的时候，一条金翅金鳞的鲤鱼，朴朴棱棱打破了一片静谧。傍中午的时候，不知是谁家的一大群长脖儿鹅短脖儿鸭，趷呀趷呀从河堤上拍打着翅膀下到水里，一片咯咯嘎嘎的叫声，立刻就让整条小月河沸腾了起来。垂钓的人们收起钓钩儿，认识的不认识的吆喝一声，往大柳树下面的阴凉儿里这么一凑，找几块儿砖头把小锅儿这么一支，鱼儿虾儿往锅里这么一炖，小桌儿这么一整，小凳儿这么一坐，小青啤儿这么一扬脖儿，咕咚一口把一阵清凉吞进了肚儿里，把一口口火辣辣的热气儿喷薄出来，化成了满田满野的蜃气，就这么在小月河上蒸蒸腾腾。

夕阳西下的时候，小月河便成了老年人和小情侣的世界了呢。夕阳的余晖照在大地上，把小月河的水染成了一条绛红色的亮亮的镜面儿，长长的柳条儿，活像一条条少女细细的长辫，优优雅雅地垂到绛红色的水里，镜子一般的水儿倒映出了婀娜多姿的垂柳俊美的模样儿。不知怎的，柳树儿看着水里自己那多情的模样儿，竟含羞脉脉地笑了呢，我一愣，哦！原来是一对对情侣依偎在一条条密密匝匝的长辫儿里，正甜甜地说着甜甜的悄悄话儿哩！一阵很动感的音乐从对面堤上传过来，一对儿热吻在一起的情侣吃了一惊，赶紧循着声音拿眼望去，原来是周围村儿里的老头儿老太太们，穿着花花绿绿的衣服，跳起了花花绿绿的广场舞呢。小情侣相视这么嫣然一笑，两双嘴儿又粘在了一起……月上柳梢头，人约黄昏后！

我是前年才知道即墨有条小月河的。当时小月河边上的湍湾西南、西北两个村儿书记巩合亮、王人福以及即墨青年企业家史修勇在磋商恢复失传了四十多年湍湾紫蒜的试种过程中，邀请我回乡为他们的湍湾紫蒜进行品牌策划，于是，在他们的引导下，我走进了小月河畔。

当时的小月河由于连年干旱，痛苦地向我展示出了龟裂的河床。河堤上的垂柳也是无精打采地看着我从她们的身边走过，只有那一排排红顶儿黄墙的水利设施小屋，在我的眼里还多多少少有一些浪漫和清雅。巩合亮为了保证湍湾紫蒜的生长和河两岸农作物的需求，自己掏钱雇用挖掘机挖了几个昼夜，才在河床底下挖出了几汪浅浅的水。

巩合亮对我说："陈老师，可惜连年干旱啊！以前咱们小月河的水，那叫一个清啊，河里的鱼一条一条都能清清楚楚数得过来呢。要是有水的话，你看这个环境，多么美啊！要是我们以湍湾紫蒜品牌为依托，在小月河畔打造出一个很大的小月河休闲农业观光采摘园，一年上一个小月河观光采摘文化节，以休闲旅游拉动高端农业，以高端农业推动休闲旅游项目，我们湍湾的父老乡亲何愁不富得流油啊……"我看着他们，知道在他们心里已经勾勒出了一幅繁荣富庶文明的社会主义新农村的蓝图，于是，我深深地点了点头：会的！

前几天家乡朋友们说连续降了好几场大雨，我想，我的小月河应该距离我梦中的景象，不远了……

下次回乡，一定要去看看小月河！

文人潇洒写美食

车子从五女山出来，蜿蜒走了不到二十公里，一群当地山里的山民有的手里竟然持着杀猪刀叫叫嚷嚷不停，我顿时感到惊诧异常。陪同的当地领导竟很自然地回头挡住了车子，对我说："陈老师，这是山里乡民在杀猪，邀请我们到家吃杀猪菜呢。"

杀猪菜？这个词最初是我从《东北一家人》的剧情中才知道的。这些年我在家乡的东北饭店里也着实吃过很多杀猪菜，没觉得怎么好吃。不过毕竟客随主便，我还是跟随一行人走进了这山里的人家。

进得小屋，熏得黑咕隆咚的厨房里，几个爷们和妇女正大呼小叫、打情骂俏地切肉剁菜，见来了陌生的客人只是打了个热情的招呼，就兀自嘻嘻哈哈各忙各的去了。炕上热得就像一个蒸笼，把我们暖暖地包裹了起来，一会儿工夫，酸菜切成细丝，猪肉切成大片，血肠切成满口段儿，粉条子长的需要用筷子夹着站起来才能塞进嘴里的一盆"杀猪菜"就上桌了。于是，认识的不认识的，在这热腾腾的氛围里，端起酒杯，一杯下去，便都成了再熟不过的人了呢。调上辣乎乎的蒜蓉，连汤带面吃得满嘴流油满头冒汗，最后撕一块纸巾把嘴一擦，哈哈道一声："好吃！这是我吃的最地道最正宗最好吃的东北杀猪菜了。"

火辣辣的大东北；热辣辣的杀猪菜，生在神州大地真的万幸，要好看的，极目万里；要好玩的，唾手可得；要好吃的，比比皆是，人生能得此三，足矣。

我在即墨工作的时候，就喜欢写一些即墨的美食，什么即墨麻片大柳树包子，什么老郭的肠子流亭的蹄子，什么好吃就溜溜达达地吃什么写什么。朋友见了面都笑话我说，看看，我们的美食家来了，更有甚者，有的人竟然称我为"大即墨第一馋"呢。

去年初秋，缘于央视一档节目的摄制，我们来到了美丽的苏州。这次来苏州，使我对"上有天堂，下有苏杭"这句话有了新的感受。人人都知道姑苏风光如诗如画，但是不知你是否留意，苏州的美食更是如诗如画，特别是苏州小吃，做得如此精致，如此细腻，如此诱人，叫你看了就会有一种不得不尝一口的诱惑。源于什么？源于这里自古就是文人墨客的游聚之地，那班文人们吃得满嘴流油满心欢喜之余，剩下的就是谈诗著文乐陶陶了。就这样，苏州美食陶醉了文人，文人成就了苏州美食，美食又成就了旅游，旅游又成就了美食……形成了周而复始源源不断的美食文化。

于是我就想，出文人的地方，除了钟灵毓秀，必然出美食，因为很多美食都跟文人有着关联呢。即墨自古不乏文化名人，从即墨大夫、王氏三代（王羲之的先人王吉、王骏、王崇），到周、黄、蓝、杨、郭，官声文名天下皆知。但似乎即墨古代的文化人对"吃"比较避讳，没有在即墨美食上留下诸如"兰陵美酒郁金香，玉碗盛来琥珀光"及"扬州鲜笋趁鲥鱼，烂煮春风三月初"的佳句，许是因于此，即墨很多传统美食，至今没能名扬四海而招引得八方宾客做客即墨，这不能不说是一件憾事。

当年，贺敬之先生的一句"杯接田单吟老酒"，着实为即墨老酒的宣传添上了巨翼；今天，范曾先生"妙府老酒"的浓墨题词，又使妙府老酒锦上添花，这就是文化的效应。记得那年有着"即墨太史公"之称的东崂先生，写过一篇《即墨猪头肉》，"那即墨猪头肉让他写得叫人忍不住满嘴流涎，满肚子里的馋虫被勾得是阵阵骚动，非得切上一大盘满口淤腮（即墨方言，形容肉块很大塞满了嘴），猛歹（吃）一顿方能过瘾。你看——猪头肉本来就好吃，叫即墨人三捣弄两扎固就更好吃得了不得。这家伙一出锅，热腾腾，汤漉漉，油光光，快刀斩乱麻，切上一大盘，碰上以之为饭的大腹便便之徒，最好是切成满口货的四楞子块，然后浇上一蒜臼子酱油蒜泥，一拌拉，有点烀通辣气的不妨事；到此时，你便下筷子，直取那半肥带瘦的，满口淤腮，嚼它个嘴角淌油，腮帮子喷香；三五块过后，再来一盅老白干，吱溜一声，飞流直下，肉香酒香，溢满五脏六腑……"

于是我想啊，即墨的美食小吃，让领袖们亲口品尝，毕竟是有些遥远，但我们即墨今天有很多的文人，他们对即墨的美食也是情有独钟，如果他们的笔触一旦流淌出即墨美食的文字，那么我们的什么即墨老酒妙府老酒，什么封缸齐鲁春，什么即墨麻片蜜三刀，什么流亭蹄子老郭肠子，什么大过年饺子大柳树包子，还有酒店的什么特色菜品食品饮品什么什么什么的，都统统"桀剧辣害歹毒厉害狠"起来，把那天南地北的宾客都馋来，让他们尽情品尝咱即墨的美食小吃，品尝咱即墨人的文化和智慧，品尝咱即墨的山山水水，到那个时候，即墨可真的就"桀剧辣害歹毒厉害狠"了。

美食陶醉了文人，文人成就了美食，看看自古那些个文人墨客，百世留名的，有几个的文章诗词歌赋中离得开美酒美食美景？李太白先生总结得最为经典：自古圣贤皆寂寞，唯有饮者留其名。

陈子亦曰：美食美景灵感至，妙笔生花传百世。墨城风流看今朝，文人潇洒写美食。

写吧，潇潇洒洒地写吧，把即墨美食写他个金榜题名，写他个遍地开花，写他个满山结果，写他个名满天下，写他个王母娘娘直勾眼，写他个仙涎淋漓落九天。

陈子谓谁？即墨东乡钱谷山人氏陈修远也。

一曲豪迈大沽河

在去包头的火车上，我突然收到移风店镇党委宣传委员时彩霞发来的一段小视频，视频中宽宽的河面上，滚滚的河水涌动在天地之间，要不是那雄伟壮观的橡胶坝，我还真的分不清这是不是黄河之水。她说：大哥，看啊！咱的大沽河有水啦！这欢快激动的人儿，这欢快激动的话儿，直把我的魂儿生生勾回了美丽的即墨，勾回了迷人的移风店，勾回了这豪迈的大沽河……

大沽河，青岛的母亲河。浩浩三百六十里，荡荡十万三千年，从招远阜山一路而下，从我的家乡即墨西部大平原欢腾流过，在绿色的莽原上，画出了一道亮丽的银链，如同流动的血液让大地增添了无限的生命，无尽的色彩。

我虽不是智者也不是仁者，但是我从小就生就了乐山爱水的性情。我的老家在即墨东部丘陵地带，没有什么滚滚的大河，所以从小就对大沽河产生了美妙的向往。总是想啊，生活在大沽河畔的人们是多么幸福啊，天天看着白鹭飞舞灰鹤嬉戏，芦苇荡里，肥肥的野鸭咯咯嘎嘎飞来飞去；清晨垂钓，鱼桶里装满的是那白亮亮的嘬嘴鲢；夕阳下撒网，满载的都是金翅金鳞的大鲤鱼。脸盆儿一般大的河蚌，指头肚儿一样小的蚬子，成筐成筐地载回家，下得锅儿，满屋满屋的鲜香，把天上的神仙都引诱得坐不住了呢。

大沽河，《春秋左氏传》称为沽水。民间传说中的大沽河，原是一条小溪，一迈可过，因此移风店人古称"一迈河"。传说唐王李世民路过此处，给它起了个名叫"大步河"。再后来，缘于一个凄婉的爱情故事，大步河便有了另一个美丽的名字——大姑河。

相传一迈河里有一块大青石，叫卧龙石，卧龙石便是卧龙泉的镇门石，打开了卧龙石，卧龙泉的水就会源源不断地涌出来。移风店有一对相爱的青年，男的是一个穷小子叫常河，女的是一个富家女叫坠姑，长得美丽俊俏，二人从小青梅竹马。那个时候，小小的河流，根本灌溉不了一片大平原，乡亲们过的是靠天吃饭的苦日子。坠姑的父亲在常河登门提亲的时候，随口说了一句：要是你能打开大青石，引出卧龙泉，你就把坠姑娶回家。于是，常河发誓为了坠姑哪怕上刀山下火海，也要打开大青石，引出卧龙泉。

常河扛着一把大铁锤来到大青石边举锤"哐哐"地砸起来，只见火星飞溅，大青石动也不动，开也不开。但是，常河为了心爱的姑娘，不分白天黑夜地砸，锤柄换了几换，手震得出了血，他全然不顾，不停地砸着……光阴似流水，转眼两个月过去了，大青石没动一动，没裂一条缝儿，常河的力气越来越小。一天，他终于晕倒在大青石旁。蒙眬中只见一位银须老者站在眼前，对常河说："龙泉卧石莫为难，开石待寻开山斧，崂山巨峰寻宝物，方能石开见坠姑。"常河张口要问，一眨眼，老者不见了。他唰的一个激灵，忙坐起来，只觉身上有些气力，想着老者之言，顿时醒悟了过来。他历尽千辛万苦来到崂山太清宫，找到了宝斧，星夜赶回到大青石旁，用尽全身力气挥斧劈石，但是大青石只是在巨斧之下，轻轻摇晃了几摇晃。再说美丽的坠姑，自从常河走后，日夜思念，等啊，盼啊，吃饭不香，喝水不甜，一直等了九十九天，还是不见常河踪影。这天夜里她做了一个梦，一位银须老者对她说："美丽的姑娘不要睡了，常河在等你，只有你和常河一起才能打开卧龙泉的门。"坠姑连忙跑到大青石边，见到了日思夜念的心爱的人儿。两个人脉脉相视紧紧拥抱在一起。深深切切的爱，让两个年轻人产生了巨大的力量，双双用力挥起利斧，只见一道红光闪动，轰然一声，大青石不见了，大青石下咕突突蹿出了一个强大的水柱……就这样，一迈河刹那间形成了一条宽大的河流。

为了纪念这两位相爱的人儿，人们就叫这河"大姑河"，也不知过了多少载，又把"姑"字换成"沽"字，意味着叫她永远流淌……

一九九一年秋末冬初的时候，即墨市拉开了大沽河扶堤工程的战幕，我从农村工作队里被抽到了工程指挥部担任新闻宣传工作，于是，我走进了移风店，第一次来到了大沽河。但是眼前的大沽河，怎么看也不是我想象中的样子，宽宽的河床上，只有一段段裸露的河床和一汪汪小小的浅浅的河水。天气干旱和无节制的开采利用，让大沽河连年断流。站在干涸的河床上，风沙一阵阵吹打在脸上，于是，一阵阵的沙土也重重地蒙在了我的心上，让我的心儿感到了一阵阵的压抑一阵阵的痛惜——这就是我曾经魂牵梦绕的大沽河吗？大沽河啊，你断了流，你那美丽的传说还在吗？

晚上我回到临时设在三湾庄村办公楼的宿舍，翻阅着大沽河的资料，昔日壮观豪迈的大沽河和眼前似乎干涸得要哭的大沽河，交替出现在我的脑海。有了水，大地才会有了灵性；有了水，生命才会有了源泉；有了水，西北大洼便会挥发出迷人的姿色啊！我的大沽河啊，你何时才能再度波浪滚滚？

如今大沽河有水啦！看着小视频里的滚滚波浪，我的心也涌动起了万丈洪涛，一股"漫卷诗书喜欲狂"的热浪，激烈地撞击着我的胸膛，止不住地激动，怎能不让我老夫聊发少年狂？

　　一股豪气撞在胸，一腔热泪流成河。
　　一水奔腾天上来，一路欢跳一路歌。
　　一群白鹭翩翩飞，一河鱼儿起漩涡。
　　一条蛟龙舞彩练，一片彩霞裹即墨。
　　一排雄壮橡胶坝，一眼沃野荡绿波。
　　一声雷动起大地，一曲豪迈大沽河！

移风店镇吃套肠

　　我的家乡即墨，自古就是一个物阜民丰的地方，不说别的，单说说那些地方特色小吃和农产品，就会把你馋得满嘴流哈喇子——流亭的蹄子迷魂儿香，老郭的肠子有秘方儿。猪头肉儿上了书，猪尾巴棍儿油晃晃。普东的大鹅凝汁汁儿，发玄桥的烤鸡泛泥香。馥郁斋的麻片嘎嘣脆，即墨老酒琥珀光儿。软糯珍馐蜜三刀，大柳树的包子嘎渣儿黄。大海南的豆腐卤水点，海堤的芹菜贡皇上。七级的西瓜甜掉牙，湍湾的紫蒜年头儿长。一分田的饽饽黑麦蒸，白庙的芋头软馕馕。紫彩血蛤那叫一个鲜，大沽河的蚬子白嫩嫩的汤儿。大沽河的鲤鱼像铡刀，大沽河的草虾能壮阳……

　　说到大沽河，还有一种珍馐美味儿你肯定没有品尝呢，这就是坐落于即墨西北部大沽河畔的移风店镇的名吃——移风店套肠。

　　我平时很喜欢吃猪大肠，更喜欢吃用猪小肠做的苦肠儿。年轻的时候，一旦有饭局儿，我首选的就是尖椒炒大肠或切一盘苦肠，而且大肠洗得太干净没有了那种淡淡的臭烘烘的"气包子味"儿，是不好吃的。记得当时有人说过一个笑话，几个朋友相聚，炒了一盘猪大肠，那大肠洗得是溜溜光干净净，一点臭烘烘的味儿都没有，于是，大伙儿一商议，端着盘子来到猪圈，弄了一点猪屎搅合搅合，然后冲洗出来，重新下锅加工。这下子大家就着这臭烘烘的大肠，美美地喝将起来，直喝得天昏地暗四仰八叉了呢。我曾经有句"名言"：吃猪大肠就是吃的那种臭烘烘的味儿，要不还不如直接吃猪肉哩！

在即墨，猪大肠和猪小肠叫即墨人捣鼓得好吃得不得了，蒜泥大肠烀通辣气（即墨方言，蒜泥受热后口中的一种味觉），香菜小肠越嚼越香，尖椒大肠油光儿辘辘，酱油苦肠艮艮永永（即墨方言，有嚼头的一种口感）……三五个好友，七八条汉子，尤其在夏天的时候，凑到一块儿，光着两只膀子，端着一碗白酒，狠歹歹哈上一大口酒，龇牙咧嘴间，满口淤腮塞进一大块臭烘烘的猪大肠，嘴角喇喇着油儿，用手掌抹一把，正巧一滴汗珠儿从额头上淌下来，赶紧再用手掌抹一把，弄得满脑袋油乎乎。这时再伸出筷子夹上一片苦肠抑或是一段小肠，细嚼慢咽间，立刻便从莽汉变成了斯斯文文的人儿了呢。

大肠小肠已经被即墨人捣弄得成了绝世的美食，而移风店人却更会捣鼓，把大肠小肠套在一起，加上秘制的调料，上锅这么一蒸，下锅这么一煮，大笊篱这么一捞，大盆这么一盛，不用说这刚出锅儿的套肠了，就连那蒸煮的汤儿，也都勾得人恨不得把锅端起咕咕咚咚喝个底儿朝天呢。切上一盘儿，轻呷一口小酒儿，夹起一段儿套肠，就着那剥好了的湍湾紫蒜，细细咀嚼，细细品尝，那种肥而不腻、艮而不硬的滋味儿，从嘴里一直充盈到心里，嚼在嘴里，直让人生出一种不舍得下咽的情愫。这时候，什么天上的龙肉地上的驴肉，海里的乌龟河里的王八，什么飞禽走兽，什么林中野味儿，一概忘到了九霄云外去了。

能够把本应狼吞虎咽的东西，做成让人细嚼慢咽的精致美食，是文化，是千百年来中华民族崇尚文明的真正体现。一截套肠，一份情怀；一截套肠，一份智慧。吃着套肠，我感到我的家乡真的是令人骄傲的，人们能把吃上升到这样一种现代的文明与时尚，着实不得不令人五体投地。

我想，要是七八好友，切一盘儿移风店套肠，携一壶儿即墨老酒，带几头儿湍湾紫蒜，来两个小月河龙头青萝卜，带上一架儿帐篷，来到移风店，走进大沽河畔的那一大片古老的槐树林里，就着石桌石凳儿一坐，再挽起裤腿儿走进河里捉上一把草虾，摸上一碗蚬子，或者运气好逮上那么一两条大沽河鲤鱼或者噘嘴鲢什么的，在沙滩上支起那锅儿来。太阳从密匝匝的树叶缝儿里照下来，斑斑驳驳的阳光和袅袅的炊烟融合在一起，光怪陆离中，那大自然便就成了你自己的哩！

雨中情思

　　从广州出差回京，飞机刚落地，我就直接被接到火车站来到了内蒙古集宁。傍中午时分，我坐在房间赶写文案，忽闻窗外雷声隆隆，紧接着一场大雨呼啸而来。看着窗外从天而降的一道道绿豆条般的雨线，我的思绪不禁飞到了我的家乡即墨，我的家乡是否也正在下着一场这么带劲的雨呢？

　　家乡即墨是个典型的缺水城市，从我记事起，像样的雨一年也下不了一两场，经常大湾朝天小湾干，弄得我们这帮孩子，捉鱼都捉不着大的，因此老辈的人们对水有着深深的情感。记得小时候，我给父亲打洗脚水，当我端到父亲面前时，父亲总是先往盆里看一眼，说一句："不要打这么多的水，能没过脚面儿（脚背）就够了。"我说："水有的是，再说我也端得动呀。"父亲瞅我一眼，自言自语似的说道："可不敢乱糟蹋水。人活着的时候糟蹋了多少水，死了以后就要喝下多少泥汤呢，要不然为什么人死了要扎一头纸牛啊？那牛就是去替那人喝下那些泥汤呢。"我听了，两只眼睛麻酥酥的，头皮也会感到麻酥酥的，一阵惊悚隐隐约约从头到脚漫了下来。长大后，才知道这是农民珍惜水的一种纯朴的传统思想啊。

　　在我的老家，有很多这样的纯朴的教育后代的"迷信"，比如说打燕子和喜鹊会瞎眼，杀狗下辈子就会变成狗，等等，让再贱才（手贱）的孩子都不敢打燕子和喜鹊。偶尔误伤了，就要赶紧祷告，以求消除瞎眼之灾，大人们将狗儿更是奉为家人一般，狗若不是病死老死，家人们是不会加以伤害。即便是狗儿自己老死，大多数人家也都不会食其肉的，而是把狗装进筐里，背出去埋到田里……

水是生命之源。农民的朴实思想熏陶了一代一代家乡的人们，让一辈一辈的家乡的人们，一直传承着爱护水珍惜水的传统，才使得这个严重缺水的地方，即使在极度干旱的年份，也能维持日常生活用水。这或许是上天对生活在这片有着二千多年文化历史的土地上虔诚的人们眷顾吧。

拍了小视频发到几个家乡的微信群里，问我的即墨是否也下了一场这样的雨，好友反馈说没有，我的眼泪竟不自觉地流落了下来……

我知道，那一定是老天在等着家乡农民粮食进了仓以后，才会下一场让大湾满小湾流的透透的甘霖，让一个春天干旱的土地来个透心爽，让古城的生机来个透心爽呢。

下一场好雨吧，给我的家乡；下一场好雨吧，给我的干旱的大地……

我在遥远的地方祈祷。

我在天地之间，祈祷！

守岁除夕夜

　　在我的记忆里，过年是一年中最幸福最快乐的日子。

　　大人说，忙忙活活才是年；小孩子道，快快活活才是年。你看哪，过了腊月二十三，家家户户都忙年，男人们忙乎着整理年集上采购回来的猪头下水、大鱼大肉，杀鸡宰鹅，那烧得红红的炉钩子刺啦一声烙在猪嘴巴褶皱里的时候，褶皱里的毛发霎时冒起了阵阵青烟，于是，烧焦了的猪毛儿，伴着一股肉香火燎燎地冲进了鼻孔。掀开扣在雪堆上的大铁锅，拖出大大的寨鱼（海鲈鱼）、肥肥的黄姑鱼，待冰儿稍稍化开，拿一把刀刮掉大大的鳞片，那刮下的大大的鳞片儿，仿佛一摊圆圆的银子片片儿，亮亮地，亮亮地散落地上，在阳光的照耀下，闪烁着银色的希冀。女人们蒸大花馒头，煎鱼，炖肉，收拾新杀的大公鸡，更是忙得不亦乐乎。一锅锅儿大花馒头出锅了，偶尔有蒸裂了口儿的，女人们便会带着嘿嘿一乐说一声：又笑了。蒸大馒头是个技术活儿，火候儿掌握不好，馒头便会蒸裂（谓之笑了），这样的馒头是不能上供桌的，也不能拿来正月待客，"笑"的多了，就要再和面蒸一锅呢。最高兴的当数孩子们，一想到要穿光鲜光鲜的新衣服，一想到又要敞开肚子把大鱼大肉狼吞虎咽一番，一想到可以整天无所顾忌地噼里啪啦在街巷里放鞭炮，一想到正月十五前可以和小伙伴们尽情地疯，尽情地玩儿，心里简直就是五月的槐树儿开满了花儿。

吃了中午饭，男人们似乎不约而同地把族谱请到了自家的正堂之上，东荷花儿西牡丹，看着族谱上一个个先人的名字，看着族谱上画的热热闹闹过年的场景，浓浓的年味儿立刻充盈在了美美的心里。于是，映日的荷花，雍容的牡丹，就开在了一家家的东阁西廊。临近太阳西下的时候，满村儿满疃儿此起彼伏响起了"接年"的鞭炮，我小时候一直纳闷儿，为什么把年接回了家，大人们满嘴就一下子变得全是吉利话儿？我们小孩子都要慎言，而且最好是噤声，这过年啊，到底有多少讲究！

爆竹声中除旧岁，一夜五更分两年。

除夕守岁是最重要的年俗，守岁的习俗，既含有对如水逝去的岁月惜别留恋之情，又有对来临的新年寄以美好希望之意。这一古老的习俗大约形成于魏晋时期。除夕晚上，阖家老小熬年守岁，欢聚酣饮，共享天伦之乐，这是炎黄子孙至今仍很重视的年俗。待第一声鸡啼之后，新的一年开始了，男女老少均着节日盛装，先给家族中的长者拜年祝寿，然后走亲串友，相互道贺祝福。此时的神州大地，处处闪光溢彩，从初一到十五，人们一直沉浸在欢乐、祥和、文明的节日气氛中。

除夕守岁，最忌讳的就是高谈朗笑，全家人坐在明亮的烛光里，吃着花生瓜子糖果，小声说着开心的话儿。收音机里，王汉喜到岳父家《借年》藏在未婚妻衣柜里的时候，你要憋住不能笑出声儿；王定保《借当》回家路上被打入冤狱，你也不能哭出声儿；马大宝喝醉了酒，日头落在东山下，月出正西明了天，只能捂着嘴笑他那东倒西歪的醉汉模样儿呢（三个人物分别出自山东吕剧传统剧目《借年》《借当》《借亲》中）。守岁不能大声说笑，据老人们讲是有"说处"（出处，依据）的，这个过年的习俗源于一个叫作"收敕"的可怕传说。

五爹是个故事篓子，他在有一年守岁除夕的时候，给我讲了一个"陈公收敕"的故事。说是我们不远的邻村儿里，有一个道行了得的陈公，他夏天在野外睡觉，身体四个方位贴上符，蛇蝎蚊蝇都不敢靠近。有一年三更时分，他便到山根下"收敕"去了，老婆子在家等到五更都过了还不见回来，就吩咐十来岁的孙子去唤爷爷回家过年。小孙子一直想看看爷爷怎样"收敕"，但是又有些怕黑天黑地的，就打算到小厢房寻一点什么东西，路上好"打打怕儿"（壮壮胆），寻来寻去没什么合适的，于是，就顺手捞起一个"呯哒子"，顶在头上一路朝着爷爷"收敕"的地方走去。

"呯哒子"是一种古老的木质播种器械，中间一个盛种子的漏斗，漏斗下面并排着两根空心的木管，用来播种和支撑地面。前后各有两根斜弯的木条儿，前面的用于弯腰拉行，后面的便于推扶前行；后面两个扶手之间，有一块可以来回拉动的锨板儿，后面手扶的人不断地拉动锨板儿，下面连着的"舌头"就会一张一翕把种子播进地里。由于锨板拉动时会发出"呷哒呷哒"的声音，过去的农民们便给这个东西起了个形象的名字——"呷哒子"。却说陈公正在天灵灵地灵灵，远远看到来了一个扎煞着头的妖怪，正呷哒呷哒朝着自己越走越近，心道话儿：俺的个亲娘哎，这下毁了，这是个什么妖怪？正思忖间，妖怪已经来到了近前。陈公壮了壮胆，挥舞着桃木剑低喝一声：大胆妖怪，看你敢闯我头道城！小孙子顶着个"呷哒子"呷哒呷哒就往前走。陈公一看不妙，妖怪已经进了头道城（过去道士用符画的城），圆睁双目大喝一声：大胆妖怪，看你敢进我二道城！孙子心想：哪里有什么城？呷哒呷哒继续往前走。陈公眼见妖怪已经来到眼跟前了，心也慌了，神也乱了，心想今天我算是碰上真的妖怪了，颤颤抖抖哆里哆嗦：天灵灵地灵灵，太上老君急急如律令，大胆妖怪，看你……额滴（我的）个神啊，妖怪已经张牙舞爪扑过来了，陈公哇呀一声大叫，四个巴跶儿朝天（巴跶即手脚，有时称四脚朝天），咕咚一下仰叉了过去……后来，有人说起这事，陈公余惊未消地说，幸亏我道行高深，要不这条老命早就呜呼哀哉了呢。

除夕夜守岁，总是在一种轻松愉悦的气氛中度过，回想一下一年来的收获，展望一下明年的梦想，心里会升腾起一年更比一年好、芝麻开花节节高的美丽的念想。"相邀守岁阿戎家，蜡炬传红向碧纱；三十六旬都浪过，偏从此夜惜年华。"

那么，就让我们听着过去的故事，守着今岁和明朝的美好，在这除夕之夜，守住岁月，守住芳华，守住我们共同的梦想吧！

亲人们，新年快乐！

驯虎山下前南庄

正是黄黄的杏儿压折了树枝的时候，我来到了坐落于驯虎山背面的前南庄村。

驯虎山满山灵气裹罩着的前南庄，村子虽说不是很大，但是已经有了六百余年的历史。满街的芙蓉花，仿佛在神秘的色彩中，又给整个村子染上了多情的粉色，于是，蓝色的天，白色的云，青色的山，绿色的水，红色的瓦，黛色的树，粉色的花……在这个多情的夏季，把前南庄这个美丽的乡村，交融成了一幅多情的图画。信步走在街巷之上，绿荫下乘凉的人们，不管认识的不认识的，都会热情地朝你打个招呼，显现出了村民那淳朴的热情，就连街上的狗儿，也会学着村民的热情向你摇着热情的尾巴，吐出那鲜红的舌头，轻轻跑到近前柔柔地舔着你的裤脚儿呢。

沿着村西的街道南行，对面便是驯虎山。驯虎山，因汉代即墨县令童恢童大人在此驯虎而闻名遐迩，也更给这座即墨城南的小山包，笼罩上了浓浓的神秘色彩。出得村子，穿过宽阔的马路，便会看到一道长长的影壁，"绿水青山就是金山银山"红色的大字，赫然映入眼帘。走过影壁，也便踏上了"如意湖"的酱色的木栈道。"如意湖"实际上是一个河湾，前些年村里借"最美乡村"

建设之机，经过精心设计合理布局，把这个昔日水草横生、无模无样的河湾，打造成了这个精致的"如意湖公园"，为村民和游客提供了一个优雅浪漫的休闲娱乐之处。

缓步走在木栈道上，上游河里钓鱼的大人和戏水的孩子们的欢声笑语，同淙淙流淌的水儿交织在一起，一丛丛的金光菊，撒娇儿似的依偎着木栈道，扬起金黄色可人的小脸蛋儿，水里翠绿的蒲苇，舒展着细细的长叶儿，在六月的微风里轻轻摇曳。几只灵巧的水凫子，穿着梭儿一会儿露出小脑袋儿，一会儿一个猛子扎得不知去向了。天儿尽管不是很晴朗，却丝毫没有影响游客游湖的雅兴，他们拿着手机尽情地捕捉着这青山绿水的风光之美。

陪同的好友们介绍说，过了"如意湖"，就是"石磨坑"遗址。对于石磨，我从小就是熟悉的，那个时候，差不多家家户户都有两盘石磨，一盘大的用来磨面，一盘小的用来推渣沫儿（制作小豆腐）。小的时候，或许是因为喜欢听推磨那呜呜的声音，或许喜欢端详磨面时，每一道磨缝里都会出现一座座尖尖的小山儿样的小面堆儿，每当放学回来看到母亲用肚子顶着磨棍磨面，就赶紧放下书包跑过来，用两只手使劲儿地帮母亲推磨，看到母亲赞许的笑容，心里比吃上一顿白面馒头都高兴呢。可是直到今天，我目睹了石磨坑，才知道石磨料是如何采出的，震撼之余，面对着令人肃然起敬的先人们，心里不禁涌起了阵阵的惭愧。

前南庄村石磨开采坑遗迹的石壁上留下的一道道纹理非常清晰，弧形的凿痕层层叠叠从上而下整齐排布，令人叹为观止。在开采坑中又分布着大小不一、深浅各异的子坑，有的子坑之间已经相互贯通，形成一道独特的历史景观。

这些石磨坑最深处能有十几米，都是古人开采石磨留下的历史印记。古时前南庄村村民以农耕为主。在建村伊始，村民为了将耕种收获的谷物磨成粉状以便于食用，就从村南的这个地方开采石磨。当地盛产的石料密度低、硬度小，不易产生裂缝，非常适合制作石磨，后来，在满足日常生活需求的同时，村民为了贴补家用，就开始开采石磨销往周边地区，前南庄制作石磨的历史一直延续到二十世纪六十年代。随着社会的发展，工业机器逐渐取代人力推磨，当地村民才停止了石磨制作。

置身石磨坑底部，触摸坑壁上几百年来留下的凿纹，仿佛在诉说这里曾经发生的一切。那个时候全是用人工开凿，凿下磨盘后再用绳子从坑底拉上来。过去村民在开采石磨时，先在石面上勾画出磨盘的形状，然后用铁凿沿着画痕凿开一圈二十多厘米深的凿沟，再在凿沟四周开凿出三到四个斜口，顺着凿好的斜口插入粗铁棍，然后用力将磨盘撬起与山体脱离。磨盘凿下来之后，村民将一根十几米长的梯子放入坑底，再将磨盘捆绑好，沿着梯子肩扛人拉，齐心协力将磨盘运上来。

磨盘运到坑上，还需要在磨盘表面凿出磨齿、磨眼。凿齿技术非常关键，要求上下两扇磨盘严丝合缝，因为石磨分为上下两扇，两扇相合以后，下扇固定，上扇可以绕轴转动。两扇相对的一面，留有一个空膛，叫磨膛，膛的外周制成一起一伏的磨齿。上扇有磨眼，磨面的时候，谷物通过磨眼流入磨膛，均匀地分布在四周，被磨成的粉末，从夹缝中流到磨盘上，过箩筛去麸皮等就得到了石磨面粉。

我小的时候，一年到头吃面粉的次数屈指可数，只有逢年过节的时候才能吃上面粉做成的馒头，因此母亲一旦磨面，那就意味着将要吃上白面馒头白面面条儿，那时候帮母亲推磨，是一件何等幸福的大事情啊！而如今随着生活水平提高，村民生活富裕，石磨也成为时代变迁的见证。前南庄村作为当年即墨市（今为即墨区）三十个美丽乡村精品示范村之一，村庄除了保护了十多处上百年的老房子，还将这引人发思古之幽情的石磨坑，打造成了一处历史遗迹景点，留住了千年的乡愁。

离开石磨坑遗址，沿如意湖东侧入村的时候，夕阳的余晖映照在粼粼的水面上，如同给湖水撒上了一层碎碎的金子，荡漾在了人们的心里。村头文化广场悠扬的音乐响起来了，村民们三五成群地来到了广场，聊天的聊天，散步的散步，锻炼身体的锻炼身体，一群跳广场舞打扮的妇女们，轻轻摇着彩扇，在广场一角交流得兴高采烈。滑梯的高坡上，一群孩子无忧无虑地玩着各种各样的游戏，几个男孩子手里拿着玩具飞机，使劲儿地冲着天空放飞。我定睛看了一会儿，心里突然想道：这不正是农村腾飞、乡村振兴的最生动的写照吗？

美丽的前南庄啊，乘着 2018 上合组织青岛峰会圆满落幕的伟大东风，你就张开翅膀，高高地飞吧！

醉倒在秋天的即墨城

我的家乡，有一座壮丽的古城
古城里面，写满了悠悠乡情
那宽宽的城墙啊，放飞着多少童年的梦
那青青的杨柳哟，寄托着多少儿女的情
一山一石自成趣
一水一溪入画屏
一砖一瓦筑春秋哟
一街一衢踏歌声
唱一曲柳腔声声脆
吃一口麻片香有形
喊一声号子九狮起
喝一碗老酒唱大风
千年的古城流新韵
千年的商都正昌隆
梦里头千百回游古城

心窝窝千百回热泪涌
一头扑进家乡的怀啊
醉倒在秋天即墨城……

LUO BI CHENG HE

四海放歌

青山渔村的早晨

　　"不减山阴道，迂回一径通。海连松涧碧，叶落草桥红。鸥队闲云外，人家乱石中。居民浑太古，十石半鱼翁。"很早就读过清代江如瑛笔下的青山渔村，尽管我的家乡距离青山渔村不算很远，但是一直无缘走进这个传说中美丽的地方，因此，对青山渔村的向往，也就只好掩在了心头。

　　丁酉九月，时维金秋，我在家乡好友巩合亮和迟元诚等陪同下访道崂山，好友特意安排夜宿青山，让我同这个神话般的渔村，有了一次最为亲密的接触。青山渔村位于青岛崂山最东边，人们习惯称之为崂东。趁着一些酒兴，漫步在"试金湾"的沙滩上，望着三面环山的小村，静静地聆听着海浪阵阵，我对青山人祖先们那高远目光的敬仰之情，油然生在了心底。青山渔村，地处崂山风景名胜区核心位置太清游览区内，与千年道观崂山太清宫紧紧依靠，这里的人们六百多年来与崂山道士相邻而居，于是，便接上了足足的仙气。你看那三面环绕的大山，就如同一座大大的太师椅，让整个村子依偎在它的怀抱，形成了山环水抱的元宝之势，这是一块怎样的风水宝地！尤其是当太阳冒红朝霞满天的时候，无论从沙滩仰视还是站立在山顶巉岩上俯视村落，尽是仙气缭绕，紫气东来。生于斯长于斯，即便成不了神仙，也会多上几分道行。

　　青山渔村的人们依山临海把房屋建得错落有致，一个小山村儿由高而低展现在了瓦蓝瓦蓝的大海边上，红瓦粉墙的楼房和红顶石屋次第呼应，村中林木交映、藤蔓缠绕，房院内外青竹幽幽、花儿灼灼；青山湾坡陡水深，渔船来往穿梭，鸥鸟嬉戏追逐；站在高处远眺，崂山头半岛蜿蜒入海，太清宫白云缭绕，云雾在奇峰怪石间变幻。俯瞰碧波荡漾的青山湾和绿树掩映中的青山村，分明是进入了渺茫的山海仙境。

　　青山、梯田、茶园、村落、渔港、海湾、海洋、海岛相互映衬，高低错落，形成了一道优美的渔村风情，构成了一幅壮丽的山海相连、海天一色的画卷。大自然的鬼斧神工造就了青山渔村四周山峰耸立，奇石巉岩比比皆是，融入其中，你会觉得自己走进了奇幻世界，你会感叹大自然对这里的垂青和眷顾。如此得天独厚的青山，怎会不让我顿生了几分妒忌？

　　青山渔村，最令人妒忌的是它的早晨，入得眼来的每一时刻都是一幅幅美丽的图画，就像是一部纪录片，一帧一帧播放着，向人们炫耀着自己那娇媚妖娆的身姿。

　　远处的太阳，在大海里安睡了一夜，当它慢慢醒来的时候，红红的脸儿渐渐浮出海面，把天边那些稀疏的白云、灰蒙蒙的海天，刹那间染成了一个颜色。除了身边节奏感很强的海水的撞击声，整个海平面依然显得有些安静，远远地望去，只觉得那大海似乎还在贪睡。稍不留神，海平线上的太阳已然升腾出海面，自个儿追逐彩云而去。随着太阳的上升，那阳光变得鲜红鲜红的，向大海射来，海面上波光潋滟，让人情动不已，已经全然忘却了自己的存在。

　　港湾里那等待起航的渔船，静静地守候着大海，静静地守候着自己。渔港最丰富的内涵就在这里，进进出出，忙忙碌碌，每当渔船归来的时候，丰收，而且多彩，无论多少辛劳都会随之而散。早晨的渔港，总是静静的，只有那船头的三角小旗，在晨风里轻轻摆动。在每个早晨来临的时候，这些等待起航的船儿，便会如同承载着浓浓历史，脚步从这里出发，岁月在这里沉淀。在晨曦里，青山渔村的那些茶园，那些树儿，那些竹儿，那些花儿，也许是刚刚苏醒，微微摇晃着，显得有些懒洋洋的，倒也是寂静和惬意起来。走在小街巷口，紫气蒸腾下的渔村，弥漫着浓浓的干海货的鲜香，让人禁不住要使劲儿抽搐着鼻孔，仿佛要把这浓浓的鲜香全然吸入，啊！这是渔村真正醉人的味道啊！那是一种别的地方无论如何也享受不到的味道。

　　朝霞铺满的海面，一片火红，望着红红的海面，仿佛时间就此停止，时空真在穿越，你看那些船儿，那些细细的浪花儿，那些碎碎的阳光儿，那些忙碌着准备出海的人儿，还有那些如我般站立海边观赏日出的人儿，一切都情景交融得恰到好处。远处海面，在朝霞照射下，一波一波，一闪一闪，泛起涟漪，随着渐渐升起的太阳，容不得人们的眼神些许的离开，与一步一景相比，恐怕这里应该是一睁一闭即是一个景儿了。

　　大海、渔村、青山、梯田，千百年来，无悔自己的守候，一代代渔民的更替，一拨拨游人的来去，使得那本不起眼的村子，变得富裕起来，变得热闹起来，变得那样有生机，可谓"渔光山色春几度，风雨人生心不老；夕阳晚照送归航，蓑子行舟畅大江"。青山渔村的人们，就像是大海之苍茫，无论岁月的年轮如何变换，那追逐太阳的脚步，永无停息。

观山观水观全洲

佛家说：色即是空，空即是色，色不异空，空不异色。此为大境界也，人生修为只有到了行深之时，方可得大自在也。

早晨我偶然看到几幅清逸的图画，虽寥寥数笔，一山一石一草一木间，透出了作者大气磅礴的气度和率真自在的情怀。这种自在，宛如一缕清风，一片白云，从即墨古城里飘飞出来，于是，一个洒脱自在的形象便出现在了我的面前，他就是董全洲。

陪同我的几位牡丹江和哈尔滨的领导看到董全洲的这些画作，七嘴八舌评论了起来，这个说大气，那个说清雅，但是我觉得最最贴切的一句评论，是出自牡丹江海林市体育局赵局之口：观风观云观自在。赵局很有文化，但是打眼看上去似乎没有什么文化，他的身上更多显现出来的是一种东北人所独有的"匪气"。我在全国各地几乎是不端酒杯的，不知道为啥，只要一到了东北，尤其到了牡丹江，只要和赵局坐在一起，就会非常自觉地端起白酒杯，仰起脖儿宛如黄河之水天上来滔滔而下。赵局当过兵，当过警察，主政过文化，在体育系统一做就是十二年，在他主政体育的这些年，如火如荼的全民体育活动成了整个黑龙江的标杆，而且当地也成了一个体育冠军辈出的地方。赵局说，董全洲的画作，可以看得出他的高贵、潇洒和清逸，更可以透过他的作品看得出他的高尚的情操和渊博的文化。

董全洲是我的一位值得钦敬的老领导，他对知识的追求，不是一个常人可以达到的，通过孜孜不倦的刻苦学习和敏锐的社会洞悉，从一个乡镇的交通员，一路做到市政府秘书和乡镇党委书记、几个大局的局长，直至国家海洋局处长。从一个农民的儿子，成长为一个优秀的人民的干部，他成长的每一个过程，攀登的每一个台阶，都是伴着一路书香一路芬芳。

忽然我想到一个朋友曾经说过，艺术家眼里没有世界。现在回想起这句话，我觉得说得真是非常有道理，因为艺术家的心里已经囊括了整个世界啊！董全洲的心里，就是装下了整个世界，囊括了天地万物，就是容括了整个宇宙……

文人胸阔天地小。读了万卷书，行了万里路，人的胸怀就会海纳百川，人的格局就会在天地俯仰之间无限升华无限放大。董全洲是一个平静的人，但是经过几十年的历练和沉淀，他的胸中藏有了千仞丘壑。天空有了覆容大地的情怀，所以天空就会深邃；大地有了负载万物的壮举，所以大地便会辽阔。天空对大地说：你是自在的；大地对长天说：你是悠然的。于是，天空笑了，笑得蓝蓝的幕布上画满了朵朵白云。于是，大地也笑了，笑得绿绿的地毯上长满了绚烂的花朵和累累的果实。一道彩虹延伸下来，给了大地和长天一个紧紧的握手。这是多么自在的宇宙，这是多么自在的人生。

观风，观云，观自在。
观山，观水，观全洲。

汾水弯弯

汾河流水哗啦啦，
阳春三月看杏花。
待到五月杏儿熟，
大麦小麦又扬花。
九月那个重阳你再来，
黄澄澄的谷穗儿活像是狼尾巴……

　　每次我来山西，这首少年时就印在心里的歌儿，就会飘荡在耳边。走近汾河的时候，我忽然心里一颤，原来汾河的朵朵浪花，早就是一个个荡然如梦的音符啊！难怪山西人总是脸上多了一些骄傲，原来是那哗啦啦的汾河水呀，流过了他们的小村庄哩。
　　以前来太原，每次看到穿过太原城的这条美丽的河，常常勾起我少年时就深嵌入梦的美丽念想：清清的汾河，如云的杏花，绿绿的山峦，白白的云朵，还有杏花村里宛如杏花一样娇媚的姑娘……走在热闹的太原市区，看着汾河水从眼前流过，脑海中搜寻着那些美丽的故事和神奇的传说。于是，思绪便如三月的云烟，蒸腾在了朦胧的天际。

山衔落日千林紫，渡口归来簇如蚁。中流轧轧橹声清，沙际纷纷雁行起。遥忆横流游幸秋，当时意气谁能俦。楼船箫鼓今何在？红蓼年年下白鸥。

清清亮亮的汾河的水啊，你就是我那心仪已久的美丽的姑娘，从少年时的期盼，一直穿越了三十多个春秋之梦，才迎来了今日的相逢啊！几只俏皮的鸟儿掠过那幽美的水面，或许如我害羞的样子，每每翅膀触到水面的时候，又旋即迅速地抽身而去，就这样在你的面庞之上，若即若离，久久不忍向着那自由的天际飞去。

你看那彩色的橡胶坝，带着音乐的喷泉，莺鹭翔集的绿洲，处处都炫耀出了现代与自然的交融，人与水的亲和，展现出了一幅水光潋滟晴方好的淑美的画卷。看着弯弯的汾河，我不禁心里嘲笑起贾宝玉来了，他忸怩作态地说：女儿是水做的骨肉。真不知这个贵族公子是怎样想的，你看这汾河的水，除了女性的温柔，更多的是母亲那爱昵的眼神和润泽儿女的灵魂，更多的是母亲的广博与浑厚呀。于是，汾河则名副其实地成了三晋儿女的母亲河，用她温润的爱抚，抚育着一方子民。

汾河的水静静流淌着，那些感天动地的历史和现实，也都静静地流进了我的心灵深处，千百年的那些风云际会，也一并珍藏在了我记忆的深处。历经了千年的岁月，看惯了千年的风云，汾河依然以慈怀之爱，深情养育出了一个"晋善晋美"的三晋大地。

于是，面对这幽幽的汾河水，我情不自禁想到了人间的情爱，想到了存留在世间的爱意。不正是这汾河的水，满载起深深厚厚的情谊，从遥远的亘古流到今天，又朝着未来奔流不息吗？

汾水弯弯，绵绵不绝……

春到晋祠

去太原不去瞻仰晋祠，不能不说是一大憾事。来过数次太原，我还是第一次走进晋祠，走进这座集儒、释、道文化内涵，融山光水色盛景，汇文物古迹大观的古建园林群。

三月的太原，街头的柳树已经悄悄炫出了嫩嫩的绿，汾河的水哗啦啦流过古城，两岸的杏花似乎要打起了骨朵儿。手扶着轻盈的树枝，小心翼翼地看着微风中枝头上的点点花絮，使人直生出一股怜爱之情，似乎都不舍得多看它们一眼，生怕看得多了化在眼里呢。

出太原沿着春枝摇曳的马路，驱车往西南方向行约十公里，便来到了悬瓮山下，晋祠，就依悬瓮而建，从山脚一直往上延伸到半山之腰。晋祠素有"山西小江南"之美誉，这里不仅山清水秀，气候宜人，而且分布着近百座历代劳动人民修建的殿堂楼阁、亭台桥榭，它们在苍郁的古树掩映之中，在晶莹澄澈的晋水映衬之下，简直就是一卷壮美无瑕的图画，让人们应接不暇，流连忘返。难怪刘大鹏曰：三晋之胜，以晋阳为最，而晋阳之胜，全在晋祠。

我驻足在晋祠戏台"水镜台"前，眼光一下子被两旁楹柱上的对联所吸引：水秀山明，无墨无笔图画；鸟语花笑，有声有色文章。这寥寥二十字，竟描绘出了一幅晋祠胜境，山色有情韵，流水多柔静，晋祠之美，何须用得笔墨？分明就是上天哗哗啦啦泼下的五彩熏染装扮在了人间；百鸟鸣春景，花枝笑春风，大自然用秀春妙笔，把晋祠这篇文章写得如此有声有色，如此生动迷人。

泉出乎地，地久泉俱久；水生于天，天长水也长。守在"难老泉"边，看着泉水喷涌而上，泉上泉下一片秀色环翠拥簇，心里不禁咏叹……

天地难老泉难老，人生难老情难老。
古往今来多少梦，走笔山水探春潮。

白雪覆盖下的晋祠会是怎样的一派气象，我不得而知，而早春烟笼依依的晋祠，则是用古老的巨笔，向我描绘出了一幅唐叔虞把酒临风的春行图画。当年你的父亲武王伐纣的英姿，莫非被你刻画到了这吊挂天地间的悬瓮山之上？要不然，为什么越过三千春夏秋冬，历经无数战火洗礼的古柏古槐，依然郁郁葱葱？

晋祠，你经历过了历史的沉淀，你生命的源泉才会如这难老泉的水汩汩喷涌；你看惯了秋月春风，你的春天还有你沐浴在春光里的奕奕神采，才会如同这永不干涸的难老泉，永远难老……

看，晋祠的古柏抽芽了！

一副楹联黄陂缘

　　前段时间我回青岛，接到一个陌生的电话，电话那头称自己是武汉人，姓张名唤张宸。我问："我们认识吗？"他说："你不认识我，我可认识您，我是从郑起老先生那里知道您的。"张宸说他有一个朋友，在黄陂搞了一个"万亩金秋草莓园"项目，想请我为他们撰写一副对联。第二天我把撰写的对联，通过微信给他们发了过去：红莓蓝莓万亩千顷郁郁楚天闹阳春，花鹿江鱼五湖四海熙熙江城唱金秋。（此联在黄陂时，因为万亩金秋园养殖项目删减，经政协肖主席修改，楹联改为：绿叶贺红莓，万亩千顷郁郁楚天闹阳春；碧波颂蓝莓，五湖四海熙熙江城唱金秋。一个贺字，一个颂字，令我拍案叫绝。）他收到对联后不长时间，就回复说写得太棒了，简直是一绝，并盛情邀请我一定要到黄陂做客。

　　过了没几天，广东省山东潍坊商会向中国文化艺术产业联盟发出邀请，邀请联盟派人出席商会八月三十日在广州举行的成立大会，联盟马主席同意了他们的邀请，要求我们和郑老师徒二人作为联盟的委派代表出席。郑老说这次去广州，我们正好可以先取道武汉，到黄陂去看望一下老朋友武汉黄陂区政协主席肖金双等人。这世间的事情就是这么凑巧，我原以为对于黄陂张宸的邀请，不知何年何月才能成行，没想到这么快就要变成现实，心里难免涌动起一种莫名的激动。

一副小小的对联，成就了我的黄陂之行，也成就了我与黄陂的一段情缘。

一

到了黄陂，我立刻被这座历史文化古城所彰显出来的浓郁的文化迷住了。武汉的文化发祥地就在这里，一如青岛的文化发祥于我的故乡即墨，或许是源于斯，我来到黄陂处处都感到有一种说不出来的亲切感。

黄陂，是美丽的江城武汉的一个辖区，位于长江中游北岸，处于广袤的江汉平原与鄂东北的接合部，是武汉面积最大、生态最好的城域。这里是花木兰的故里，站在树木葱茏、鸟语花香的木兰山下，走进"木兰八景"，我仿佛看到了当年的花木兰替父从军勇战沙场的壮丽画面，心里不禁咏诵起"唧唧复唧唧，木兰当户织"。这里是程颐、程颢的故乡，也是当初的民国大总统黎元洪的故乡，当年的黎元洪常以黄陂作为自己的骄傲，把自己称为"黎黄陂"，据说还差一点把黄陂建为民国的"国都"……改革开放以来，黄陂以木兰文化、二程文化、侨乡文化等为主体，着力发展二、三产业，使黄陂的政治经济文化一直走在湖北省的前列，也走在了全国发展的前端。

黄陂当地朋友们说，黄陂的干部是最好的干部，起初我对这话有一点不相信。尽管文化繁荣经济发展社会文明都与干部息息相关，但是我总觉得这话说得有点过。当认识了黄陂区政协原主席肖金双先生，我信了。

二

肖金双先生是一位儒雅而睿智的领导干部，其实他更是一位亲和的兄长。他做过组织部长、区委副书记，他在任期间，凭着对党对人民高度负责的态度，考察培养了一大批优秀的干部，在黄陂，几乎所有人都能讲上一段他优秀的故事。而在我的眼里，肖主席是一位可敬的学者，因为我从他的身上，可以读得出黄陂四千多年的文化经络，把握出黄陂文化的脉搏。同时，热爱书画艺术的他也在用自己独有的情怀书写着黄陂的山山水水一草一木。

在黄陂期间，肖主席全程陪同，给予了我们最高的接待礼遇。肖主席操着一口很难听懂的黄陂话，向我们讲述着犹如浩浩长江般的黄陂文化，尽管他的语言不太容易听懂，但是我从他的情态、动作上，感受到了他对黄陂文化、黄陂父老的那份深深挚爱之情。在他的身边，有很多黄陂农民朋友，也有很多黄陂的企业家。

万亩金秋草莓园的江晋就是其中之一。

三

江晋说起话来粗声大气，除了面相带有江南人的特征外，一点都看不出他是一个南方人。江总原先是黄陂一所中学的校长，最初他是怀着对农村、对农民的同情，离开学校研究农业科技，为当地的农民增收做出了口碑。后来，一个偶然的机会，他认识了肖金双主席。金双主席对"三农"问题的关注深深感染了他，他按照肖主席的嘱托，整合当地草莓、蓝莓种植及梅花鹿、江鱼养殖的资源，成立了"万亩金秋草莓园"，把过去一家一户分散式的经营模式，整合成了现在的庄园化、规模化的生产格局，让当地农民实实在在感受到了集约化订单农业所带来的更大的经济效益，不但给农民兄弟吃了定心丸，而且每亩增加收入多达三四千元。为了扩大黄陂草莓、蓝莓的知名度，他今年还建起了一座占地十万平方米的集科研、信息、物流、交易于一体的现代化大型草莓批发基地，并拟结合十月份草莓上市一起启动。

听着江总的讲述，我的眼前浮现出了一幅欣欣向荣的社会主义新农村的壮美图画，你看啊——万亩千顷的一片沃野，农民们唱着歌儿在这片绿得迷人、红得醉心的土地上，种出了一代代中国农民所向往的美好日子，种出了一派红红火火的社会主义新农村。

农民，是最应该受到关注的。这是肖主席半生的深切感受。江总喝酒的时候，眼里分明噙着晶莹的泪光，他似乎在用他的灵魂跟我们诉说着当初肖主席和他的一次彻夜长谈。那一夜，他的灵魂也受到了深深的、重重的触动，如何加快农村发展，转变农业经营机制，提高农副产品的附加值，促进农民增收，成了两个人彻夜不眠的话题。也就是那一夜，江总感受到了一位领导干部对农村发展的高尚情怀；也就是那一夜，才使得这位当年四十多岁的江南汉子坚定了一个信念：为农民增收而战，为扶贫攻坚而战，为农村振兴而战。

一个人，一旦坚定了信念，无论山高水远，无论险滩沼泽，都是无法阻挠的。顽强的意志从何而来？在于信念。正是源于这种一切为了农民利益的至高无上的信念，江总的万亩金秋，才如同这一望无际的红红的草莓，越来越红红火火了起来。

四

如果说，江总是受肖主席对农民关爱的情怀所影响，把黄陂的草莓种植业搞得轰轰烈烈，那么张宸则是因受肖主席"够学"思想的影响，而成为潜心发展黄陂优秀传统文化的典范。

张宸与我同庚，只因小我几个月便屈从岁月而称我为兄长。

张宸在黄陂开办了一家德润阁文化公司，因为文化的缘故，肖主席也便潇潇洒洒走了进来，两个人一见如故。于是乎，肖主席便成了这里的常客，于是乎，两个人便成了忘年之交。

张宸平日少言寡语，是一位善于思考且饱读诗书的博学之士，乍一看，他的身上似乎带有一些老学究式的文人的迂腐之气，而透过他看着你的眼神，你会觉得他的真诚会融化一切。第一次听到"够学"这个词，就是通过张宸酒后的絮絮叨叨。那一天，张宸拿到了我的一幅没有盖章的"陋室铭"，甚是喜欢，鉴于第一天接风他没有喝酒，我就逗他说：贤弟，刚才我跟肖主席说好了，今晚要是你不喝醉，哥哥就不给你盖章。其实那只是一句玩笑话而已，哪承想他竟把这句玩笑话当成了"圣旨"，席间，他真的喝高了，我很感动。没想到喝了酒的张宸，话匣子一下子被汹涌澎湃的酒力给冲开了，他立刻变得跟北湖（黄陂第一湖）的水一样滔滔不绝起来，他端着酒杯跟我说：修远老师，我要向您请求一件事情，我们肖主席多年来一直坚持"够学"，推行"够学"，多年来我一直研究肖主席的"够学"理论，感到他的"够学"是一套完整的体系，现在我已经在着手写文章，我的文章写好后，能不能请您给斧正一下？

够学？什么意思？根据张宸的解释，我初步明白了一些肤浅的概念。够学，是肖金双主席在黄陂方言基础上提炼总结的一套为人、为学、为官、为政之道，基本理念是学无止境，事无止境。粗略看上去似乎没有什么，但是通过阐释，我忽然发现"够学"是一套严谨的思想体系，见我用感动和崇拜的眼神看着身边的肖主席，张宸嘿嘿一笑：修远老师，我一直都是用您这样的眼神来仰视我们的肖主席的。

是啊，一个地方官，能够从各个角度受到人们的仰视，这是一种怎样的幸福啊！见我陷入沉思，肖主席把酒杯送到了我的眼前：来来来修远老师，别听张宸瞎咧咧，咱火（喝）酒火（喝）酒。

我抬起头来，用仰视的目光看着慈善的肖主席，从他深邃的眼神里，我分明看到了黄陂文化的深邃，分明看到了"够学"思想的博大精深。

于是，我双手端起酒杯，轻轻碰了一下肖主席的杯子，就着这浓浓的文化，就着这烈烈的感情，一饮而尽。

拜读秦岭

　　直升机载着我们从云中垂直而下，于是，我们便忘情地全身心扑在了这莽莽的华夏文明的龙脉之上了。

　　魂牵梦绕的大秦岭啊，当我的身体紧紧贴在你的胸膛，仔仔细细拜读你，我才真正感受到了泱泱华夏文明的无比震撼。

　　站在这云横千里的秦岭之巅，站立在巍峨的界碑前，感悟着这厚重的历史印鉴，浏览着老子在此所作出的中国道教的巨著鸿篇，心中不由腾起万丈波澜。俯视千山万壑，气势如虹，长风乍起，林涛如雷，满目黛绿，如泼墨般浩浩荡荡，犹如来到巨人身旁，偎依这洋溢着生命的黛色的树，亲吻着伸手可拥黛色的云，宛如回到了生命之初，荡漾在了天地呵护之中。

　　人无大气枉为人，山不伟岸徒为山。人生过半到秦岭，正是感悟好时候。怀揣着对天高地厚的感动和对沧桑岁月的珍爱，我把自己与大秦岭紧紧融在一起，久久地读着秦岭花谷万紫千红，读着低矮而葱茏的灌木，读着茂密参天的乔木，读着原始森林以及从林涛之上带来的蓬蓬勃勃的绿色，一座座山巅像一个个厚重的标点，一重重葱茏就是大秦岭活灵活现的文字，书写着人类原始文明的盖世华章。

　　我伸开双臂，敞开胸襟，仰面朝天，闭上双眼，呼吸着郁香浓烈的山风，开始领悟这书本里汹涌的内容，浓绿的情思，伟大而深邃的真谛。

　　虽然时维初冬，扎进秦岭，我竟丝毫找不到"云横秦岭家何在？雪拥蓝关马不前"的悲凉，展现在我面前的是一部磅礴的经典书卷。于是，我按捺不住对大秦岭的崇拜，一页页翻阅着大山的褶皱，诵读着这部大自然的鸿篇巨制，思忖着连绵起伏的哲理，欣赏着沟壑纵横的箴言，浏览着花草树木的心韵……秦岭，像一部比天高比地厚的博大经典，在我的眼前徐徐翻开来。我崇拜的高天厚地啊，你是如何用尽了洪荒之力，创造出如此厚重的历史，演绎出如此神奇幻化的故事？巨幅的山水画慢慢地展示在天与地之间，精彩地书写在崇山峻岭的字里行间，这部远古与现代的启示录，这本皇天与后土的聚合体，凝聚成不朽的大自然的经典，令我仰慕惊叹，令我真正体味出了究竟怎样才是高山仰止！

　　我来自尘世，带着人间的俗味，染着铜臭的细菌，面对着大有大无的秦岭，面对着大秦岭的磅礴气度，霎时有了一种面对自然而大彻大悟的澄明。人，充其量算作是沧海一粟，拜读着这洪荒之势的秦岭，我愈发感到了自己竟是何等渺小，阵阵自惭羞愧汗颜……一股脑袭进了我的心间。铁马秋风大散关，悠悠千古炎帝陵，盘盘相连如丘如墩的石鼓山，大将军韩信出奇制胜大秦岭……一部部厚重的历史典籍，让我越读越思绪万千。极目远方，南望巴蜀，古道连云，驿站点点，遗迹累累，嘉陵悠悠，林密草茂，澄江如练，倒映两岸；徽派民房，马头女墙，尽显羌家风韵；山肴野蔌，岭南民风，尤具山地淳朴风情。大秦岭宛若凤凰展翅，凌空欲翔，嘉陵江一路豪歌，直奔长江。宝成铁路蜿蜒如蛇，曲迂回旋于崇山峻岭，国道如虹，缭绕于天地莽林，贯通南北；车辆如梭，商贾如织，穿行于高山腹地。我就这样被大秦岭拥在博大高深的怀中，默默沐浴承袭着秦岭的迤逦与豪壮。

　　啊，不可一世的大秦岭啊，敢与天比高！置身于这方净土，我不禁惊叹大自然的鬼斧神工，让凡间俗尘荡尽污秽龌龊，使人联想到天界的瑰丽与静肃。世间万物不灭，唯有人是匆匆过客。

　　扑进秦岭的怀抱，才会真正领略到山的胸襟和气度，检阅心灵的语言，浏览无字的书籍，欣赏无声的诵读，翘望着无边无际的巨幅画面。大秦岭绿色的封面，引我进入了书中的境界。隐隐约约，我听到了太阳清脆的吟诵，嗅到了大地迷人的馨香，山峦起伏，薄雾冥冥，朦朦胧胧，我听见了虫子的低鸣和飞鸟的欢叫，我看到了法布尔的美丽王国，米丘林的花卉园地……此时此刻啊，我感到一种神秘而伟大的力量，一种无声的变动在我身上幻化出惊人的铿锵与浩荡：一种曾经背叛过自己但是非常美好的东西复归了，而另一种我曾想摆脱而无法摆脱的东西消失了。我感到自己的心在净化、在升华。世界在变幻，在扩展，在一体化。胸膛燃烧着热浪，燃烧着葱茏，燃烧着希望。绿色浪涛在蜿蜒起伏，连绵跌宕，远山起伏伸延，一直伸延到无尽的前方，伸延到冥冥的海市蜃楼，连绵到天地相接处。

秦岭的豪气让人顿悟，秦岭的奇绝让人赞叹，秦岭的仙境让人迷恋。来吧朋友，在这仙境般的慧海中沐浴，你会视一切荣华富贵如浮尘，你会摈弃一切功名利禄。作为人，只要真诚地付出，就是最好的回馈；只要无私地施爱，就是最值的报应。让汗水和泪水叩问脚下的这片山地，匆匆流逝的嘉陵江水，报以甘甜与微笑，不惜养育芸芸众生、默默子民。偎依在大秦岭的怀抱中，你还有什么失意和困惑？沐浴在大自然的甘露中，你还有什么欲望和苦衷？在这让人沉醉的仙境中，有谁还会在乎凡间的恩恩怨怨和尘嚣四起呢？上苍赋予大秦岭如此大善与大美，令世人叹为观止！

此时此刻，我的心与山、与绿、与天、与地、与白云融为一体。也就在这个时候，喜悦突然像山间的精灵飞起来，飞过高山大海，飞过森林草地，飞过世纪岁月，飞向更高更远的天际。多美好呵！大秦岭拥载着的山系、脉峦、沟壑、深涧，大秦岭蕴含着生活、未来、感动、希望。大秦岭，你让我爱不释手、流连忘返呵！

拜读大秦岭，我满身都是豪气；拜读大秦岭，我满心都是激动。

大秦岭啊，你是永远让世人读不完的大部头经典小说，你永远是耐人寻味的壮丽无比的美文！

抚摸长安

　　老杨喝了一点酒就兴奋不已，眉飞色舞背起相机出去拍回了一堆西安的夜景，又眉飞色舞跑回来——一向我卖弄，直卖弄得我似乎仨魂儿走了俩，俩魂儿结着伴儿游走到这座古城的角角落落里去了。

　　一座城市之美，折射出来的若是厚重的文化，那么这座城市便会有着深深的底蕴，就像是一位鹤发童颜银髯飘飘的长者，峨然站立在你的面前。那双缘于数千年沧桑藏在胸中而显得愈加深邃的眸子，久久地凝望着深邃的长天，久久地凝望着厚重的大地，也时不时地瞥一眼站在他面前的因为浅薄才显得渺小的我。一份平静的审视，足以让我的灵魂在震颤中变得迷失了起来。

　　"西北望长安，可怜无数山。"刚接触古诗词的时候，我特别喜欢辛弃疾的这阕《菩萨蛮》，那份登高悲望故都的神态、心境都跃然纸上。

　　小时候我也曾遥望过长安，因为汉唐盛世，长安是当时国际性大都会，会让人产生无限遐想。白居易说"百千家似围棋局，十二街如种菜畦"，反映出了自周、秦、汉以来，三州花似锦，八水绕城流；三十六条花柳巷，七十二座管弦楼。华夷图上看，天下最为头，真是奇胜之邦。让我觉得长安城内处处都充满了神奇。待到我遥望的时候，长安已不叫长安，而叫西安。据说西安这个名字是在明代确定的，这之前，长安因失去帝都地位已多次更名。我虽然知道自己遥望的是西安，可心里想的还是汉唐的那个长安，因为汉唐是中国历史最辉煌的时期，是对我们的民族和国家产生了重大影响的时期，不然我们怎么会自称"汉人"，而被外国人称为"唐人"呢？

我遥望已更名为西安的长安，倒不是因为有白诗人和辛词人那样的家国情怀，就想看看这座千年古都还残留着哪些昔日辉煌，能寻到哪些旧闻逸事。

在长安城内走上一圈，踏着千百年来古人走过的足迹，我漫步走在回民街青石板路上，随处可见孙思邈的药膳羊肉泡馍，蒋三的羊牛肉灌汤包，还有那几百年来经久不衰的肉夹馍。店面门口的竹篮里堆满了柿子饼和新鲜的核桃，还有那红彤彤的陕北大枣。看着如潮涌动的人流，马路两边的商店里面琳琅满目的食物和土特产，耳朵里传来那正宗陕西嗓口买卖的吆喝声，我心里想：这不就是当年的大唐盛世的场景吗？顿时有点穿越时空的感觉。看见店铺里游客吃面时盆大的海碗，我惊恐异常，暗自揣度起这里人的食量。等到自己的一碗羊肉拉面上来时，拌着鲜红的辣椒羊肉块就着面汤大口嚼起来，脑门上的汗珠子顺着脸就淌进了脖里。

汉唐点染，宋元铺叙，明清着色，集诸朝百代特色于一身，包容多种文化，兼济天下，将现代与古代建筑完美融合。西安这座城市向我们呈现的，是无比厚重的历史，是锦绣繁华的当下，是挥斥方遒、气势恢宏、厚积薄发的未来。

西安，既不像上海一般的迷幻，从水乡古镇到东方明珠，处处充斥着欲望的气息，妖娆美艳的姿态背影下，散发的紧张味道中渗透着的巨大压力让人无所适从；也不同扬州一样在笼罩着庐月光华之美下，烟晕莺鸢草袅露凉，浪漫的诗人叹桥边红药，吟夜黑茶凉，一曲忧伤从乌篷传来的唯美画面着实让人着迷，而这弥漫着雾气的天堂之都在我这个北方人看来，却难免有些略显轻浮；更不像拥有"帝都"美名的北京，焦灼的柏油路，漫天遍地的雾霾，让人都看不清来时的路。

从古城外游赏古墙，我隐约看到里面复古的建筑，琉璃砖瓦，错落有致；雕梁画栋，纷呈各异。旧时的重叠阡陌，与现代都市风交相辉映，给人以美轮美奂的感觉。这种感觉让你感到踏实，却不会使你迷醉。这就是西安独有的魅力，它给人的感觉永远是一种厚厚的现实感，是在你久经沙场、历经苦难后涅槃重生时给予你的一种力量；是在你感到前路迷茫、手足无措心灰意冷时，让你看到希望的亮光。它能包容一切，就像当年秦皇一统六国的雄心壮志，豪气满怀；就如太宗贞观之年国库充盈之象，边外诸国朝圣天朝的骄傲自豪，威严耸天。时隔千年，古城墙依然如它当年一般风华正茂，屹立不倒。满城的金戈铁马、城御兵甲，穿过浩瀚历史的滚滚烟尘，在现在看来就像一座座丰碑，不是地标，不是风景，谨以铭刻，铭刻那些曾经的英雄和伟人。

"滚滚红尘帝王都，悠悠岁月百姓城。"

西安有华清池。且不说当年蒋介石"督战"时住的五间厅，单是骊山山腰上的一座小亭就足以见证中国的近百年历史。自震惊中外的"西安事变"发生后，它的名字历经"总统蒙难亭""捉蒋亭""兵谏亭"的变化，每一个名字都是一段历史。游逛在这亭台楼阁、九曲回廊、飞霞大殿之间，徜徉在这湖光山色、楼亭倒影、垂柳伟岸的美景之中，我顿感心旷神怡，把两天来工作的疲劳，驱得烟消云散。

大雁塔自古以来就是西安的标志性建筑，传说它是唐玄奘西天取经归来，用收藏所带来的木材、布料、舍利而建造的，塔身高七层。在唐代，它还是一栋木质建筑；到明代，一层厚厚的砖块包裹了大雁塔；民国时期，人们为了能让大雁塔更加坚固，又在塔底建造了塔基，现在的大雁塔已是一位年近一千四百岁的高龄"老人"了，它见证了唐代至今中国的发展历史。今天的大雁塔，我不仅看到它古老的塔身，在它的南北广场还欣赏到了美妙的喷泉表演，将古代建筑的艺术美与现代的科技美融为一体，让人叹为观止！

西安城墙现有城门十八座。十四座是后来新开的城门，有的是在被战火打开的城墙豁口上重建的，有的是在唐皇城城门遗址旁新建的，有的是为了纪念伟大人物新建的，也有的是纯粹为了交通方便而新建的。细数这些城门的名称来历，游客也可以从侧面了解到中华民族的沉浮往事。西安古城墙历经风雨洗礼，拱卫着曾经的辉煌盛世，也承载着民族的记忆梦想，它像一位历史老人一样守护着这片土地。

面对秦兵马俑时那种无法控制的惊讶、沉迷、陶醉、感动是每位细心游客能够领略到的，世界上再也不会有这么一个地方站着这么多士兵等待你这么久。还有刚下飞机时，被映入眼帘的古城墙雄壮深厚、古朴凝重的气势所震撼，游走于城墙之间，会感觉到风吹过来的都是历史。陕西是一座宝藏，它珍藏了远古先民弥足珍贵的馈赠和十四个古代王朝兴衰存亡的历史，拥揽着各类绚丽多彩的文化遗存和无数精美绝伦的文物古迹。我们在这历史的长河中穿梭，时刻感觉到自己好像已经身临其境，月光宝盒让时光倒流，历史遗留下太多的瑰宝，似乎每一条古旧小巷，每一块城墙青砖，每一片深宅瓦当，都能让人穿越时空。六王毕，四海一，当年阿房宫五步一楼，十步一阁；廊腰缦回，檐牙高啄。华清池中华舞霓裳羽衣的杨贵妃；古丝绸之路上驼铃响起，古老的国际都会热闹繁华。在这里，厚重的历史感让人平静而舒缓。

在西安，有太多故事值得书写，只恨笔墨太浅，容不下千年的厚重底蕴。我以我的浅薄在历史的城墙上抚摸，细数几块青砖，带着敬畏和小心。

西安，有许多名字。镐京，大兴，长安。而我最喜欢唤它长安。长安，长安，长治久安。每念及长安，我就仿佛看见秦军身披铠甲，神情凝重，旌旗挥舞，一扫六合；看见一只小小春蚕从长安一户农家蠕动，一路向西，吐纳锦绣河山；看见潼关外风沙漫天，羌管悠悠，听见将士悲愤的呐喊与马嘶；看见大慈恩寺里，唐玄奘挑灯席坐，译经向佛；看见李隆基默默地看着华清池里洗凝脂的杨玉环，情意绵绵，飞花满天；看见辉煌宫殿里歌舞升平，龙飞凤舞，推杯换盏……

我在这初冬的日子抚摸城墙冰凉的垒石，听它讲诉一个个久远的故事，一份份沉重的岁月。我看见它干涩的皮肤下青色血管里流淌着的诗词戏曲，我闻到它骨髓里散发出的淡淡紫檀香，我听见它低低地唱着秦腔，尽管它已苍老得张不开曾经苍劲雄浑的双臂来拥抱我，尽管它已唱不出秦腔的慷慨激昂，荡气回肠。

抚摸着这厚重的秦砖汉瓦，我的灵魂忽然震了一下，一个激灵穿越到了公元前 139 年的那一天。那一天，豪迈粗犷的大秦腔，响彻了长安——

将令一声震山川，
人披衣甲马上鞍。
大小儿郎齐呐喊，
催动人马到阵前。

头戴紫金冠，身穿玉连环。
胸前狮子扣，腰中挎龙泉。
弯弓似月牙，狼牙囊中穿。
催开青鬃马，豪杰敢当先。
啊嗨——哎——啊嗨——吼！

公元前 139 年的那一天，巍巍长安人头攒动，旌旗如云。
公元前 139 年的那一天，莽莽秦岭黄沙尘埃，猎猎滚动。
公元前 139 年的那一天，丝绸之路从长安铺开，展现在了我们的眼前……

龙凤湿地的荷花

　　从哈尔滨沿着哈大高速一路疾驶，不到两个小时便到了大庆。从高速口出来，一片绿草萋萋水光波影霎时间就映入了眼帘，远远地望出去，成群的白鹭嬉戏在云水之间。这里就是闻名遐迩的大庆龙凤湿地。

　　接近龙凤桥的时候，一望无际的荷花，染红了整个湿地公园。从龙凤桥上远远看过去，心都被染成了浪漫的粉红。我第四次来大庆了，每次来都有一份不同的美丽，都有一份不同的美丽心情。在这座浪漫的百湖之城里，有着很多很多美丽的人、美丽的景和美丽的故事……

　　荷花是自然的女子。她在唐诗里田田舞步，在宋词里轻盈舒袖百芳，在《爱莲说》里亭亭玉立，出落一池千古绝唱的姿态。回眸一笑百媚生，六宫粉黛无颜色。就这亭亭净植，婀娜含笑，让山间百花自惭形秽，纷纷卸妆。

　　在大庆人的传说中，荷花是王母娘娘身边一个最美丽的侍女玉姬的化身。玉姬羡慕人间男耕女织的勤劳生活，厌烦天宫的空虚和寂寞，她在河神女儿逢莱尼的陪伴下，偷偷打开南天门，悄悄地飞来，来到大庆的龙凤湖畔，这两位天宫仙女看到明镜般的湖水倒映着天上的白云和凡间的青山，便跳入美丽的湖中快乐地沐浴。谁知天快亮了，逢莱尼要玉姬赶快回到天宫，玉姬哪里舍得这美好的人间？王母娘娘知道后，恼羞成怒，顺手拾起莲花宝座把玉姬打入湖中，还恶狠狠地骂道："你要脱尘绝俗，我要把你打入淤泥，永世不得再登南天。"从此，这位洁白无瑕的仙女化身为美丽的荷花。

那么漂亮的仙女都羡慕这里的生活，看来，天堂仙境没有我眼前的人秀水美。有荷花相伴，我们不是玉皇，也是王母。这滋味多么甜蜜。

车子前行，一路看丰美的植被厚重地簇拥着，那是洋溢着盎然生机的一片纯净的绿洲，一片广袤的滩涂，一片神奇的湿地。犹如一脉清清泉水，一道静静月色，一段幽幽乐曲，经过心灵的阶梯，向我们心灵深处缓缓流淌。让我们穿过历史的沧桑，透过天宇的浩瀚，一起走近湿地，看清风浮荡，如旗帜或长发般飘扬的芦苇，我们的心旌也会不由自主地在胜景中舞蹈。

"蒹葭苍苍，白露为霜。所谓伊人，在水一方。"龙凤湿地自然之中透着娇媚，豪放之中又不失婉约。

大庆拥有中国最大的油田，这座城市创造的精神和物质财富，深刻地影响着共和国。她是一座能源城市，又是一座环保城市，在对自然的索取和付出之间他们掌握了平衡的秘诀，丹顶鹤也喜欢这里。这里芦苇摇曳，清波荡漾，荷花塘与湿地风光相得益彰，欢快的水鸟在空中翻飞鸣叫，上下交相辉映，湿地被点缀得立体而灵动。"一行白鹭上青天"的诗境常常成为湿地上空精彩的画面。

龙凤湿地，缘于有了这曼妙的荷花，显得愈加风姿绰约。这里的荷花与南方的荷花有着细微的不同，或许是因为生在北方，龙凤湿地的荷花长得异常坚挺，给了人一种傲雪凌风的豪气，粉红色的花头在微风中摇摇摆摆，又分明多了一种大庆女子的娇艳，所以我不知道是大庆女子熏染了荷花还是荷花熏染了大庆的女子。

七月的荷花，是文人的爱好，有了七月的荷花，文人才迸发出了浪漫的情怀，才迸发出了粉红色浪漫的灵感……

嘎嘎好吃的"会战饭"

　　来到大庆的当天晚上，庆子弟弟安排了一次奇特的接风宴，于是我们一行二十来人呼呼啦啦走进了这个据说在大庆很有些名气的"坑烤厨房"。

　　庆子弟弟是我在大庆认识的一位好兄弟，他和胖子赵彬、瘦子明明等一样，都是真诚友善讲义气的杠杠的好哥们儿。

　　过去，在东北农村，人们曾经用灶坑，或在田间地头就地挖坑熏烤食物。据了解，在大庆石油会战年代，工人们的工作环境往往是"头上青天一顶，脚下荒原一片"。在那时，能吃上一口热饭，也是一种奢望。聪明的石油会战人，为了能够在艰苦的工作中及时吃上一口热饭，将坑烤这一吃法运用到了工作间歇，在荒原上挖坑烧砖，烤制土豆等随手可得的廉价食材，既保证了不耽误工作时间，又为艰苦的工作提供了身体必需的营养。因此，坑烤在大庆也被叫成了"会战饭"。

　　时光进入了二〇〇〇年后，"大庆坑烤"逐渐成为一个独具特色的美食品牌，"坑烤"两个字，被游客从大庆带往全国各地。很多到大庆旅游的人，都会特意去品尝坑烤。坑烤独特的味道，将人们从繁华都市餐桌上的厚味中，拉回到古朴的童年岁月。在大庆吃坑烤，吃的不仅仅是坑中烤制的食物，更能品尝到历史的悠远回味和童年的温馨回忆。

大庆坑烤主要分布在大庆市龙凤区的铁东村（龙凤湿地自然保护区附近）和大同区的八井子乡，这两处在口味、工艺和材料上都各有特色。大庆坑烤是先把食物放入调料腌制，后用锡纸包好，再抹上调好的黄泥。在土坑上架起塔形碎砖，坑内放入炭火、木板等燃料。待碎砖烧红，就将食物放入坑内，再毁坏碎砖塔，让热砖头压在食物上，上边盖上点细土，两个小时以后，就能吃到香气四溢的美食了。

坑烤时，首先要进行砖头的烧制，生火将坑中的砖头烤热。然后将砖取出，将已腌制好并用锡纸包裹的食材放入坑中，将烧热的砖头放在坑里，盖好锅盖（有的需要封好黄泥）进行焖制，灶坑、砖头、锅盖、黄泥，这一系列的坑烤用具，无不体现着鲜明的北方特色，让食客印象深刻，回味无穷；让大家在品尝美味的同时，也欣赏了一幕独具特色的东北美食文化艺术表演。

焦黄的土豆子，滚烫的热地瓜，扑着鼻子香的大鹅，鲜气直冒的龙凤湖的大鲤鱼……一道道美食上桌了，坐在身边的环保局李局面对着一大桌子嘎嘎鲜香的"会战饭"，发表了一通热情洋溢的祝酒词后，大家齐刷刷地端起酒杯，喊了一声"石油工人一声吼，地球也要抖三抖"，以气吞山河之势咔咔地喝将起来。喝到兴奋之处，来自海南岛的阿陆、阿云和贾波兄弟三人，搂着膀子高声唱了起来："泥巴裹满裤腿，汗水湿透衣背，我不知道你是谁，我却知道你为了谁……"阿陆和阿云那半生不熟的"海蓝普东哇"（海南普通话），简直把这支歌唱出了坑烤的味道。

大庆的坑烤，记录着第一代石油大会战的悲壮，散发着一代代铁人的精神，也勾起了我对童年的回忆，心里缭绕起了无限的乡愁。

把情留在包头吧

正值内蒙古自治区成立七十周年之际，我们走进了塞外名城——包头。

初秋的包头，天蓝得深沉但却明朗，仿佛一眼可以看见宇宙深处，如果说山有语言水有灵性，那么我觉得包头的山便是能吟唱得出优美的诗句的山，水也会把一段段悠久的现代故事，娓娓向你道来。因为这里的山水是唯一可以让你久久伫立，把一双眼睛微微闭上，去用灵魂聆听，用灵魂与之互动的地方。能够把灵魂交融在一起的，不仅仅是包头那深邃的蓝天，也不仅仅是让你迷醉的草原风光，更不仅仅是这座到处都让你痴迷的城市，更重要的是这座城市的伟大的气度。

包头，是一座有气度的城市，具有凝聚和包容的伟大的气度。有人说，包头是一座没有历史的城市。走进包头，你才会知道这是一种偏激的说法。任何一个城市，都有着自己不同的历史渊源，包头的历史，有着自己独特的走向。你看那金戈铁马的古战场，这是包头铁蹄铮铮的古代史；红色革命历史构成了包头现代史的主色调；改革开放的恢宏，构成了包头当代文化的璀璨。农耕文化与游牧文化在这里碰撞、交融，打打杀杀，男男女女，爱恨情仇，演绎出几多跌宕起伏的历史故事。当历史的脚步走到近代时，"走西口"成为与"闯关东""下南洋"鼎足而三的移民壮举,大批晋陕人组成的移民大军西进包头。无论"打"进来、"走"进来,还是"迁"进来,有情有义的包头的大门始终是开着的。缘于工作关系,我走遍了整个内蒙古,东到赤峰通辽,西到阿拉善,无论锡林郭勒还是巴彦淖尔,从呼和浩特到鄂尔多斯,每一处每一地,你都会被一股股浓浓的蒙汉文化所包围,都会被一群群的豪爽热诚的真挚所包围,而包头,更是让你来了舍不得离开……这是一块连上天都眷顾的地方,这里更有着一群连上天都眷顾着的人们。

九曲黄河万里沙。你看那滚滚的黄河水,从雪域高原不辞劳苦一路奔腾而下,从银川特地使劲儿地向北拐了个弯,几乎穿越了整个包头,这时,她似乎感觉有些累了,便在包头这儿稍稍躺着休息了一下,把随身携带的泥沙轻轻搁下一些,于是,在这里画出了一片大大的平原,给这方土地带来了草肥水美,带来了牛羊群群,带来了物产丰盈。我仔细审视着地图,突然被黄河对这里的特殊眷顾震惊了!难不成苍天真的有眼?要不然为什么包头竟会有着如此让人心生妒忌的造化!河水悠悠,历史悠悠,情怀悠悠。黄河从远古到现在,历尽了朝代变迁,看尽了兴衰荣辱,或许正好疲惫地走到了这里,一缕悲壮的大漠孤烟,让她的灵魂暂且栖息了下来,于是,刹那间与包头的灵魂相融在了一起。

街头的蒙古包特色酒店里,一阵悠扬的马头琴伴着百灵鸟儿一般的歌声,清晰地穿过宾馆的窗户,送进了我的耳朵。我的眼睛仿佛看到了黛青色的天幕下,一堆篝火熊熊燃烧,照亮了一群载歌载舞的人,一群美丽的蒙古族姑娘,捧着蓝色的哈达,端着融满真情的奶茶,把深情的歌儿,唱到了那遥远的天边——

远方的朋友就要走,斟满这杯酒。多少心里的话儿,咱们还没说够。真诚的心,暖暖的意,都在这酒里头。没唱够动人的歌,没跳够欢乐的舞,没听够憨憨的包头话,还没喝够包头的美酒,朋友你就要走,朋友你就要走。带走青山,带走草原,带走白云,带走我们的心愿,把情留在包头。

远方的朋友就要走,再握握你的手。多少分别的泪儿,我不能往外流。真诚的心,暖暖的意,都在这酒里头。没看够大青山的云,没尝够黄河的水,没闻够草原的清香,还没吃够鲜鲜的手扒肉,朋友你就要走,朋友你就要走。带走青山,带走草原,带走白云,带走我们的心愿,把情留在包头,留在包头……

穿越天山

　　天山高，天山险，天山横在我面前。

　　天山路，弯又弯，你把我的心事连……

　　从哈密市驱车一路北行不久，我们就来到了天山脚下。天山，犹如一道森严的屏障，当年从哈密的中间滚滚走过的时候，或许是哈密迷人的风物吸引了它，于是便毫不犹豫地驻扎了下来，安营扎寨一驻就是上亿万年，再也不愿离开地大物博的哈密。于是，哈密就成了一位多情绰约的美女，紧紧依偎着天山这位自己心仪已久的铁血汉子。

　　过了怪坡，拐几个弯就进了山口。怪坡真的好奇怪，坐在车上，前面明明是一个长长的下坡，但是当你把车停下来的时候，车子竟会往后面滑行，这天地造化得可真是有意思。车子扎进天山山口，逶迤蜿蜒的路上，座座山峰壁垒森严，忽左忽右地出现在眼前，把这条细细的山路，紧紧裹在自己的怀抱。大山里的河沟旁，细细的红柳，粗粗的巨杉，似乎将要抽出新的芽穗一般，露出了诱人的红色和淡绿，让这莽莽大山，从内心深处泛出了一丝春意，泛出了生命的灵动。

　　李银山稳稳地握着方向盘，灵巧地载着我们七拐八拐，不到一个小时，就已经行进了一半的路程。这时，山上山下斑驳的积雪，把这座黑色的大山，勾勒得黑白分明，山的褶皱也愈加明显突兀了起来。越往北走，积雪越厚，最后已然是一片银装素裹，把整个天山装扮成了一个穿着白色斗篷的大汉，默默注视着头顶上蓝蓝的天，注视着脚下面在冰天雪地中穿越而行的我们……

从天山穿越，你不得不感叹大自然造化的震撼，不得不慨叹天工开物的鬼斧神工。穿越山中，对大自然的敬畏油然而生。试想，倘若没有这天山冰川和常年涓涓融化的雪水，怎会有荒漠之上的草木和生灵啊？一路走，一路望，一路想，无限的情感涌上了心头……

一道屏障接云天，一座天山万里川。
一声长啸天地动，一个大汉天地间。
一丛红柳风中舞，一树云杉指霄汉。
一条山路通南北，一汪山溪如银练。
一眼皑皑无边际，一拢雄壮入画卷。
一越百里等闲过，一路放歌出天山。

从江，我的情人

正是黔东南梧桐花儿开满山野的时候，我来到了美丽的从江。

我不知道这条清清的江水，是不是有意地穿过这座长长的县城，把原本应该合为一体的城市从中间一分为二割裂开来，还是这座县城原本就是因为羡慕这翠玉般的江水，就如同一位侗家多情的小伙儿，为了自己心爱的姑娘，把自己的身体分化为二，于是，从此便紧紧地依偎在了从江的身旁。

翠绿清莹的江水，裹着素装，在黄昏那红殷殷的阳光下，从容地流淌着，透出几分婉约，显出几分羞涩，就如同一位深闺少女，不被世俗所熏染，怀着一颗透亮纯净的心，让人不忍揣摩，更不忍生出猥琐的念想。"看着这幽柔温婉的从江水，我心里陡然生出一种绵长的幽思……将温柔的从江水一把揽入怀中轻轻爱抚，然后将其轻轻捧举放飞，让她如同一只灵动的精灵儿，融入蓝格莹莹的晴空。"两岸漂亮的白色建筑，处处散发着侗乡的纯净与优雅，随着山的走势，坚实地附着在山麓脚下，齐刷刷地立定着，不忍再向前迈出一步，任自己那婀娜多姿的玉体，倒映在这翠玉一般的江水里。那江边的两撇长长的县城，既然不能回到从前融为一体的，你中有我我中有你的原貌，那就任其隔江不语对视吧，就如同两个人之间，只要心灵是相通的，只要彼此怀着那份血浓于水的情谊，即便相距千里，又有何妨？

太阳慢慢地把温情脉脉的脸儿，藏在了群山之下的时候，绚丽的晚霞便蒸腾在天际，天边的一抹多彩的晚霞，染满了江水一身，细细的江水跳荡着一江的金辉银光，粼粼水波泛起了灿烂的姹紫嫣红。顺着细密柔和的江水远远望去，这两群高高的大山之间，全然伸展开了一条长长的波动着的蜿蜒的彩绸，在我这个多情的人的眼里，这江水原来更是多情的，你看她在我的面前，正羞答答地绽开了满身的妩媚，令我禁不住诱惑，一直跟着她那妩媚的笑波儿，追逐得很远，很远。

从江，这个处于贵州黔东南一隅的小城黄昏，就这样悄然来临了。

站立在江边，远远往城里望去，炫彩夺目的鼓楼已经熠熠生辉了起来。侗族鼓楼是侗乡具有独特风格的民族建筑，徜徉在侗家村寨，从很远处就能看到巍然屹立、气概雄伟、飞阁重檐、层层而上的古塔式木楼；鼓楼有四角楼、六角楼、八角楼，瓦檐上彩绘或雕塑着山水、花卉、龙凤、飞鸟和古装人物，云腾雾绕，五彩缤纷，琳琅满目。无论近观还是远看，鼓楼造型别致，式样独特，可谓"秉凉亭之清幽，兼宝塔之奇伟"。神奇的是鼓楼以杉木凿榫衔接，纵横交错，通体木质结构，不用一钉一铆。由于结构严密坚固，耸立数百年甚至上千年而不倒，充分体现了侗族人民的聪明才智和能工巧匠高超的建筑工艺。很多外国专家考证之后，大加赞叹"中国侗族鼓楼别具一格的建筑艺术，不仅是中国建筑艺术的瑰宝，也是世界建筑艺术的瑰宝"。

鼓楼既是侗族人民最具有特色的民族建筑，也是侗族村寨的重要标志，是族群的象征，是一个婚姻集团和血缘关系的界定与划分。因此，鼓楼是侗族同胞心目中的图腾，神圣不可侵犯。怀着一颗朝圣的心，我在鼓楼里面慢慢地瞻仰，心里不禁蒸腾起了一种中华民族博大精深不可侵犯的骄傲，你看那造型精美、工艺精湛、结构严密，样式古朴之中不乏新颖，端庄典雅，那不正是一个民族才智的诠释和展现吗？

苗家居高山，侗家坐水边。侗族的民间文化，或许缘于从江的妩媚多姿，自古以来丰富多彩，素有"诗的家乡，歌的海洋"之称，"有山便有水，有水便有寨，有寨便有楼，有楼便有歌，风生水起处，寻歌坐月时"。漫步在美丽的侗乡，悠远婉约的歌声时不时地传进耳朵。"饭养身，歌养心"，这是侗家人常说的一句话，他们把"歌"看成是与"饭"同等重要的事情。的确，侗家人把歌当作族人的精神食粮，用歌声陶冶情操、倾诉喜怒哀乐、传递别离友情；也歌唱孝敬礼仪、爱情甜美，还用歌声感念天地苍生、自然万物。人人视歌为宝，认为歌就是知识和文化，谁会唱歌，谁唱的歌多、谁唱得更好，谁就会更受人们尊敬。在鼓楼，我正好赶上侗家男女在对唱，鼓楼一层约一百多平方米的圆形场地上，侗家歌手男女各半，你方唱罢我登场，歌声舒缓从容，男声浑厚敞亮、声如山洪，偶尔用琵琶、牛腿琴相伴；女声清幽延绵，音调嘹亮圆润、宛若蝉唱，我听得如痴如醉，流连忘返，歌声或深切或婉转，回旋于广宇之下，回荡在了从江的青山绿水之间。

高高的鼓楼一层层的灯光，炫起来了。看着那倒映在从江里的鼓楼的壮丽的影子，随着波纹不断地闪动，我不禁醋意顿生。鼓楼，你和从江相依相偎了多少年？风雨中，你们相依相偎，月色里，你们相互映衬，可是你知道吗？尽管我来从江只有短短三天，但她已经从我的眼里走进了我的心底。我知道，从江是你千万年也割舍不了的爱人，可是，我也是深深爱上这位柔情蜜意的美丽女子了啊！那就只有把她当作永远都置于我灵魂深处的情人吧。

从江，你是我苦苦找寻了几千年的情人啊！

哈达古榆下的沉思

　　常常看到清代有"发配宁古塔"这样的"判决书"，却一直不知宁古塔究竟是一个怎样的地方。宁古塔在千里冰封的东北，乍一听地名很朴拙，很有几分诗意。想象中的宁古塔一定是历史遗存：一座老态龙钟的塔，有几只寒鸦在塔尖上聒噪，有几挂风铃在塔檐上叮当作响，孤独地在夕阳中伫立；一定像电影里的恐怖奇幻的古塔一样：几乎坍圮的塔身，风化龟裂的石缝，石缝中伸出的苦楝子虬枝和枯黄蕨叶在朔风中晃动；白昼有雀鸟喧闹，夜晚有蝙蝠出没……

　　丙申初春，千里冰封的东北牡丹江依然寒气袭人。因主持在佳木斯勇拦战马抢救少年儿童而献身的刘英俊烈士牺牲五十周年大型活动的策划任务，我从佳木斯来到了牡丹江（刘英俊烈士祖籍山东，出生在长春，入伍在牡丹江，牺牲在佳木斯，二〇一六年为纪念他壮烈牺牲五十周年，中央军事频道和地方举行三地纪念活动）。海林市文化局、体育局领导邀请我来到了美丽的海林，我这才走进了宁古塔这个印象中神秘而又肃杀的地方。然而，想象归想象，宁古塔并没有塔，名字是满语的音译，"宁古"汉语是"六"的意思，"塔"是"个"的意思。哈哈，有意思，原来这个宁古塔在汉语中表示的，仅仅是一个叫作"六个"的地名而已呀。

如今的宁古塔，已经不见了过去的城池，留在我眼前的只有那一片颓废的废墟，还有这棵宁安哈达古榆。千年古榆，禀天地之灵气，承日月之精华，受阳光雨露之滋润，以大地长生之呵护，历尽沧桑，饱经风霜，阅人间之春色，观朝代之更迭，成了海浪河历史的写照和宁古塔流人文化的见证，也成了哈达人民的骄傲，因此被当地民众敬奉为能够赐福降安的神树。哈达古榆，那伸向天穹的高高的树干，和那系满用来祈福的红布条的长长的杈丫，向人们诉说着辽金以来千百年的流人故事和宁古塔独特的流人文化……

三百多年前，冰冷遥远的宁古塔是历代皇上流放谪官和异见人士的蛮荒之地。尽管被流放到常年冰封不毛之地的宁古塔，但是对于那些流放的刑犯们来说，似乎已经是皇恩浩荡了，毕竟是福祸在天，生死有命，或许还有留得半条薄命的机会和战时起用立功疆场的时刻。巍峨皇城，天威肃然。丹墀石阶之下，谪官们对着"流放宁古塔"圣旨三拜九叩谢恩之后，便迈开失落沉重的脚步，一步步向着人生终点走去。戴着木枷、背负冤屈和耻辱，一路上脚镣铁链铮铮之声不绝于耳，经过数千里艰辛跋涉和苦楚，那些披头散发、形容枯槁的谪官们只有半数人活着走到北风呼号的茫茫雪原，去圈写他们最后的人生句号。

想想当年，流人给家人书信中所描述的宁古塔，是"寒苦天下所无，自春初到四月中旬，大风如雷鸣电激咫尺皆迷，五月至七月阴雨接连，八月中旬即下大雪，九月初河水尽冻。雪才到地即成坚冰，一望千里皆茫茫白雪"。故有言曾曰："人说黄泉路，若到了宁古塔，便有十个黄泉也不怕了。"

哈达古榆，你在风雨里站立了一千多年，曾记得从你身旁经过了多少流人，又何曾想到过宁古塔能有今朝的繁茂景象？与其说是天地灵气滋养了你历经千年风霜雪雨而一点未减葱茏之气，倒不如说是你已经预知到了历史的长河，会给你浇灌出一个苦尽甘来的盛世繁华，你才这样顽强地活着，活着。

心里有梦，就会有春天；心里有梦，就会有温暖；心里有梦，就会有希望；心里有梦，再苦再难也不会倒下。这个豪迈的梦，你已经从辽金做到了今天。

明天，已经不是梦……

寻梦蝴蝶泉

哎——
大理三月好风光，
蝴蝶泉边好梳妆。
蝴蝶飞来采花蜜，
阿妹梳头为哪桩？
……
明年花开蝴蝶飞，
阿哥有心再来会，
苍山脚下找金花，
金花是阿妹……

　　我小时候看过一部电影，叫作《五朵金花》。从那时起，优美的蝴蝶泉便深深打动了我的心灵，从那时起，我便无数次地想象那许许多多的彩蝶在清澈的泉水边翩翩起舞、盘旋飞绕的情景；从那时起，我就向往着有朝一日，能走到蝴蝶泉边，听一听美丽的金花姑娘那美丽动听的歌声。

　　汽车出了大理古城沿滇藏公路一路向北大约五十多里的样子，便来到了巍峨壮丽的神摩山麓的蝴蝶泉公园。公园里，古树参天，翠竹掩映，游人如织，园内有三条路通向山脚下的蝴蝶泉，两边是碎石铺就的小路，中间略高的是土路，据说两边的小路分别是上山对歌和下山回家的单身男女走的，而中间是喜结良缘的情侣下山时走的，所以这中间的一条路又叫"幸福路"。我和清华大学郑福裕教授说笑着，沿"幸福路"缓步而上，在竹林边拐个弯儿，便来到了我向往已久的蝴蝶泉。

　　蝴蝶泉，过去叫"无底潭"，因一个凄美的爱情故事而得名。说是苍山里住着一位叫雯姑的美丽的白族姑娘，和英武的小伙霞郎深深相爱，苍山下住着一个凶恶残暴的俞王，他得知雯姑美貌无比，打定主意要雯姑做他的妃子。于是派人把雯姑抢入宫中。霞郎知道后，冒着生命危险，潜入宫内救出了雯姑。俞王发觉后，立即带兵穷追。他俩跑到无底潭边时，已精疲力竭，带着刀枪火把的追兵已到眼前，危急中两人双双跳入无底潭中。

　　次日，打捞霞郎和雯姑的乡亲们没有找出两人的尸体，却看见从深潭中翻起的一个巨大气泡内飞出了一对色彩斑斓、鲜艳美丽的蝴蝶。彩蝶在水面上形影不离，蹁跹起舞，引来了四面八方的无数蝴蝶，在水潭上空嬉戏盘旋。从此，人们便把无底潭称为蝴蝶泉。

　　那一天是农历四月十五日。从此，每年的这一天，无数美丽的蝴蝶就会聚集在这里，向人们讲述着这个动人的爱情故事。这就是有名的"蝴蝶会"。

　　蝴蝶泉是个约五十平方米的方形池塘，池塘四周有大理石栏杆围护，上面满满刻着灵巧的蝴蝶。整个泉池都笼罩在西北角那棵巨大的合欢树的浓荫里。这棵古老的合欢树，枝叶繁茂，其状如伞，因花叶似蝶，人们又称它为"蝴蝶树"，据说已有二百多岁的高龄了。两根弯曲的树枝横跨池上，更给泉池增添了几分古朴清幽。细碎的阳光透过枝叶间的缝隙，在水中投下斑驳陆离的光点，泉底上游人投掷的钱币在阳光映照下，银光闪闪，恍若明镜。西部泉壁上方的三块大理石上，有郭沫若手书"蝴蝶泉"三个大字。当地宣传部的同志告诉我们说，每年农历的三四月份，泉边的合欢树便开放满树花朵，花瓣白天张开如一只只蝴蝶，夜晚合拢吐出一阵阵清香，加之苍山云弄峰上百花盛开，成千上万只蝴蝶便从四面八方飞来，在蝴蝶泉四周漫天飞舞。这些蝴蝶有的大如手掌，有的小如蜜蜂，各种颜色的都有，品种多达上百种。农历四月中旬恰好是蝴蝶交尾产卵的季节，此时最为壮观，但见蝶群状似彩云，使人如梦如幻。更为奇妙的是，这些蝴蝶勾足连须，首尾相衔，从合欢树上垂下一串串五彩斑斓的蝶串，像一条条缤纷的彩带，一直垂挂到水面，人来不惊，投石不散，构成令人惊叹的奇观。难怪郭沫若先生题诗叹曰：蝴蝶泉头蝴蝶树，蝴蝶飞来千万数。首尾联接数公尺，自树下垂疑花序。

徐霞客云："蝴蝶泉之异，余闻之已久。"那是在崇祯十二年（1639 年），徐老先生游览考察蝴蝶泉后，在其《滇游日记》中记载了当时所见："泉上大树，当四月初，即发花如蛱蝶，须翅栩然，与生蝶无异；又有真蝶千万，连须钩足，自树巅倒悬而下，及于泉面，缤纷络绎，五色焕然。游人俱从此月，群而观之，过五月乃已。"

沿着蝴蝶泉向南，走下几级台阶，见石墙上镶着三只龙头，有水从龙嘴里流出。这是蝴蝶泉的水，据说洗一把可以带来财运，洗两把可以带来官运，洗三把会交上桃花运。游人都争先恐后在此清洗双手，小孩子也欢呼雀跃，跳过去洗手，不少游人都踩湿了脚溅湿了衣。

蝴蝶泉之行注定会成为我一生中难忘的记忆，因为，我毕竟走近了她，走进了那个向往了无数次的传说，追溯了一个美丽的梦……

生命的呐喊与灵魂的交响

　　来哈密，我首先想到的是哈密瓜，因为年少时就已经对这个名字垂涎欲滴。大凡旅者到某个地方，似乎跟我一样吧，首先想到的似乎总是美食、美景与美女，因为美食能极口娱之福，美景能令人心旷神怡，美女呢，自然便是赏其心而染其目也。如此这般，一场旅行便在轻松愉悦中一闪而过，生活也在一幅幅美丽的图画中，一闪而过。

　　根据哈密方面的日程安排，第二天，我们一行便穿过莽莽的天山，来到了美丽的幻彩湖，晚上赶往相距近二百公里的淖毛湖镇。淖毛湖镇年轻的党委书记王多志同志，神色凝重地向我描述了他们四十多万亩的胡杨。王书记说这戈壁滩胡杨三千年不死，（死了）三千年不倒，（倒了）三千年不朽……听着他的描述，我的心里一阵阵肃然涌动，于是，怀着一颗敬畏之心，走近了茫茫戈壁滩上的这片古老的生命。

　　从"一千年区"缓缓驶入，我的心一下子绷紧了起来。这里的胡杨由于严重的干旱和盐碱，加上经年累日的荡荡风沙，与内蒙古的胡杨林有着截然的不同。如果说内蒙古的胡杨是一道壮观的生命风景，淖毛湖的胡杨便是一种灵魂的拷问。盐碱，干旱，风沙，如此恶劣的环境下的戈壁胡杨，身体强烈地扭曲着，小小的树冠，细细的枝条，微小的树叶，分明就是苍穹之下茫茫戈壁的一点绿色装扮，不得已而长出。因为母干需要足够的养分才能够顽强活下来，母干有了生命力，她的枝叶才会繁茂，她的子孙才会繁衍，有了子孙的繁衍，那无边的戈壁才会拥有更多的绿色啊！

三千年，六千年，九千年……一个个悲凉的场景涌入眼帘，一曲曲悲壮的交响注到了心头。

金戈铁马，声声厮杀，金鼓隆隆，壮怀激烈。兵车辚辚，旌旗猎猎，沙场点兵，笙箫哀咽。帝王挥剑，将士捐躯，风沙荡荡，天山声绝。苟利国家，生死以赴，将军盔甲，沧桑斑驳。苍狼仰天，一声长啸，鹰鹫猛兽，茹毛饮血。陌陌荒冢，累累黄阡，暮色苍茫，一钩残月……历史的沧桑，岁月的沧桑，生命的沧桑，灵魂的沧桑，一刀刀刻在戈壁滩上，一刀刀刻在了胡杨树上。

走着，看着，千万里大漠奔来眼底，数千年往事注到心头。中华民族上下五千年的悲壮沧桑，也一刀刀镌刻在了我的心上，把我的心刻画得也如同这斑驳的戈壁胡杨。

戈壁滩的胡杨啊，你是生命最好的诠释，经历了严酷的折磨，才会生就呐喊与抗争；经历了风霜雨雪，才会有砥砺前行的动力；经历了无数的伤痛，才会有灵魂的震颤；有了灵魂的震颤，才会流淌出灵魂的交响啊！

站在天地之间，我们都是微小的颗粒，站在这戈壁胡杨树前，你会知道我们的生命，不是脆弱的。人生百年，不过弹指间，我们所经历的坎坷伤痛，在这胡杨树的面前，又有何颜启齿呢？

眼睛越过胡杨林，远处的皑皑天山，就如远处天上的白云，横亘数万里，向着我的方向，滚滚而来……

陶笛悠悠

　　暖暖的阳光，尽情洒在五月的平遥古城，给了人一丝懒洋洋的怠倦之意。

　　走在平遥古城，满街飘荡着美味小吃的香甜，一会儿吃一块石头饼，一会儿来几口臭豆腐，还没到饭点呢，肚子已经感到饱胀了起来，这一百零八种美吃，只有依次掠过，饱一饱眼福的分了。真是春乏秋困，肚子里装满了东西，就感觉有些昏昏欲睡，不情愿地拖着脚步，慢吞吞跟在同行朋友的后面。

　　忽然，一阵似埙似笛的声音，在熏风的陪伴下轻盈地送入我的耳脉，如同沙漠里干渴的行者忽然跃入了凉爽的清泉，身心顿时爽朗了起来。我循着幽幽的声音找去，只见一位女子坐在台阶之上，守着一只立麦，静静地在吹奏着一支熟悉却又叫不上名字的意大利乡间的曲子，细细的手指娴熟地舒展着，优美舒缓的音乐便从她手中飘了出来。我问姑娘，你吹的这种乐器叫什么？她微微抬头看我一眼说，这是陶笛。小姑娘详细地告诉我，陶笛发源于六世纪南美玛雅人和阿兹特克人中，当时主要用于模仿鸟鸣和祭祀典礼，后来，由于陶笛演奏活泼，乐器小巧玲珑且造型以鱼、鸟小动物等为多，加上精妙的手绘，把玩、演奏过程中都能让人产生一种怡情冶性的功效，能与各种乐器融汇在一起，而广受宫廷达人的喜爱，一度成为宫廷乐器。

在小姑娘的引导下，我信步走进了她的"风雅陶笛"小巧的店面，在小姑娘的奇妙创意和构思之下，满屋着实陡添了风雅，那情态各异的陶笛，大大小小犹如一个个可爱的小精灵，在眨巴着水灵灵的大眼睛，不断地向我展示着自己的魅力，又似乎是那样可怜巴巴地看着我，似乎在扯着我的衣襟，央求着我把它们统统带走。我摸摸这个，动动那个，一个个小小的精灵啊，竟然让我有了爱不释手的情愫。

大凡被当作精灵之物，一定是最美丽最动人最有灵性的东西。我跟小姑娘说，你可以再吹奏一曲，让我拍个照片，留住这瞬间的幽美吗？小姑娘眨眨眼睛，楚楚动人地用一双纤纤妙手，捧起了陶笛放在了那动人的嘴巴上，于是，一曲悠悠的《化蝶》，就从这个小精灵的孔眼中，像一股清幽的潺潺山泉，汩汩流淌了出来，流满了这座幽幽的古城……

相遇五女山

桓仁真的是一块天地厚封的风水宝地。

从空中俯瞰桓仁，一座圆形的城市，被浓浓绿色覆盖着，清亮亮的哈达河由北向南流，在同浑江汇合前，向东南拐个弯；而由东向西流的浑江，纳入哈达河水以后，向西南绕过桓仁县城也拐个弯转向东南，呈S形流过。整个桓仁就构成了一个大大的太极图，青龙、白虎、朱雀、玄武四纵大山，按照八卦的方位准确地坐落在了桓仁城的前后左右，给这座城市裹上了一层神秘的色彩，赋予了辽宁这样一个资源物产丰富的地方。中国野山参之乡、世界冰酒之乡……就连中国最好吃的大米也都出自桓仁呢。桓仁人好物美山水好，望天洞里光怪陆离神秘莫测，桓龙湖碧波荡漾山明水秀，大雅河风韵无穷，被称为东北第一漂，作为高句丽国首座都城的五女山，历史遗迹与自然风光并存，雾海奇峰鬼斧神工，就是从这里开始，高句丽民族历经七百多年历史，创造了独具特色的文化。

距桓仁县城东北八公里处的浑江右岸，便是五女山了。

清光绪三十四年（1908年）出版的《怀仁县乡土志》中记载："五女山，在县城之北，形如石屏，屹立佟佳江岸，相传古有五女屯兵其上，因此得名。"

初见五女山，是在一个料峭的冬日，夕阳挂在山间的树杈上，火红的彩霞映照着丛林尽染的大山，使得这座海拔一千多米的大山，愈加莽然大气愈加丰腴生动起来，万物显现出了无限的本真，金铺于地，赤染于林；鸟鸣千啭，啁啾于野；白云出岫，缥缈于峰。不远处的浑江水库固守着千古岁月，未见些许变化，依旧在沉默里碧水含情，安然如镜。她包容着众多的天地驳杂之物，或蜿蜒，或曲折，或成龙如练。继而开山绕城，一往无前。历史也带着风云从新石器时代一路走来，经过战国，掠过秦汉，走过唐宋，会于元明，莽莽苍苍呈现在了我面前。在烽火的更迭中，在世事的变迁里，我们见证了一个名叫高句丽的古民族的辉煌与倾侧。"逝者如斯夫"，如今的高句丽只剩下了一座山，一座城。"兴亡谁人定，盛衰岂无凭？"唯有大地永恒，唯有山川永恒，化作云烟依旧冉冉。

一步步登上盘山路，走到的尽头便是高句丽古城的遗址。站立在风云萧瑟的古城遗址，仿佛倏忽一闪，两千多年的岁月，就闪到了眼前。据史料载，汉元帝建昭二年（前37年）北扶余王子朱蒙逃至五女山，修建城廓，建立了高句丽国。所以此山为高句丽民族的开国都城。从这里开始，高句丽政权逐步扩大了活动领域，创造了高句丽文化，为华夏文化史增添了光辉的一笔。这个曾称雄于中国东北和朝鲜半岛北部的中国少数民族地方政权，存世长达七百零五年之久。

"北方有佳人，绝世而独立。一顾倾人城，再顾倾人国。"这昔日的纥升骨城啊！这承载着高句丽古文明的发祥地。走进五女山城，已然无法找寻昔日的辉煌，唯有在残垣断壁的喘息之中，感受一点曾经的气息。在历史和自以为聪明的人类之间，笑到最后的永远都是历史。而后人，只有加倍地去敬畏，才能找回祖先的尊严。

今日，作为后来者的我们，沿着历史的足迹寻山而上，临城而立。除了领悟天地之浩大，自然之造化；除了把身心装满敬畏，跪拜于此，还能做些什么呢？大地苍茫，烽烟不再。芸芸众生创造历史，可那肉身永远都成不了历史，唯坚韧者才可永存，唯精神、意志和那曾经的"门卫森严"才能成为历史、写就历史，继而延续历史。

险要的天昌门，壁立千仞，高不可视。鬼斧神工雕出那刀切一般的光洁来。"一夫当关，万夫莫开。"站在这里，你完全可以感受到英雄"横刀立马向天歌"的豪情，亦可体会"安得此身生羽翼，与君来往共烟霞"的浪漫。厚重而沉实的西门，虽已不见实际意义上的城门，但牛角石和楔形石砌成的墙壁却完好如初。它们见证了历史的风云，也历经了历史的风雨。此时，它们在历史的风云变幻中保持一致的沉默，继而把历史站成了一种伟岸不倒的姿势。

我情不自禁地双膝跪伏了下来，跪伏在这颠扑不灭的历史文化的面前，用一颗虔诚的瞻仰之心，去抚摸这些天地间的造化之物，消弭我与五女山之间的隔阂。

五女山啊，这座屹立千年的山峰，这座高句丽民族的开国古城，在桓仁的大地上极尽雄姿，巍峨驻足。今日，我在五女山山巅迎风而立，风声猎猎，衣袂翩翩。我于点将台前书生意气，挥斥方遒。问一句：苍茫大地，谁主沉浮？唯听风吟，唯见风过！但这风，是华夏的风，是远古的风，是缅怀的风，是自豪的风，是从庙堂之高吹向江湖之远的猎猎长风。

五女山啊，你这东方的第一卫城。你像一卷被缓缓打开的史书，容我们临渊而坐，泼墨成诗。作为桓仁高拔的地标，五女山已经蜚声海外，享有塞北明珠的美誉。它的风光旖旎如画，它的四季变换如诗，它的月牙关、飞来峰、一线天、枫林坡、好汉松、五女松已然和历史遗迹相融相济，完美结合。你这涉古而来的神女，不仅是桓仁的精神高地，是高句丽民族的精神高地，更是中国历史上北方民族的精神高地。坚韧不拔，自强不息。

五女山，你是我今生最昭昭的遇见！站在这五女山城，站在这高句丽文明的遗址之中，站立在青天白日之下，站立在历史文明的大门口，和千年的历史相遇，和钟灵毓秀的自然相遇，我想我需要的只是一份超然出世的得意罢了！

西关小姐

离开黄陂到达广州，已是第二天的傍晚。

广东省山东潍坊商会的孙会长同两位副会长，亲自驾车把我和郑老从火车站接到酒店。广东潍坊商会的组织者和发起者是一群平均年龄不到三十五岁的年轻人，他们中有法律、建筑、文化、餐饮、纺织、医药、商贸、物流、服装、医疗器械等各个行业的经营者，是一群生活和工作在广东的优秀的山东儿女。安排好我们住下后，他们便又去忙别的事务去了，因为明天就是商会成立大会，山东潍坊和广州的相关领导以及海内外潍坊商会的代表等已经先期到达广州，大量的准备工作在等待着他们。三百多人的会议，加上他们又是第一次组织这样规模的活动，真够这帮年轻人忙活的。第二天商会成立大会结束后，商会安排大家观看了一部新编音乐剧《西关小姐》。

到了广州才知道，这里有一句俗语叫作"西关小姐，东山少爷"。

清中叶以来，广州一口通商，西关经济持续繁荣，富贵人家多聚于西关，文化教育事业也相应发展起来了，至清朝晚期，广州有三百多家私塾，大多设在西关，且女子私塾增多，及后新式学校日趋完善，就读的西关小姐就越来越多。由于有了与男子同样受教育的机会，最早接受欧风美雨的熏陶和洗礼，应运而生的西关小姐群学贯中西，不同于广州其他地方的女性，她们出于传统又突破传统，把知识学问融入了无敌的青春之中，所焕发出来的魅力，在当时广州少女群体中可说是出类拔萃的。

晚清时，广州的女性一年也有几次可以"抛头露面"的机会，如人日游花地、乞巧节游石门、郑仙诞游白云等。在这花团锦簇人流之中，西关小姐以其新颖的装束和高雅的气质闪现其间，特别令人瞩目。她们打扮入时，锦心绣口，与同窗好友结伴而行，穿梭于西关众多商铺之间，形成了一道动人的风景线。于是，"西关小姐"一语叫起来了，越叫越响，历久不衰……西关小姐以群体的形象集中体现和代表了时代前进与潮流的方向，代表着广州女性解放的先声，代表着近代广州最风雅和繁华的生活。这些活跃在各个阶层的新女性，她们的服饰、生活方式、社会交往、学识……无不成为当日"时尚"的标志。如女医生、女学生、女运动员、女革命家等职业女性和社会活动家的脱颖而出，第一次使中国女性站到了历史的舞台上，也使"西关小姐"成为一个历史和文化的综合符号。东山地势较高，地广人稀，二十世纪初，美国基督教选定东山为传教基地。教会开辟的幽雅居住环境吸引了大批归侨结庐定居。从此，荒凉的东山日渐喧闹，成为一个高档建筑成群的住宅小区。东山洋楼，是民国初年一些华侨和军政官僚在广州市东山新河浦、恤孤院路等地兴建的仿西洋别墅，引来达官贵人聚居。"东山少爷"就是由此而来。

《西关小姐》这部大型音乐剧，是广州市委宣传部、市文广新局出品的，由广州市歌舞团去年创作完成的一部感人肺腑、动人魂魄的大型音乐剧，该剧讲述一位西关小姐艰难创办慈善医院的故事，表达大爱精神。据悉，《西关小姐》将争取在广州艺术节上首演，而包括文化惠民在内，总演出场次将达百场。广州歌舞团团长史前进介绍说，《西关小姐》的主角原型取自1921年发生在西关的真实历史人物，但经过一定改编。剧中，西关小姐留学归国后致力于创办一所慈善医院，无奈最后集来的资金都被男友卷走了。她极为灰心，大家也纷纷指责她是骗子。就在她绝望之际，一位东山少爷变卖了自己所有的家产，帮助了她。

受此感染，周围的人纷纷重新捐款，最后成功地建成医院，西关小姐和东山少爷两位有情人也走到了一起。"里面有男女之情，也有人间的大爱，总会有一种元素打动观众，"史前进称，"这部戏不但与岭南文化有关，也是新时期广东精神的生动表述，我们要重拾那些感动，相信这个世界总有美好。"为了贴合剧情，该剧的原创音乐有几十首，加上无与伦比的舞美效果和现代化的声光电影像的运用，都成为全剧出彩的亮点，给我们带来了一场具有视觉、听觉乃至所有感官强大冲击力的盛宴！

　　《西关小姐》的成功，源自政府的大力扶持。据广州市委宣传部一位领导介绍，广州市政府对这部音乐剧先后投资高达千余万元，足以看得出广州市在扶持本土文化所做出的巨大努力。由此我想到了党的十八大以来，中央政府和相关部委连续下达四个文件，着力弘扬中华民族优秀的传统文化，大力发展社会主义特色文化，使我坚信了自己半生孜孜不倦的追求的正确性——文化产业繁荣发展的五彩缤纷的春天，到来了！

雪乡，我的梦幻之乡

人生总是行色匆匆，时光也是白驹过隙。

对于海林的情，缘于岁首。我在佳木斯主持策划刘英俊烈士牺牲五十周年大型纪念活动时，海林市文化局朱启辉和孙立两位贤弟等闻讯从海林赶来看我，一再邀我去他们的大海林去看一看，并亮出了一张王牌：陈老师，我们海林就是杨子荣打虎上山和牺牲的地方……啊！林海雪原！就这样，成就了我的海林之行。时间这么一晃肩膀，转瞬就到了年末。

每次我来到这里，心里总是感到温暖，一群兄弟，一群姐妹，一脸真诚，一心热诚。这次来海林，按照预定行程，本来第二天就赶往哈尔滨的，可是第二天的时候，一直陪伴的体育局赵局问我去没去过雪乡，我说没去过，这次因为时间关系就算了。赵局一听就急了：那哪成？你来海林不到雪乡，别人问起来岂不打了我的脸？赵局当过兵，干过警察，主政过文化，总揽海林体育，在全省体育系统那是嘎嘎响的，加上他提到了长汀这个熟悉而亲切的名字，我便答应了下来。于是，便有了这次心动的雪乡之旅。

早晨七点，一行六人迎着旭日向着长汀方向出发了。一路上，小姜把车开得飞快，真不愧全国速滑冠军，滑雪快开车也快，"踩着刹车"都能干到一百四。到了长汀，我和小朱上了等候在长汀的陈主任的车，又是一阵猛干，终于接近了雪乡。

临近雪乡十来公里的时候，雪似乎忽然变了样，路上没有了一点暴露的路面，道路两侧的积雪，也变得厚厚的，奇形怪状了起来。我一路惊叹，这里的雪好有意境。陈主任和小朱笑道："这算什么？等到了雪乡你会醉倒在雪里面。"我心想，走了这么多地方，能让我醉倒的真的很多，不知这个雪乡能让我醉到什么程度。

作为中国雪乡的开发建设者，陈主任对雪乡有着更深的情感。从1989年雪乡旅游开发项目帷幕刚启，陈主任就来到了这里主持工作，雪乡建设的每一点每一线，都倾注了他的心血，尽管他只是几句带过了他的工作，但是从他介绍雪乡的发展历程中，我读出了他掩饰不住的骄傲和欣慰。

啊，雪乡到啦！

中国雪乡，原为双峰林场，位于黑龙江省大海林林业局境内的海林市长汀镇。长汀，本来就是一个山美水美人更美的好地方，然而雪乡之美，更是令长汀释放出了最为绚烂的光彩。

踏进雪乡的一刹那，我竟然存些怀疑，自己是否还真的置身于尘世之中。

走进雪乡，凡俗便离我而去，剩下的只是一个冰清玉洁、空灵隽永的世界。试想漫天雪花彻夜不停地飞舞，这在雪乡是常有的事。雪乡雪后的清晨像一首清新的诗，又似一幅雅致的画。在诗与画之间，显现生命律动的是那担水的农家女，既朴实能干，又温柔体贴，落落大方。

微风过处，卷起的雪雾像一层白纱将整个雪乡罩住。而房檐上那不经意挂上去的红灯笼，虽是这银白色调中的另类，却给冬日的雪乡平添了些许暖意。

陈主任说，过去的雪乡的冬季是不容易看到壮汉的，因为这是个伐木的季节，很多男人都上山伐木去了。远离了女人和孩子，便远离了一份温馨和亲情。低矮棚屋，粗茶淡饭，雪乡男人的脸上却隐约闪露着一份淡然和从容。那是一种在男人堆里也称得上很男人的气质与潇洒。每锯倒一根木头，他们便把对妻儿的爱藏在其中。在婉转悠扬的喊声中，雪乡男人的生命便在这林间流转，年复一年。

在积雪和木栅间穿行，我眼中的雪乡粗犷与柔美兼容，苍劲与精致并存。在这里最独到的景致，莫过于积雪堆成的屋檐。层层叠叠，错落有致。单是那份独特便夺走了人们的视线，不动声色地掳走了人们的心。

雪乡的山啊，都不用泼墨点染，也不用刻意着色，山的原貌便是画中的经典。可面对这秀美奇山，画家们却不敢落笔，觉得它美得有些失真。作家们也望洋兴叹，觉得穷极所有也难以描绘它的神韵。雪乡的雪从十月开始飘落，一直到第二年的初夏。因为雪大，过去很多人一辈子都没有出过大山。因为雪大，他们无从知晓外面的世界。可问起雪乡人，他们是否因此而感到不便甚至讨厌雪的时候，他们都笑着说，习惯了。之后便反问你，你不觉得我们这里很干净吗？那神情和雪乡一样的纤尘不染。

在人气躁动的今天，雪乡人仍能以一颗平常心，平和地看自己，看别人，也看这个世界，这无疑是一种天赐，也是一种难以附庸和雕琢的品格。随着岁月的更迭，雪乡正穿透历史的尘埃，穿过时空的交错，与外面的世界迎面相遇。越来越多厌倦了纷繁与嘈杂的都市人来到雪乡，在休闲中领略这份似真似梦的朦胧与缥缈。

可惜来去匆匆，没有赏到雪乡梦幻般的夜景，这或许就是为我再一次来海林埋下了伏笔吧。回首雪乡就像我的一个梦境，有种无法触及的虚幻。

雪乡——我的梦幻之乡！我的家乡倘若能有这样一个地方，该有多好啊！

仰望云冈

出大同西行约二十分钟，见一雄伟宏大的石阙门亭赫然出现，我的眼睛豁然一亮：啊！我魂牵梦绕的云冈石窟到了！

一位陪同的大同领导说起云冈石窟，不无感慨：古代的先人给我们留下了多么宝贵的财富啊！而我们呢？现在的我们能够给我们的后人留下什么呢？听着这凝重的话语，我的心猛地颤了一下。于是，带着一份敬畏，带着一份思索，我走进了这个把梦想刻在石头上的北魏王朝。

云冈石窟依武周山而凿，东西绵延约一公里，主体石窟四十五座，佛雕多达五万多躯，气魄宏大，雕工细腻，从中可以看出北魏王朝当时红极一时的繁华盛况。石窟雕塑的各种宗教人物形态各异，是人们当时所尊崇的佛的力量的化身。云冈石窟是我国最大的石窟之一，与敦煌莫高窟、洛阳龙门石窟并称为中国三大石窟艺术宝库，云冈石窟的佛雕堪称千古奇观，大的有十七米之巨，小的只有两厘米之微，它的雕造技法继承和发展了我国秦汉时期艺术的优良传统，同时吸收了犍陀罗艺术的有益成分，创建出云冈石窟中西合璧的独特艺术风格，对研究雕刻、建筑、音乐及宗教都是极为珍贵的资料。仰望着一座座洞窟，仰望着一尊尊佛像，我不得不为古代劳动人民非凡的创造才能和艺术造诣

175

所深深折服。

郦道元在《水经注》中，记录了当年云冈石窟的壮丽美景："凿石开山，因岩结构，真容巨壮，世法所希。山堂水殿，烟寺相望，林渊锦镜，缀目新眺。"循着郦道元的描述，我的眼眸穿越到了一千五百年前的武周山。但见得一万五千多名能工巧匠，熙熙攘攘集结在这座不是很高的山下，一时间帐篷林立，炊烟四起，山上山下日日夜夜被一片清脆悦耳的叮叮当当的雕凿声笼盖，那叮叮当当的锤子钎子的敲击声中，一道道佛光普照，一阵阵梵音缭绕了起来，西天的佛圣们齐刷刷聚集在了这原本名不见经传的武周山。有的居中正坐，神采动人，栩栩如生；有的击鼓敲钟；有的手捧短笛；有的载歌载舞；有的怀抱琵琶，笑迎游人。在这些佛像飞天的面目、身体、衣纹之上，分明透视出了古代劳动人民非凡的智慧与艰辛。

仰望着伟大的古人，仰望着青天白云，我想，要是没有宏伟壮观的佛教文化，武周山恐怕到现在也是一个不起眼的小山丘，这也正应了刘禹锡"山不在高，有仙则名；水不在深，有龙则灵"的古话了。想当年，北魏王朝为了一个梦想，帝王一声令下，举全国之力，大规模凿山开石雕塑云冈，或许根本没有想到一不小心给泱泱人类留下了如此丰厚如此珍贵的文化瑰宝吧，就如同当年的秦始皇修建万里长城，也是一不小心让这条横亘神州的巨龙，演化成了一笔世界注目的文化遗产。

仰望着一山恢宏壮观的石窟群雕，你只会活生生地觉得他们去得有点儿太快了，就像是昨天的事，瞬间就灰飞烟灭，物是人非。如此说来，云冈石窟与其说雕刻的是统治者的不朽梦想，倒不如说雕刻的是劳动人民自己的精神化身，因为那些高超非凡的雕刻艺术，着实让我们看到历代劳动人民伟大的创造和不朽的功勋。所谓人民万岁，意义大概就在于此。

从山上沿着台阶慢慢走下，在去到云冈石窟博物馆的路口，树立着一块石碑，上面镌刻着的是余秋雨先生的题词：中国从此迈向大唐。我驻下足，细细端量，细细品味：是呀！大唐盛世作为中华民族繁荣鼎盛的历史标志，已经深深嵌在了一代代中华儿女的心里。如今，我们的民族不正是在大力弘扬和发展优秀传统文化的旗帜下，昂首阔步踏上了一条通往实现民族伟大复兴的"中国梦"的盛唐之路吗？

一种思想，从千年的风雨剥蚀和洗礼中喷薄而出，石刻上的王朝，经过岁月的洗礼，心脏还在汩汩泵血。一只雄鹰盘旋在辽阔的天空，避开了战火的零乱劫难，借着一缕云冈的佛光，向着一个新的梦想，向着更高更远的地方，凌空翱翔。

仰望云冈，仰望着古代劳动人民的伟大智慧；

仰望云冈，仰望着浩浩荡荡的民族之魂；

俯瞰大同，俯瞰着三晋大地泱泱的文化在涌动；

俯瞰大同，但愿普天之下和谐大同；

天上云冈，天下大同！

夜游白云山

"向夕山容敛，清秋人望重。白云飞不尽，高挂涧边松。"明代文人笔下的白云山，读来总会让人产生长长的联想，那份对"白云飞不尽"的神往，时时撞击着我的胸膛。

这是我第三次来广州了，一路上就在想，不知这次来是否能够游览一下藏在我心里多年的白云山。人世间似乎总有一些偶然，无巧不成书的是，这次活动举办地就在白云区，而且就安排在白云山旁边的广州白云国际会议中心，从下榻的一号楼出发，乘车到达白云山景区正门也就是两支烟的工夫。晚餐后回到酒店，已经是九点半多了，我忍不住夜游冲动，拉上和我同住一室的王子，驱车来到了白云山。

白云山是南粤名山，自古就有"羊城第一秀"之称。走在蜿蜒的花径之上，无比畅快地感觉着处处的新鲜，那些个百年的榕树，密密匝匝的枝叶，挤得月光都很难从它们身上透下来，夜晚一场小雨，各种树木花草叶子上挂满了晶莹的水珠，在皎洁的月光下，朝着你挤眉弄眼。山上绚烂的灯光，把每一处景观映照得流光溢彩，散发出阵阵迷人的光彩。走在这夜色笼罩下的山里，让人已经忘却了闷热，忘记了疲劳，更忘记了自己究竟是人是仙了呢。

　　白云悠悠飞不尽，岁月在慢悠悠的脚步下悄悄流逝。站在灯光下看着自己长长的影子，回味着自己的人生之路，竟不由激荡着悠悠心弦。盖人生之旅，行色匆匆之中，虽然到头来留不住一草一木，也握不住一山一水，但毕竟还是要一步一步走下去。茫茫人海，有多少人与我们擦肩而过？悠悠世事，有多少事已成过眼云烟？于是，总想把失去的光阴细细包装起来，细细地收藏，把春天的花草，把夏天的翠绿，把秋天的峥嵘聚焦在一起，和冬天一起分享，于岁月的枝头，执一笔相思，把一些人一些事，隔着山山水水，落在文字和镜头里，变成经年以后的那份刻骨铭心的回忆。生命的时间轴里，人匆匆地来又匆匆地去，能同这些络绎不绝的岭南游山的人一样，在平淡中充实，在日复一日的工作和生活中度过平凡，又何尝不是一种幸福？

　　我试着把自己也融入这夜晚游山的行列，便在这飞不尽的白云下，忘却了世间的功名利禄，忘却了忧心与烦恼。看着天空风轻云闲，万籁悄然，于是便有了一种荼洗尘埃、物我相忘的意境，在我的心中汩汩流淌……

　　白云山，白云千载，白云晚望，竟然看到山顶的天穹，神奇地透着淡淡的蓝色，莹莹的，静静的，就像我们的人生，纷扰繁杂中，总有一些宛如蓝天白云的静谧，折射在心中……

一个注目礼献给嘉峪关

将要西去的太阳，似乎烧红了整个戈壁滩，天空干净得如同一块蓝色的幕布。这时候的嘉峪关一身古铜色的装扮，摆出了一副威猛刚武的铜关气势。

我平生第一次直面这大漠的落日，第一次感觉到一种"前不见古人，后不见来者，念天地之悠悠，独怆然而涕下"的悲壮。万里黄沙，土城游龙，烽燧遗墩，断壁残垣若隐若现，在我的眼里，形成了一幅凝聚着边塞沧桑的历史画卷。

打开中国地图，几千年历史便浮现在了眼前，那两条横亘沧桑历史的生命之线，便以其无与伦比的凝重，深深嵌入了中华民族的身躯。一条是那守护着古老民族尊严的万里长城，一条是拓展华夏文明的丝绸之路。这两条紧系着中华民族生存与发展的命脉，终于在无限延伸中，终于在六百多年前，在这绵绵祁连山下，在这河西走廊的咽喉之处，交会缠绕，打了一个结结实实的结。

这个结实的结，就是嘉峪关。

透过车窗，我用我的心神远远眺望嘉峪关，忽然想起了一个伟大的人，一个与嘉峪关大有渊源，一个功盖山河的英雄——晚清重臣左宗棠。

一百多年前的一天，一位六十二岁的老人，骑着一匹烈马，身后士兵抬着一副棺木，旌旗猎猎，金鼓锵锵，从嘉峪关，车辚辚马萧萧奔腾而出……两年之后，这位老人班师凯旋，他的身后，是一片一百六十多万平方公里的、脱离了祖国怀抱十多年之久的回归疆土，和那一串记录他西征的足迹，还有眼前这片茫茫戈壁上逶迤蜿蜒的左公柳……

这是何等的气概？这是伟大的人物方能做出的伟大业绩。正是这桩桩件件伟大的业绩，才赋予了这巍峨雄关以伟大的灵魂。

看到嘉峪关，我不禁想起林则徐的大声发问：除是卢龙山海险，东南谁比此关雄？

火车开动了，嘉峪关似乎渐渐远去，但我的心神，依然留在了这浩浩雄关。一个崇敬的注目礼送给你，我的嘉峪关！

一蓑烟雨走查济

　　我是去到了安徽泾县的查济古镇，才知道这里的"查"念"zhā"，而不是"chá"。这里的大部分人，都姓查。早晨，中国宣纸协会的吴会长开着他的奔驰，从泾县赶到四十公里外的查济，一路春润，飘着小雨。素来喜欢阴雨的我，先有了几分雨中的浪漫。

　　三月，正是皖南油菜花开放的季节，从泾县城出来，车子穿行在一片望不到边的金黄色的田野间，立刻给人一种人在画中的感觉，那么心旷那么神怡。只觉得扑面而来的全是碧蓝的云天和翠绿的青山，路是一个个弯接连一个个坡，旁边的河叫青弋江，带着一道道闪光，仿若一道道灵验的预言。或又远峰近田，墨青浅绿，或又白墙人家，犬鸭闲步，以至我好几次想下车，想进入此番纯粹的青山绿水之中。置身于这样的情景，我这才明白有一个叫"脱胎换骨"的词，真是"做神仙也罢，为君子做小人也罢，唯此可以也"。怪不得查济古村坐落在这片环山绕水之中，想必其祖宗，抑或村落始建的第一人，是为这山水之秀美，而安置自己乃至后人的生命和灵肉的。

　　接近查济古村的时候，细细的春雨变得如雾一般，犹如一道薄薄的纱帘，给这个千年的古村蒙上了一丝神秘，更多添了一丝浪漫。

　　走进村子，首先经过一座小石桥。这是一座普通的小石桥，以石块为溪河中间的一个桥墩，桥墩两侧铺上几块长石板连着两岸，纯粹的小巧粗朴式。正是这种普通，让我一下子倍感亲切。因为它让我想起童年时村头的那座石桥，它们竟如此相似，虽比不上那些气势磅礴的长石桥、拱石桥，但它带着最妥帖的乡村滋味，这份滋味里散发着熟稔的情调，像灶间最寻常的饭香和村头最亲密的乡音，让人服顺和亲近。石桥静卧在一条不宽不窄的溪河上，此时正是在非水势期，溪流是薄薄的，在溪底石块间泛起白白的水花，几只芦花鸭扑腾着翅膀像在避暑一样尽情地嬉戏。站在石桥上溯流而望，缓缓流淌的溪水像漂浮的白绸帘，从远处铺舞下来，那些树影、鸭子等好像是绸帘子上的印花。我知道，这是山间最普遍的自然常态，算不得什么别样的景致，可就因为这种最简单最原始的常态，所以也往往会让人一次次忽略。其实，现在我们缺的就是在常态中去感受好事好物，你看，这水不急不慢地流淌，才像是一种从容的思索和安静的诉说……

　　中午吃饭时，查济的老书记介绍说，查济村落内有三条溪流穿村而过，再加上一条查济河，一共有四条溪河穿越古村，村里有一百零八座石桥，一百零八座祠堂，一百零八座牌坊，但凭这个数字，可见村庄当年的人丁兴旺和经济繁荣。老书记守着这个古村就像守着一座山，在岁月蹉跎之际，在风霜雪雨之间，默默地过往，安然地守望。或许这是查氏家族传承的素朴门风，或许是亲缘人事之间原始的本色。去往一个旧址古屋，然后对它瞻仰游赏，恐怕不仅仅是贪恋视觉的感染和冲击吧，兴许是在感怀内心久违或缺失的那份本真，包括从岁月里飘来的那股纯真的味道，从默念中溢淌的那种古色古香的芳馨，以及人心回归到自己灵魂阵营的安逸和充盈。

　　查济古民居的历史可追溯至一千四百年前。当时有个名叫查文熙（作家金庸的先人，金庸先生原名为查良镛。）的地方官员被隋炀帝封为宣州刺史，后因其从政有道，体察民情，为官清廉，在唐高祖代隋即位后又任其兼职池州（今九华山一带）刺史。这样，查文熙常年往返于宣州、池州两地，辛劳可见一斑。当他途经查济一带山水，见是峰峦叠韵，河溪潺潺，被眼前那番景色深深吸引，满眼的屏岭奇石、草木郁香，让他顿觉身处世外桃源。是呀，人和事物的际遇，实际是在于自己的内心。终于，他在几年后告病辞官，举家迁往查济，开辟村落，一如其当年为官之筚路蓝缕。从那时起，查济的许溪河两岸，逐渐聚建住家，并在此繁衍生息。查文熙心目中的这块"桃花源地"，就像人心的内在，本就有着一块平朴安静的土壤，它或存在于身心之内，或存在于身心以外，永远地让人向往和归属。而生命另囿于无奈的那些场合，艰辛且不说，如若古今官场的某些尔虞我诈，只能是诋毁灵魂的悲凉之地。我在翻阅介绍的资料时，看到后人赞查文熙的一首诗，抄录了下来："几任州官运正鸿，开辟疆土第一功，青山绿水忆公恩，都将辉煌与君共。"

穿过凤翥堂，沿着另一条溪流的岸街，对岸的徽派古建筑群尽收眼底，黑瓦白墙错落有致的印象，成为身旁现实，仿佛进入到了历史里的异乡，又像是梦见了自己前世的因缘。我跨桥阶而上，遇见了一位老汉，他站在桥的那一头，身材看上去略显瘦弱。只见他静静地站在桥边，几乎不动地看着想着什么。他紫黑的脸额已布满深邃的皱纹，他时不时望望前方的青山，像是在思忖最简单而又最遥远的事情。

这座桥的一侧有一座聚德桥，说是旧时两个儿子为祭奠故亡的老母而建，以资尽孝。现在，桥两岸毗邻的人家已连成一片，马头山墙、飞角拱檐紧密依偎，桥下几个当地的妇人正在石块上浣衣洗濯，烟雨蒙蒙中，古桥老屋旁，简直是一幅墨淡韵浓的水彩画。一旁的青石窄巷曲径通幽，矮廊高坊连绵有致，走上一步，就可看见精彩的徽派雕刻一应俱全。查济自古就有"三雕"远近闻名，便是木雕、石雕、砖雕。檐梁壁沿，石柱窗棂，或祥云凤鸟，或树草花叶，那些灰青砖块上的精致图案，或如自然风物，或似神迹图腾。所有这一切，全然不动声色于我这个游客的惊叹抒情、凝神端详，它们静寂地存在于它们的位置，这是它们静谧的时空和世界。所有这一切，好像都在安静地守望着岁月，诉说着风华和沧桑，也宛若在凝结其前世今生的固有灵性。就像那位老者，慈祥而显苍茫的目光里，谁也说不准那是怎样一种坚牢的秉持和凝望。

查济的老少百姓，祖祖辈辈守望着他们特有的历史风霜，也但愿这份历史把持住内在的美好，让它更归真、更虔诚，而不要被我们现时的物场所污染，这样才是人心最初的桃花源。

李白吟唱道："问余何意栖碧山，笑而不答心自闲。桃花流水窅然去，别有天地非人间。"

一蓑烟雨，一蓑江南，平添了多少乡愁……

雨中再度访梁沟

　　武安以西一百多平方公里的方圆，自古名唤清崖寨。

　　如果仅用风光旖旎来形容清崖寨，未免有些词不达意的缺憾，这里一路山势突兀振翅欲飞，断崖峭壁豁然耸立，高高的青山呈现出一片一片的绿荫森森，仿佛每棵树儿每棵草儿在六月的烟雨中，都向你散发出葱翠欲滴的情意。

　　应邯郸有关方面之邀，我第二次来到武安，第二次走进了清崖寨，而这一次的清崖寨之行，缘于温顺的夏雨一路相伴，情致自然又有了不同。从武安驱车一个小时，就走进了茫茫苍苍的清崖寨。清崖寨，作为国家级自然风景保护区，处处彰显着与众不同的神秘和魅力，满目青山，云雾缭绕，说是仙境一点也不为过。你看那雨中的京娘湖，袅袅雾气如若一层轻纱飘荡在湖面上，宛若看到美丽的京娘踩着水波款款飘来，三面的青山也就顺势向你讲述起了当年赵匡胤千里送京娘的故事；层峦叠翠七步沟，让你油然荡起七步成诗的激情与才思；白云深处的长寿村里，几个影影绰绰的鹤发童颜的百岁老者，穿着宽松的衣裳，健步如飞地带起了身边的片片云雾，从村口走出，活像一个个神仙乘云而来……

　　沿着山路拐了一个弯儿，就走进了在那个火红年代里发生过火红故事的朝阳沟。今日的朝阳沟，除了青山绿水依旧，已经找不到一丝儿那部老电影中的痕迹，文化旅游的发展，让这里的老百姓，过上了连想都不敢想的天堂日子。过了朝阳沟，转过一座大山，从河滩穿过去，就到了梁沟。

清崖寨是一个神秘的地方。当年女娲娘娘就是采了这里的五色石补起了坍塌了的天宇；神农氏也是在这里从狩猎走向了农耕；黑龙洞里，相传目光如电的黑龙时常化作一股黑云，从洞穴里滚滚而出扶摇而上……梁沟，就坐落在了这片神秘大山的中间地带。

雨中的梁沟，比平时更多了一份静谧之气。街上巷口，精神矍铄的老年人们，三个一堆儿五个一撮儿，用热情中带着稀奇的目光看着我们，小村的淳朴随着袅袅的炊烟弥漫开来，就连街上撒欢儿的狗儿们，看到石板路上来了远方的客人，也都驻足观望，间或摇摇尾巴伸伸舌头，柔柔地叫上那么一两声儿。可是你知道吗？就在一片这样的静谧中，七十多年前却悄然发生了一场鲜为人知的战争——梁沟兵工厂保卫战。这是一场何等惨烈的战争啊！站在梁沟兵工厂遗址前，我眼前不禁浮现出了一九四〇年那场战争的画面，激烈的枪炮声霎时间回响在了我的耳边，彭大将军横刀立马的威武，刘伯承元帅运筹帷幄的机智，一个个伟大的形象，军民联合抗日保卫兵工厂的壮烈场面，出现在了断崖边，出现在了河滩上，出现在了小村头。梁沟的那个小媳妇儿为了不暴露保卫兵工厂的埋伏阵，用棉袄把自己襁褓中被日本鬼子枪炮声吓得哇哇啼哭的婴儿，活活地捂死在自己的怀抱……一幕幕的悲壮，化作了清晰的影像，叠印在了我的心里，形成了一个永恒的定格。

走在梁沟的石板路上，身边山坡上绿绿的核桃挂着晶莹的水珠儿，给你送上了一个个喜气盈盈的微笑，路边的藿香、金花葵等也在轻烟细雨中，以淡淡的幽香，送上了欢迎的礼仪。缘于隐遁于大山深处，小村是贫穷的，以至于青壮的人儿不得不走出深山，去打拼外面的世界，山沟里除了留下了这座黄石头石板瓦垒成的古朴朴的村落，除了留下年老但一点儿也看不出体弱的老者之外，再就是把一片红色的文化和神秘的传说，留满了深山，留满了村落，也满满地留在了我的心里。

村民们没有怎么走出深山，一辈辈一世世守着这遍地是宝藏的大山和深沟，一辈辈一世世过着贫穷而平淡的日子。没有期盼自然也就没有怨叹，就如同这夏天的雨儿，悄无声息地静静飘洒，就如这山里白白云雾，悄无声息地回旋，悄无声息地飘散。

梁沟，你有着得天独厚的山水资源；有着巍巍太行南麓的绿色和凉爽；有着清崖寨偌大偌多的旅游区带；有着从远古飘来的神话故事；有着一山三地（一座山上分层自然生长着南方、北方、邯郸本土三个地方的树种）的神秘；有着这座古老的村落；更有着这说不完道不尽的红色文化。你的明天将会是什么样子，我不说你也会知道。

梁沟，今天我来了，明天天南地北的人们，将会被你吸引，将会络绎不绝地走近你，走进你大山一般的怀抱里……

造访半坎

贵州半坎文化研究会的任毅先生，跟我说起贵州任氏宗族的历史沿革时，说到了一个叫"半坎文化"的名词，使我产生了很大的兴趣。尤其是任毅先生发起成立了贵州半坎文化研究会，并打算依托"半坎文化"打造文化旅游业的想法，让我对文化底蕴深厚的任毅先生，心里顿生肃然。

任毅先生是一位笃诚的"半坎文化"的传承者和研究者，多年来，他调研撰写了大量的"半坎文化"研究资料，为贵州"半坎文化"的研究发掘和深层发展，做出了积极的贡献。在他们诚挚的邀请下，我们围绕半坎旅游文化构建项目的策划，来到了迷人的"半坎"仙地。

"半坎文化"发祥地，位于贵州习水县良村镇羊化村一带，是一处洋溢着丰厚传统儒家文化郁香的地方。从遵义出发的时候，天上飘洒着细如竹丝的沥沥春雨，一路青山翠竹，都披上了一层薄薄的轻纱，让山川多了一股朦胧之美。过了娄山关，天气竟然变得晴朗了起来，莽莽群山显现出可餐的秀色。沿途二百公里苍翠欲滴，鸟语花香，我们接近中午的时候，到达了"半坎文化"的所在之处。刚到村口，热情的镇村干部已经在一所邻近公路的农家舍前，安起了三张木桌，腊肉、野菜、豆花、腌鱼等，杂然而陈，就着满山的葱郁，就着满心的热诚，一顿简单而"名贵"的午餐，在一片欢愉中，尽而享之。

沿着山坡蜿蜒的小路踽踽下行，映入眼帘的是满目的青山，层层的梯田里，油菜花开得早已醉了心田，水光潋滟晴方好，云贵特有的水光山色，其妙其美难以与君诉说呢。

今年二十多岁的村第一书记小万，用不太标准的普通话向我们讲述了半坎文化的渊源。"半坎文化"的形成，源于明末的武翼将军任曜，任曜在一六三〇年，于陕西延绥和农民起义军历经了大小数十战，后"念时事不可为，弃官去，家居之"，自此高怀仁，不张扬……

至清康熙五十六年（1717 年）以后的二百余年，半坎任袁氏（任家的媳妇姓袁，古代妇随夫姓故称任袁氏）出资办起私塾，并担当塾师，后来族人代代继办，培养出了秀才、贡生、举人达六十多位，也培养出了以袁锦绣等为代表的蜚声黔滇川的"黔北俊杰"，开辟了一片影响黔滇儒学文化的肥沃土壤，使得半坎的儒学文化如沐春风，吹绿了湘水两岸。

站在这座三百多年前所建的"半坎私塾馆"外，看着前面宛如龙脊的青山，听着山下犹如凤鸣般的水流，你不得不被祖先的风水智慧所折服，你看，对面五座山峰横亘，前面两座山势对等居于中，后面三座峰高一致居于外，一条汪汪的河流，宛若一条"玉带"把"半坎私塾"呈环形穿越，"半坎私塾"就建在了五座山峰的中轴线上，门前的两株粗壮凌云的杉树，恰好应对着中间两座山峰的中轴……这样的龙势地貌，这样的风水布局，着实令人迷醉其中！

"半坎文化"，黔北儒学文化的最为优秀的典型代表，你历经数百年的洗礼，如今赶上了优秀传统文化大繁荣、文化旅游大发展的盛世，是龙，你就腾飞吧；是凤，你就翱翔吧！

灵魂深处的云影山晖

　　国家发改委一位领导打电话，让我给写一幅"云影山晖"，我铺开宣纸饱蘸墨汁，写了一张四尺整宣，送过去的时候，他的脸上流露出赞许的笑容，我心里感到暖暖的。后来我发到了朋友圈，有朋友问"云影山晖"是什么意思，我当即百度了一下，原来这四个看上去像极了成语的字，竟然不是成语，于是，我便按照自己对字面的理解，适当地发挥了一下。后来因为有人喜欢这四个字，我便又写了几幅，自己也觉得写得还说得过去，尽管没有沾沾自喜，心里倒也多了一些惬意。

　　为国家发改委领导写字的十几天后，我接到了云南大理方面的邀请，大理三月好风光，冬月的大理会是怎样的景致？少年的时候我就因为一部电影《五朵金花》，对大理产生了无限憧憬，后来又缘于大理段氏王族的神秘，我对大理这个因为神秘而令人迷恋的地方，更是有着深深的向往，尤其是这次同行者中有我敬仰已久的清华大学郑福裕教授，心里感到格外高兴。鹤发童颜的郑福裕教授当时已经八十岁高龄了，依然精神矍铄思维敏捷。郑教授很年轻的时候就是"两弹一星"元勋朱光亚先生的助理，在我国核物理研究领域占有重要的席位，成为享受国务院终身津贴的伟大的科学家，直到现在，老教授依然担任着《清华大学学报》主编的职务，并乐此不疲地同年轻的人们开心地工作着。我与郑教授相识于十多年前，闲暇的时候也经常去看他一眼，由于一段时间经常出差，算起来似乎也有大半年没有见到老爷子了，这次的大理之行，可以让我和老爷子十分难得地待一周之久，心里一高兴，便毫不犹豫地答应了邀请。

也就是这次的大理之行，当我看到了洱海的日出，当我看到了霞光裹照的茫茫苍山，我才真真正正感悟到了"云影山晖"那恢宏的意境，才把"云影山晖"这四个字，同我的灵魂糅在了一起。

飞机从昆明转机，飞到大理这个南诏故地上空的时候，从舷窗俯瞰下去，但见得苍山巍巍郁郁葱葱，洱海渺渺蓝光涌动，屋舍俨然阡陌纵横，灰瓦碧树沃野丰盈，果然一个物华天宝的富庶之地，恬然幽静的世外桃源。此时此刻，在天上的我忽然想到，难怪古时候天上的神仙都贪羡人间之美，原来这人间原本真的就是风光无限的境地呢！

大理是一个需要静下心来慢慢品读的地方。下关风、上关花、苍山雪、洱海月，构成了苍山脚下洱海四旁的这座古城的四大景观，走在大理古城的深街幽巷，时时映入眼帘的是"风花雪月"四个字，许多人家或楷或草将其书写在照壁上，一些店铺或大或小将其作为自己的名牌，连当地酿造的啤酒牌子都叫"风花雪月"。徜徉在下关街头巷尾，风高而不寒，无沙亦无尘，吹走的是尘世间的疲惫，吹来的是人生的简约和悠然；上关是一片开阔的草原，鲜花宛如繁星铺满了大地，即便是在北方的冬季时节，这里依然是一片姹紫嫣红芬芳夺目。经夏不消的苍山雪，是苍山景观中的一绝，阳春三月，雪线以上仍旧堆银垒玉，一片素白；洱海月色更令人惊叹，万籁俱寂的夜晚，仰望夜空，玉镜高悬，俯视海面，万斛银辉。登上高入云间的"风花雪月楼"，我感受到了什么是天上人间，才知道原来传说中的神仙不是传说，真的有自在的神仙偷偷住在了这人迹罕至的云雾缭绕之中，也体味出了什么是"风花雪月，自在人间"。站在"风花雪月"顶端望着下面镜子一般的洱海，薄雾如纱，尘世渺渺，不禁长叹曰：生死发乎天地，命运安可强求？此生得一自在，足矣！

主办方也是真的动了心思，特意把我们安排在了洱海边的客栈，于是，美丽的洱海便如同一位多情的瑶台仙子，就这样眨巴着迷人的蓝蓝的眼睛，日日夜夜温温润润地依偎在了我的身旁。那天从大理古城回到下榻之处，已经是凌晨两点多了。坐在房间临窗的木椅上，端一壶儿上好的"老班章"，静静望着月光下波光粼粼的洱海，我心里悠然升腾起了一份清雅人生的曼妙。你看那无边的洱海，洒满了灵动的碎碎的银子，一闪一闪，间或有渔船划过，泛起了一层层镀银的涟漪，那么夺目，那么诱人。一位白族小伙子唱着情歌，一张圆圆的网如同这圆圆的歌儿抡撒了出去，便收起了满满的一网跳动着无限浪漫的月色。在这样的时刻，洱海上的月色，散发出了一种恋爱般迷人的美，每一个粼粼跳动的水波，在我的眼里，都成了一个个美女朝着我拼命眨起挑逗的眼眸。在这样的时刻，洱海上撒网的白族小伙儿，在洱海海平面上的那轮圆圆大大的月亮里面，唱着我听不懂的歌谣，在这静静的洱海上，给了我一首静谧的情歌……

早就听说洱海的日出是令人振奋的，但是因为有了登泰山观日出的经历，我觉得洱海日出只不过是云南人没有见过泰山日出的雄壮，所以把洱海日出当成了不可思议的景观而已，自己竟然在白族小伙的歌声中懈怠了好多，不知不觉间沉沉睡下了。

昏昏沉沉之间，郑老爷子一声呼喊：修远，赶紧出来看日出！

我一个激灵，竟不知道自己是怎样从床上跳了下来，恍恍惚惚跳到窗前，只见平静的海面一片深深的绛红，几只小船儿打碎了日边的水面，粼粼地，泛起了碎金般的波浪，闪动着满目熠熠的辉光。郑教授已经远远地走上了"凌波渡"的栈道，栈道边的芦花和树叶，都染上了红澄澄的曙色。我快步下楼走出客栈向东方望去，天空上浮动着黛青色的云片儿，有的抱成一团，有的散散落落，有的竟像是一条条细长的丝线，从天的这边一直拉拉扯扯延伸到天的那边。黛色的云彩边上，镶上了一圈耀眼的金边，间或有阳光透过薄云的缝隙，如同一股天火，红红的，亮亮的，又如同一只只金色手儿，想要把这洱海的水捧起，忽近忽远忽隐忽现，努力地伸向海面，一阵微风吹拂过，于是这一只只的手儿，把静静的海面搅得光怪陆离。

走上延伸在水上的木栈道，仿佛一下子把自己搁在了水天一色的中央，此时此刻，水光万顷开天镜，天云千朵披彩虹。身后苍山的倒影，清晰地叠印在海面，回首望向高高的苍山，山顶的白雪在云映霞裹中，凝结了一抹殷殷的曙红，山的褶皱里的雪，染上了绛红色的霞光。黛色镶着金边的云儿似乎静止在了山顶和山腰，大山的每条褶皱，都似乎被泼洒上了红色、黛色、金色、绿色的水彩颜料，心中油然生发出了"苍山无墨千秋画，洱海无弦万古情"的感叹。

啊！这不正是"云影山晖"恢宏而壮美的意境吗？

读万卷书，行万里路。当你把自己全身心融入祖国的壮美山河，你会从灵魂深处迸发出无比的热爱之情，更会萌生出生长在中华民族怀抱的温暖和骄傲。人的胸怀，是读了万卷诗书的沉淀；人的情怀，是读了万卷诗书行走了万里之路的一份说不出道不尽的对这方滚热滚烫的土地的热爱啊！走遍了祖国壮美山川，我才发现，原来我的身边到处都是那样令人迷恋的美景，原来我的身边，到处都是令人感恩回味的美意，因此，为了把自己时时融进这如画的山水，我不会放弃每一次远行的机会，正如在这彩云之南的大理啊，为了看到洱海的日出，我再也不会吝啬每一个清晨……

洱海日出，是写在我灵魂里的"云影山晖"。

我的祖国的壮美山河啊，你是我灵魂中永远也写不完的"云影山晖"！

"遭遇"魔鬼城

　　哈密有座魔鬼城。据说到了夜间，每每有戈壁风起，魔鬼城里便会鬼哭狼嚎，马嘶羊叫，哀声一片。尼亚孜·沙力嘴里描述的魔鬼城，更是阴森恐怖，坐在他的身边，看着他那双又大又亮的眼睛，和那分不清真假的表情，我心里不免多了一份恐惧。我问：魔鬼城里真的有鬼吗？他歪过头来亮亮的眼睛狡黠地瞅我一眼：哦，有鬼。

　　尼亚孜是哈密回王的后裔，因为工作关系几乎走遍了中国，更走遍了罗布泊和克拉玛依等西域的戈壁大漠，见多识广，是一个地地道道的"儿子娃娃"（维吾尔语，男子汉，讲义气的意思），在当地很有些名气，所以对于他的话，车上的人们都深信不疑。我在半信半疑中问道：你亲自看到过魔鬼城里有鬼吗？尼亚孜瞅我一眼，哈哈大笑，伸出大大的右手使劲地拍打着我的左腿：哈哈哈，没想到你这个大作家都相信世界上有鬼。鬼，就像风里的尘土飘飘荡荡，你说有它就有，你说没有那就没有。哈哈哈，我们这沙漠雄鹰一般的大作家，都相信有鬼……

　　茫茫戈壁滩上，尼亚孜闭着眼睛都能把越野车开得如同飞机起飞一般，于是，我们就在阵阵惊呼和爽朗的欢歌笑语中，走进了魔鬼城。

　　魔鬼城所处的位置叫作五堡，距离哈密市有一百多公里的样子，这里是中国雅丹地貌的典型代表。酷似城堡、殿堂、佛塔、碑林、人物、野兽、猛禽等形态各异的景观、令人眼花缭乱的陡壁悬崖，以及混迹于岩砾中五光十色的玛瑙、枝叶清晰的植物化石等，皆到处可见，而且偶尔可以收获像恐龙蛋化石的小圆石头以及海生的鱼类化石、鸟类化石。当夜幕降临时偶尔会听到鬼哭狼嚎般令人发瘆的嘶叫，因此才被人们称之为"魔鬼城"。

　　尼亚孜说，其实这里过去真正存在过古堡建筑和古民房遗址——艾斯克霞尔古城堡。离地面约六米的风蚀台上的长方形的土夯建筑有高约五米、前面有门有窗的居住地，这就是人类活动之地，是古丝路的驿站或是哈密王朝的西南前哨。尼亚孜说的没错，你看，前面的悬崖上不就是两座和这雅丹颜色融为一体的古代建筑吗？

　　魔鬼城西面的沙尔湖（由流沙通向罗布泊）干涸之前，这里也有村庄人家，当水源游移（地壳变化），沙尔湖消失后，这里的居民们也就迁移了出去。这时，我突然发现在魔鬼城的戈壁大道边，经常能看到一堆堆的石头，呈圆锥形摆放着，有的一组三堆，有的一组两堆，便问尼亚孜。尼亚孜告诉我说，这些石堆是古丝绸之路的原始路标，又叫"阿拉伯石堆"。古代过往商旅在长途跋涉中由于风沙较大，往往走过的路就被风沙掩盖，为保留线路，商人们便把石头堆成堆作为路标。年复一年，丝路古道上便留下了无数这样的石堆。一堆石头代表前面有路，两堆石头代表前面有岔路，一堆大石头周围摆一圈小石头代表前面有危险，要注意安全。

　　置身于魔鬼城，面对着大自然的杰作，我不得不对风的神奇产生了无比的敬佩。它就地取材，一次次缜密地构思，又一次次地雕琢，一次次地修缮，把一个个天然的土丘，打造得各具神态，各领风韵数万年，成为举世无双的艺术珍品，成为千古奇观的魔鬼城，真可谓是天造地设的雅丹地貌。

　　在魔鬼城驰骋沙海，你会有一种完全放浪于形骸之外的快感，这种无比的快感，会形成一种生命的张力，喷薄着你的躯体，释放着你的灵魂，让你的灵魂在蓝蓝的天空之下，在白白的云朵之中，在茫茫的戈壁之上，自由自在，散播得无边无际……

　　这是天地给予的灵动，这是自然能量的恩惠。来到魔鬼城，你才会虔诚地感念上苍的恩赐，才会生成谦卑面世的无我的境界……

早春驶过祁连山

　　列车载着二月的早春驶进甘肃张掖的时候，雄壮的祁连山，便清晰地出现在了我的眼前，一条蜿蜒的黑龙，披着一身皑皑白雪，那连绵磅礴的气势，就这样从河西走廊南端喷薄而出。于是，天地之间便有了这横贯八百多公里的莽然大观，乾坤之中便有了这高耸四千多米的凛然豪气。

　　记得一位先贤说过，哲学自仰望天穹开始。对于我来说，融进一卷山河，阅读一册壮美，胸中便平添了一股气吞山河的豪情，同时也增多了一份早春二月那绵延千里的柔美。

　　凝视着头顶茫茫广宇，挥手扯下一片片五彩云朵，织成了神奇的锦缎绫罗，轻轻舒展，铺在了河西走廊之上，把丝绸之路在这里泼上了浓墨，染上了重彩，河西走廊上的丹霞（张掖为典型的丹霞地貌），依旧用奇异的七彩编织着丝绸之路上那壮美的故事。祁连山的回声里，演绎着公元前一二〇年，一个年仅十九岁的勇士，纵横祁连大破匈奴的豪迈的故事，讲述着八十年前一群红军女将士的悲壮与传奇……

　　"青海青黄河黄，更有那滔滔的金沙江；雪皓皓山苍苍，祁连山下好牧场……"当年，每每听到张明敏唱的这支歌，我总是热血奔腾，深深地被祖国的山河壮美所感动。是啊，祁连山下好牧场。你看那早春二月的祁连山，虽说山上白雪皑皑，山下却已经有了一些春意，远远望去，山坡上的沙柳和白杨，梢头之上分明已经泛出了温润的微黄，山坡下广袤的土地，已经在融化的积雪中显得朗润了起来，茂密的草原也似乎褪掉了严冬罩在身上的苍白，在微风里舒展了起来。一群群红殷殷的马儿在山下奔腾了起来，一群群白亮亮的羊儿在坡上涌动了起来，山谷中那清亮亮的水儿，就像一条生命的银练，淙淙从眼前流过，又潺潺流向了远方，去寻找那些需要浇灌的荒漠，滋润那些干渴的生命去了。

望着这条长长的巨龙，我情不自禁生出了深深的敬畏。祁连山，你是多少生灵虔诚的依托啊。我仰望着你，宛如仰望着苍穹一样仰望着你，眼前忽然展现出了一幅美丽的祁连山春天的画卷：蓝蓝的天上白云飘荡，白云下面祁连青黄，山间溪流汇成大河，漫山遍野跑满了马和羊。牧马的汉子长鞭清脆，放羊的少年引吭歌唱，唱得山花朵朵开，唱得漫坡油菜黄，唱得茫茫戈壁添绿茵，唱得天上人间洒满春光。

青海青黄河黄，更有那滔滔的金沙江，雪皓皓山苍苍，祁连山下好牧场……

看着，想着，我情不自禁向着连绵的祁连山，高声唱了起来。

列车载着二月的早春，隆隆驶进了祁连山，静静的千里群山，似乎张开了惺忪的眼。我在这早春二月列车上，心底响起一声呐喊——祁连山的春天啊，你快到来吧！祁连山回音轰鸣——祁连山的春天，已经快要到来了！

早春二月，列车载着我驶进了祁连山……

醉入玫瑰花丛中

前几天，中央新影集团中国音乐微电影频道于浩然总监给我打电话说，要带承德市双滦区区委宣传部和文化局等相关领导一行到即墨玫瑰小镇参观考察，我恰好因事在即墨，于是便陪同他们一道走进了浪漫的玫瑰小镇。

浩然和我既是同事又是兄弟。去年十月在呼和浩特策划纪念中国工农红军长征胜利八十周年总政歌舞团《名家与经典》走进内蒙古大型演出时，我们在一起并肩工作了四十多个日日夜夜，建立了深厚的工作友谊和兄弟情谊，回京后，又共同策划了中国书画音乐微电影栏目《水墨乡情》。节目上线后，受到了业内广泛的好评。这次我来即墨玫瑰小镇考察，缘于双滦区在他的策划下准备打造中国浪漫文化小镇，故慕名而来。

接近玫瑰小镇的时候，一股芬芳的玫瑰香气便溢满了整个车子，闭上眼睛，郁郁的花香里，仿佛一位玫瑰仙子正裙裾飘飘地向着我脉脉含情，那黛绿的发丝轻拂着我的脸，粉嘟嘟的脸儿似乎贴到了我的胸口，一双闪动着乌溜溜秋波的媚眼，幽幽地看着我，令我的一颗小心脏情不自禁地一颤，整个身子便在这幽幽的香气里瘫软了下来。

一头扎进玫瑰花海，心儿都醉了！

你看那一大片一大片的玫瑰花儿，红的，粉的，黄的，白的……在眼前如此眼花缭乱，就像一群群美丽的女子，摇着头儿晃着脸儿在拼命诱惑着我，让我真真切切感受到了美女如云的滋味。走过花海中水晶一般的浪漫小屋，我心里想啊，有机会一定要偷偷来小屋里住上几天，白天赏着花儿，夜晚就着皎洁的月光，浸润着这满园的花香，装腔作势捧一本线装的古书，轻轻打开一把画着古代仕女的折扇，摇着一阵香风，说不定真的会有那么一位不嫌贫不爱富、只爱风流才子的玫瑰仙子来到身边，香唇轻启，软酥酥地叫一声相公，与我耳鬓厮磨，演绎一段天上人间荡气回肠的千古佳话呢。

经即墨电视台刘伦三主任介绍，我与玫瑰小镇的张总取得了联系，见了面才知道，玫瑰小镇的张明晓总经理，是我在即墨的故交。他热情地带我们游览，给我们讲解着玫瑰小镇的创建和发展。玫瑰小镇农业生态观光产业园位于青岛即墨灵山镇北侧，目前园区已引种世界各地玫瑰六百多种，主要分食用、观赏两大部分；另外食用菊、食用薰衣草、食用百合、食用薄荷等已陆续成功引种于园区，并开始大面积推广。

张总介绍说，玫瑰小镇主要具有三大经济特色：一是土地种植价值的大提升，通过食用花卉的产出，大幅提升原有单一的土地种植结构与效益；二是观赏旅游，一年四季的花海世界，吸引了大批的观光游客、婚纱摄影者、影视基地，将种植与旅游观光进行有效的结合；其三便是玫瑰产品深加工，目前他们拥有自己的研发团队，在不断地研发新产品，自项目开发实施至今已开发出四大系列一百多种花卉产品，分别为花卉家纺系列、花卉日用品系列、花卉日化系列、花卉食品系列；其中大部分产品为国内空白专利产品。

玫瑰小镇始建于二〇一二年，于二〇一四年第一批食用花卉进入生产期，并于当年全部园区作为即墨市高端文化旅游景区向社会开放。观光园目前已建成食用玫瑰种植区，观赏、鲜切玫瑰花种植区，玫瑰产品研发加工区等，因地制宜，贯彻落实城乡一体化，遵循自然生态规律，利用现代农业高新技术，把周边农户和游客的利益作为公司项目的出发点和立足点，打造出了一个集玫瑰种植、产品开发和旅游休闲为一体的现代化、集约化和全方位、多层次、宽领域的产业，打造成了一座在城市中有田园、田园中有城市的，可供人们一年四季观赏游玩的旅游度假胜地。

玫瑰小镇依托玫瑰种植、旅游资源优势建有现代化工厂及产品研发中心，重点研发玫瑰精油、玫瑰蜜茶、玫瑰饮料、玫瑰工艺饰品、玫瑰糕点、玫瑰香薰、玫瑰鲜切花加工、玫瑰干花制品、玫瑰保鲜制品等玫瑰食品、玫瑰日用品、玫瑰日化、玫瑰家纺等四大系列一百余种玫瑰产品，并注册了"色瑰""玫瑰之恋"等旅游特色商品商标。玫瑰小镇在园区内建设了五百平方米的玫瑰系列产品展示展销旗舰店，满足了广大市民和游客的旅游购物需求。

听着看着，我不禁心生感叹：能够把浪漫文化和实体产业做到如此精致，靠的不仅仅是长远的眼光和高超的智慧，更重要的还有一颗守望家乡文化的心和一份浪漫的情怀。这时，一首歌儿在耳边回荡了起来，你听啊——

金色的朝晖啊，将初秋的荒草占领；玫瑰的芬芳啊，冲出诗歌的襟胸。浪漫的笔触哦，让爱意在水边涌动。美正被你接住，清纯微笑接近我的心灵。阳光啊此刻正好，心情醉入梦中花丛。一起来吧，借着玫瑰花的抒情，喷薄的爱情哟，交由黄鹂奏出的歌声。不拐弯儿的心跳，在纸上将东南风修正。让你的目光敲打吧，直至听到心灵的回声。我的心啊已经留在了这迷人的玫瑰小镇，我的人儿啊，早已醉倒在了这仙子般的花丛……

落笔成河

LUO BI CHENG HE

馥郁人生

赏石品玉龙泉阁

生活是优雅的，能够把生活过成如玉一样的人是极尽优雅的人。

优雅，是一种岁月，它是历经生命而呈现出的一种淡然不惊，褪去了少时的稚嫩，而呈现出的一种成熟的韵味。一个优雅的人，一定有着独特的魅力和饱满的、恬淡而丰盈的灵魂。优雅的人会给生活多一份阳光，一个优雅的人，自然是一个大气而宽容的人，在这个浮躁的社会中，如一抹清风，让人心旷神怡，因为心中有金玉，无论在何时何地，都会呈现出清秀的容颜和优雅迷人的风范。李志全两口子就是这样优雅的人。

从即墨出发，沿着204国道行至城阳国学公园附近，有一个叫作"龙泉阁"的雅苑，庭园不是很大，但是却很精致幽雅，园内亭台翠竹，山石流韵，一溜三十几间精致的房子，颇有些徽派建筑的味道，更多了一些淮扬之风。乍进得庭园，你会豁然感觉仿佛走进了一个浓缩了的江南水乡。沉醉在这方雅苑，我在想：设计建造这么一个优雅环境的人，一定是足有诗意和灵性的，而居住在这里的人，则必定是有着仙风道骨抑或是胸中文气飞扬的人吧。因为人与环境是相辅相成、密不可分的，人营造了环境，而环境也滋养了人，即便是粗俗得不能再粗俗的人，在这样的雅园中生活上那么三年两载，也似乎会变成极尽优雅的人了呢。

推开"龙泉雅居"宽大的门儿，满墙张挂的各类书画作品，目不暇接。徜徉在厅，注目观赏其每幅画卷，于是，对主人别有一番敬仰之情在心海里涡旋回荡：山水花鸟，栩栩如生；人物素描，流水行云；工笔写意，墨细丹青；白描写生，似画幻真；一幅幅龙蛇遒劲老辣清逸的书法作品，更是引得我为之叹为观止。正在我吟哦之时，主人李志全和嫂夫人刘贝贝两口子出现在我面前，热情地把我引到茶台边坐了下来。李志全是个憨直爽快的青岛人，从他的身上，你会感受到一股清真之气，尽管说话有些粗声大气，但是从他的一举一动一语一笑中，你足以看出他对朋友的真诚和情感的细腻。也就是因为他的这份真诚，让我第一次上门就喝得五迷三道找不到回天庭的路途了呢。

嫂夫人温婉可人，喜盈盈的面相上，总是洋溢出温暖如春的迷人的气息。坐在茶台前，细细品着嫂夫人用纤纤玉手斟满的香茗，茶香体香于是融在了一起，于是，一股氤氲之气荡漾在了心间。环视着整个大厅，红木与书画交相辉映，茶香同墨香融为一体，心里想啊，这样的格调之中，要是再有奇石美玉流光溢彩，岂不是更为高贵典雅的大雅之堂乎？志全兄长似乎看出了我的心思，从里面的一个房间捧出一尊玉观音挂件送给了我，那质地那品相只看一眼便知道是纯正的和田玉，那温润的羊脂一般的感觉，那精美细腻的雕工，那足足的水头（玉的透明度称之为水头），无一不彰示出和田玉的典雅和尊贵。尽管我知道无功不受禄，但是出于对玉的偏爱，出于兄嫂的真诚，便喜不自禁地把这尊足有两万元之巨的昆山之石，贪婪地收入了自己的囊中。

李志全是个懂玉之人，更是爱玉之士。多少年来和玉石打交道，他和玉几乎融为了一体，他把每一块玉都当成了自己美丽温润的妻子，当成了视若己出的儿女。他在龙泉阁这个神秀之所，特意设了一个奇石美玉赏卖厅，名之为"德润堂"。按照他的理解，好人以美德润好玉，好玉自会更有灵性，才会以灵气润好人，正如古人将儒家的道德赋予玉石。玉石的贵重就是因为表现出它的品德，温润光泽、清正不伤、纯净无瑕，声音悠扬清脆，随着历史的年轮，玉石文化和中华文明交融在一起，因此，喜欢一块玉石不光是因为玉石有着优良的特性，也是因为承载着中国人太多的美德和品性。

玉石清高、朗逸，可让佩戴者拥有雅韵之气。有了玉石在身，一定能帮助你镇定思考，安心处事，具有心境坦然之感。玉石的含蓄能够让人感到谦逊的美德，也是极具亲和力，上至帝王，下至平民百姓都能佩戴玉石，而没有任何尊卑禁忌。大概绝大多数中国人都和我一样有着爱玉情结，玉在中国有着特殊的意义。中国的国字就是方字框里一个玉字，国中有玉，玉是中国之魂，民族之魂。李商隐诗云："蓝田日暖玉生烟"，道出中国自古就有惜玉传统；蔺相如完璧归赵，让人咏叹玉石的珍贵；曹雪芹一部《红楼梦》，极尽所能地展现了一段通灵宝玉的奇缘。历代皇帝的至高权力由一方小小的玉玺体现，就连神仙中的最高统治者也叫玉皇大帝。再看我们的词语，亭亭玉立是形容少女的曼妙，金玉满堂指的是幸福美满。书中自有黄金屋，书中自有颜如玉，玉所指代的往往都是美好珍贵的含义。

我和李志全一样，都是爱玉之人，对于美玉的偏爱，高于宝石。钻石有价玉无价，因为钻石毕竟是碳单质，可以一克拉一克拉地标价，而玉则不可，玉石是承天地灵气，受日月精华而形成的灵性之物，玉石千百年来都是贵气的化身，贵族们以拥有它为尊贵，民间对玉石也有不少的精神寄托，具有富而不露的优良品德。玉器是非常具有收藏价值和投资价值的，在今天这个社会，玉器依然和保值挂钩，是经济价值的重要载体。

孔子曰玉有"十一德"：君子比德于玉焉：温润而泽，仁也；……廉而不刿，义也；垂之如队，礼也；叩之其声清越以长其终诎然，乐也；瑕不掩瑜，瑜不掩瑕，忠也；孚尹旁达，信也；气如白虹，天也；精神见于山川，地也；圭璋特达，德也；天下莫不贵者，道也。我想，孔子的"十一德"，道出了玉的真谛，不也正是道出了李志全夫妇的人生之美吗？

人生实际上就是一个道场，是一场灵与肉的修行。人生一世，草木一秋。平淡的生活堆集成精彩的故事，组成我们生命的全部，日子在不经意间悄悄远行。随遇而安，学会珍惜，懂得感恩，享受清淡无香的生活，成为我们无悔的追求。静心醉赏龙泉阁的书画奇石美玉，不正是在守望着人生守望着幸福的生活？

同爱玉之士成为朋友吧，你也会成为爱玉之士。当你成为如李志全这般爱玉之士的时候，你会发现，你的身边会花团锦簇般多了一群桂玉一样的良师益友……

那么，没事的时候，你就可以到"龙泉阁"去坐坐，品品书画赏赏玉石，或许哪一天，你会借着一轮朗朗的明月，看到嫦娥仙子和她的玉兔一起，绰绰约约地走到你的面前，温温润润地在你的脸颊上给你送上一个香香的吻，然后悄悄塞给你一枝蟾宫的桂枝呢！

一首小诗说开去

> 烟雨江南入画廊，
> 婺源处处泛果香。
> 白墙衬得枝叶红，
> 碧瓦托出柿子黄。
> 青山依依白云边，
> 绿水悠悠映紫阳。
> 人间正是康庄道，
> 何须翘首望天堂？

　　这首清新隽永的小诗《婺源农家》，出自我的家乡一位农村党支部书记的笔下。轻轻吟来，犹如一幅美丽的小画，展现出了婺源农村的红红火火，描绘出了婺源农家的累累金秋的喜悦，并通过一个小的视觉，表达出作者对中国农村发展的无限希冀。

　　一蓑烟雨，一蓑江南，一团灰白水墨，一枝点缀红嫣。一坡屋顶，一串脯香，一箩红椒胜火，一帧和谐静谧。诗如图画画如诗，人若赤子心若泉。改革

206

开放四十载，神州十亿喜开颜。东风得意催快马，锦绣江山收眼前。人间早已胜天庭，喜看农家舞翩翩。

我缘于工作关系，几乎走遍了全国各地，深刻领略到了各地农村的喜人面貌，农民心窝窝喜悦的歌儿，宛如融融的春风，从东北的林海雪原，从西南的莽莽云端，从西北的连绵群山，从东南的闽粤潮汕，从南方的椰林沙滩，从北方的蒙古高原汇聚在了一起，共鸣在了神州的高山平原碧海蓝天，形成了一股震撼人心的交响，萦绕在了我们的心间。

王仕尧，这位朴朴实实的即墨汉子，这位西汉博士谏大夫的后人，这位书圣王羲之故里的风韵雅士，经常在清晨在日落在地头在田间，用一双深邃的眼，把深情的目光投向钱谷山下这片美丽的家园，把热烈的家乡之爱倾注于笔端，写下了上百首讴歌即墨赞颂家乡的诗篇。这片殷殷之情怀，令我感动，令我仰之如高山之巅。他的诗词，如流水潺潺，如起伏群山，如轻歌曼舞，更如发奋激进的鼓点。

好吧，就让这前进的鼓点，鼓舞出一个"醉美"新农村吧！

好吧，就让这奋发的鼓点，鼓舞出一个壮美的羲之故里吧！

好吧，就让这激情的鼓点，鼓舞出一片大美的梦中的世界吧！

好吧，就让这欢欣的鼓点，鼓舞出一片唯美的艳阳天！

阿陆家的波罗蜜

　　阿陆的"六哥奇石底座厂"，原先是他家的老宅子。优雅的小院里，长着几株硕大的杨桃和波罗蜜，树下的阴凉地儿里，码放着大大小小各种各样的奇石和各种各样的奇石底座木料，与整个小院的环境，搭得那么完美，就像阿陆的脸庞上的五官一样那么和谐。

　　阿陆家的波罗蜜最为扎眼的，当数大门口两边的那两株，足有十来米高一抱粗细，庞大的树冠下面，总有一群男女老少，坐在树下喝茶休闲。阿陆回来后，便会嘻嘻哈哈如同海南岛那热情的风儿一样热情地打着招呼，然后把硕大的屁股坐在谁让出来的空座位上。于是一堆肥肥的肉儿便像一座小山丘儿一般堆积了下来，特别是到了天气比较炎热的时候，阿陆光着膀子坐在波罗蜜树下，一大串黄蜡佛珠挂在粗粗的脖子上，手里捻一串南黄手串，一咧开那厚厚的嘴唇，满脸就堆满了笑容，打眼看上去，活像那能容天下难容之事的弥勒佛呢。

　　阿陆小我几岁，是海南省赏石协会的副会长，平素对石头和木头颇有研究，几乎到了专家级别呢。他的家和奇石底座厂都在海南东方市，两口子一个是白衣天使，一个是事业有成的文商。或许妻子缘于医者父母心，或许阿陆从小与吸纳天地灵气日月精华的奇石名木打交道，于是，更多了一份灵性，两口子都有一副善济天下的菩萨心肠，在当地颇有一些名望。这样的名望就像一股满满的能量，让阿陆两口子浑身上下裹上了一道道光环，宛如海南耀眼的阳光，照亮着温暖着他们周围的人们。

波罗蜜源于梵音，完整的音节为"波罗蜜多"，"波罗"汉语译为"彼岸"，彼岸是佛家思想的最高境界，"蜜"译"到"，"多"是语尾的拖音，译"了"。译成汉文合起来是"到彼岸了"。在汉语使用中，也常省掉尾音，就成了波罗蜜。"波罗蜜多"是有很多的意思，即是度到彼岸的修行方法有很多，在小乘佛教有十个波罗蜜；在大乘佛教比较常说的是六波罗蜜。六波罗蜜亦称为六度，这种翻译，含有六种度我们到彼岸的方法、道路的意思。它们是布施波罗蜜度悭贪，持戒波罗蜜度毁犯，忍辱波罗蜜度嗔恚，精进波罗蜜度懈怠，禅定波罗蜜度散乱，智慧波罗蜜度愚痴。

阿陆家门前的这两株波罗蜜，是三十多年前阿陆两口子亲手栽下的，每到春天结果的时候，大大小小的波罗蜜果，从树干底部一直长到了树的尽梢，拥拥挤挤熙熙攘攘，一棵树竟然结到四五百只，大的接近百斤，最小的也有二三十斤，据说这是全世界波罗蜜果实数量的最高纪录。难怪海南卫视慕名寻来，专门为这两株波罗蜜拍摄制作了一部长达十五分钟的纪录片哩。

站在阿陆家的波罗蜜树下，透过密密匝匝的叶子的缝隙里，仰望着斑斑驳驳的蓝天，突然一阵梵音在心间响起，再看看"堆"在树下的阿陆，更有一种梵天明月的意境，充盈在了我的脑海。难怪阿陆家的波罗蜜长得如此茂盛，果实如此之多，是不是因了波罗蜜树上接天之灵气，下受地之精华，中纳人之能量方得此盛？是为三光日月星，三才天地人。阿陆把能量传递给了波罗蜜，波罗蜜也把天地的能量传递给了他，于是他的人生才会这么绚丽，这么逍遥，这么自在。

尽管去得不是时候，没有尝到阿陆自家的波罗蜜，但当在好兄弟贾波和阿陆的陪同下来到万宁兴隆阿云家的时候，阿云的爱人端上了一盘冷藏的波罗蜜，一看那嫩嫩的黄黄的肉儿，嘴里的唾沫咕咕咚咚直往肚子里咽，没等主人说话，我就早已忘了什么是斯文，迫不及待地抓起一瓣，大口大口咀嚼了起来。那种满口的浓香，那种满口的甜润，闭上眼睛细细品味，似乎真的看到了那个让我一直都醉心一直都憧憬的如花儿般迷人的幸福的彼岸了哩！

善良搭桥，仁义做梁，谁都会到达那幸福的彼岸。

陈中华的中华太极圣地梦

　　大道，在太极之上而不为高；在六极之下而不为深；先天地而不为久；长于上古而不为老。无极而太极，太极动而生阳，动极而静，静而生阴，静极复动，一动一静，互为其根，分阴分阳，两仪立焉。

——题记

谁是神仙，我是神仙

　　日照，2009 年荣获"联合国人居奖"殊荣，一个鲁东地区迷人的滨海城市。
　　在日照的东北端与青岛毗连的五莲县，有一座霞裹云罩、风物诱人的 4A 级旅游景区，这就是中国太极圣地——大青山。大青山，群峰拱卫，百壑竞流，组成了方圆二十平方公里的著名风景区，三十六峰云海涌，一百单八神仙洞；三峡六潭蛟龙出，八坪九峪二百景；秀幽奇旷称华北，更兼古园柏长青；祥云万和紫气生，清泉绿水显地灵；高祖古城揽松涛，走马摔冠大西征……大青山不仅有曼妙的风光，更因了神秘的民间传说，山石林壑间还透着一股仙风静气，使得游客们走进山中，胸中便会自然蒸腾起一种飘飘欲仙的感觉。

每天清晨，当东方微蒙蒙似乎有些亮意，天地间的蜃气沼沼挥发之时，便会有一位白衣飘飘、短发墨髯的中年汉子，就着第一缕晨曦，立在山头太极广场，朝着东方端立吐纳，仿佛要把天地之灵气混元之精华尽行吸纳。俄而，山下一唱雄鸡，白衣汉子便闻鸡起武，举步间云海翻腾；推手间宇宙旋转；一招出山风瑟瑟，一招收四海潮平……

游客山下望去，缥缈间疑是神仙下凡，其实，他就是本文的主人公——中华陈氏太极拳传人、山东大青山旅游开发有限公司董事长陈中华先生。

太极两仪，海外生象

当年的陈王廷，平叛荡匪屡立战功，在山东、河南大地名声鹊起，却得不到皇帝的重用，于是在长叹报国无门的情况下，收心隐退。耕作之余，依据自己祖传的一百单八式长拳，博采众家精华，结合易学上有关的阴阳五行之理，并参考传统中医学中有关经络学说及导引、吐纳之术，发明创造出了一套具有阴阳相合、刚柔相济的新型拳术，包括太极拳五路、炮捶一路、双人推手及刀、枪、棍、剑、铜、双人粘枪等器械套路，使陈式太极拳一举而成为中华武术百花园中的一朵奇葩，代代延续，辈辈传承。

一九六一年陈中华生于山东省五莲县，父亲正直刚强，当了一辈子军人。母亲善良勤劳，曾被授予全国三八红旗手称号、省劳动模范。他有两个哥哥、一个妹妹，个个出类拔萃。陈中华自幼喜爱武术，但真正习武是在一九七九年考入山东大学外语系后才正式开始。

陈中华从陈式太极拳大师洪均生和混元太极大师冯志强门下获得真传后，有个想法一直在他的心中蒸腾，那就是让中华传统文化优秀代表之一的太极拳，在国内不断地发扬光大，实现武术强国之梦，并把陈氏太极拳传播到海外，让中华传统文明之花在全世界绽放出迷人的魅力。于是，大学毕业后，陈中华放弃了外交官的工作，从一九八五年开始，年轻的陈中华就赴加拿大，开始了他的中华太极文化的海外推广活动。历经二十多年的艰辛付出，目前，加拿大、美国、新加坡……凡是有华人的地方，都有陈氏太极拳，他的海外武馆多达二百多处，遍布世界二百多个地区和城市，他的海外亲传弟子多达十余万人，陈中华也因此获得了"陈式太极实用拳法海外推广第一人"的殊荣。

情系桑梓　反哺青山

对家乡的热爱之情，不是常人可以挥发出来的。

常人的理念和伟大人物的理念总是有着天壤之别的。当离开家乡三十余载，突然风尘仆仆回到家乡五莲的陈中华，在五莲引起了不小的轰动。让我们先回过头来看看陈中华在加拿大三十年的履历吧——

在加拿大的三十年，陈中华的事业可谓如日中天。他做过市政首席中文翻译，在加华报当过编辑，还曾任加拿大西诺灵有限公司总裁、659656 轮胎有限公司总经理、加拿大中国商会理事……二〇〇一年，他的工厂已经开到了非洲约翰内斯堡、贸易公司已经达到每月十几个集装箱的时候，他急流勇退，辞去所有职务，卖掉所有的公司，决定退出商界，专心传播推广中华太极文化。二〇〇五年，陈中华又把深情的目光，转向了家乡五莲的大青山，组建成立了"山东大青山旅游开发有限公司"，投资两个多亿，以传播太极文化为主题，把大青山打造成了齐鲁旅游文化胜地，让家乡人民分享到了旅游事业给他们带来的无尽的福祉。

今日的大青山，每当夜幕降临，太极广场上生起篝火。每个周末的晚上，月皎波澄，大青山里便会传来悠扬的古琴声，回旋婉转的箫声，伴着悦耳的小提琴声、和奏的口琴声，演奏者全是陈中华的海外学生，此时的大青山堪比"百老汇"。美国、加拿大、澳大利亚、奥地利、德国、新加坡、波兰……这段时间，从世界各地专程跑来大青山学太极的老外们，年纪最大的是七十岁的 Tim，最小的是二十多岁来自澳大利亚的"街舞女孩"何倩瑜。

当年陈中华回到大青山，缘于一个梦想，一个把大青山打造成中国太极文化旅游圣地的梦想。二〇〇五年，陈中华回到家乡，站在大青山上，看旭日东升，突然迸发出开发大青山的念头。大青山景区开发完善后，为了更大范围地发扬光大中华太极文化，陈中华发起了"大青山国际太极拳大赛"，而且作为我国体育事业的一个重要品牌，健康活泼地走到了今天，雄姿英发地奔向了未来。他就是这样凭着执着之力，凭借着太极文化，让大青山景区变成了一个年接待国内外游客二百多万人次的优秀文化旅游景区，发展成为五莲"山、泉、寺、拳"旅游格局的重要组成部分和山东省内最大的国际太极文化交流基地。

尾声

从大青山走出去的陈中华，这个"海外传播陈氏太极第一人"，在外推广中国传统文化近三十年，在五十知天命的年纪，怀揣梦想，重新回到家乡，唤起国人对太极的重视。"一张床，三顿饭，学会真正的太极，走遍天下你有饭吃。"在以自己的造诣继续前行的路上，陈中华希望看到，通过大青山太极文化这座桥梁，让大青山伴随着"一带一路"的伟大构想，一同走向世界，让世界知道中国有个日照，日照有个五莲，五莲有座中华太极圣地——大青山。

一代太极宗师，两厢家国之梦。

陈中华，你的大青山中华太极圣地之梦，将伴随着中华民族伟大复兴之梦，一起圆满。

（本文素材提供者为青岛即墨陈式太极拳实用拳法协会秘书长、即墨区纺织城商会党支部书记、山东省著名家纺品牌"倍富娜"的创立和持有者史修勇）

从十岁女孩姜蕴芝的画所想到的

　　家乡好友刘琳给我发来一个十岁女孩姜蕴芝的几幅画，看着这一幅幅虽然有些拙朴，但是因为童趣而充满灵动之气的图画，我的童年时光便跃然来到了面前。我的童年，是在即墨钱谷山下一个依山傍海的村庄里度过的。家乡的美，就如同鲜红的血液，永不止息地汩汩流淌在我的身上，流淌在我的心里。

　　小时候，我就喜欢写写画画，孩提时代的春夏秋日，基本上都是赶着鹅挎着篮，每天寻找草肥水美的地方，一边看着群鹅悠闲地吃着青青的草儿，一边把青菜挖满柳条篮，躺在柔柔的草地上，等待着鹅儿脖子上的嗉子长长地鼓起来。太阳照耀在大地上，一股甜甜的惬意涌动在心间，阳光下的大地蒸腾着淡淡的蜃气，在眼前闪动，仿佛是粼粼的波光，那么神奇，那么美。晚上的时候，母亲守着针线笸箩，在跳动的油灯下，细细地缝补着一件件近乎破烂的衣服，哥哥姐姐们伏在微弱的油灯下学习读书，父亲歪坐在窗台一角，悠闲地抽着旱烟袋，时不时歪头看一眼睡在身边的小妹，青烟袅袅中，荡起了一家的祥和。我呢，便托起下巴，回忆着白天的乐趣，从二姐书包里翻出石板石笔，把白天的和晚上的事情一件件用绘画记录下来……

　　那个时候在我的家乡是看不到荷花的，村南头靠海的地方有一平塘，老人们说叫作"荷花湾"，于是我几乎每隔几天都要跑去看看，看看是否有荷花开放，看看是否有"小荷才露尖尖角，早有蜻蜓立上头"的情景，但是每每都是让我失望，除了满塘高高的芦苇和水下嬉戏的鱼儿，并无半片荷的影子。忽然之间，秋风就刮了起来，满目飒飒的芦花，就随着萧瑟的秋风，漫天飞舞了起来……

荷花，于是就成了一个缥缈的梦儿，萦绕在了我的童年。

似乎一转眼的工夫，小学临近毕业了。班主任老师是一位感情非常细腻的年轻女孩，从小学一年级的时候，她便知道了我喜爱荷花的心思，于是在毕业前夕，她用自行车载着我，走在了高高的杨树之间的沙子路上，一路上跟我谈着对我的期许，我也感动了一路，抬眼看着高入云天的杨树和从密匝匝叶子缝隙中透过来的阳光，觉得未来真的好美。我问，老师，咱们要去哪儿？老师说，带你去金口看荷花啊。说着，略略回头嫣然看了我一眼，我发现老师竟然那么美，美得竟然让我有了一些心动……哦，那一年我十四岁。

再后来忽然间我就长大了起来，有了自己的妻子，有了自己的一群漂亮的孩子，有了一个五彩缤纷的家庭，再后来，便拥有了一份美得令我窒息的天地之爱，有了美丽的挫折，有了美丽的友情，有了美丽的事业，有了美丽的心疼，有了丝丝缕缕美丽的牵念……原来生活中到处都是美丽的事物啊。于是，我便喜欢用绘画和文字，来记录下这些美的事物，时间久了，我的心里产生了一个美丽的意念：用画记录生活之美，用文字传递生活之美，这样的灵魂是最美丽的呢。

姜蕴芝，就是一个如我一般会用画笔记录生活之美，一个有着美丽情怀的小姑娘。

于是，我把她的小画拿出来，让美丽的人们，来和我一起感受她的美丽，感受一下她美丽的童年，也重温一下你自己的美丽童年吧。

美女原如葡萄酒

　　世界上能够让人眼前一亮的其实并不是很多，在我的视觉里，似乎一个是美女，一个是美酒。以前我总是以为美女如玉，玉如美女，直到上个月回青岛，才有了一个崭新的认识：美女原如葡萄酒了呢。

　　文人与酒是分不开的，不管李太白还是杜工部，不论李商隐还是陆放翁，没有了酒也就没有了他们那夺目的灿烂：李太白不喝酒，不会文思犹如黄河之水天上来；杜工部要不是紧握酒樽，不会在茅屋为秋风所破时，还在大声祈愿安得广厦千万间；李商隐正是因为醉心蒙眬间，才释放出了身无彩凤双飞翼的无奈；陆放翁抱着黄縢酒步履蹒跚，醉眼歪斜间眼前才会浮现出那双浸润在心里的红酥手……

　　我平时也喜欢微醺的感觉，没事的时候，邀上三五好友就着几盘小菜，和着浓浓的友情喝上几杯小酒，那辣辣的一线下喉之后，思路也会滔滔不绝地打开来，趁着酒劲赶紧写下一些不三不四的文字，或者白酒本身就能催生男人挥斥方遒、激扬文字的情愫吧。

　　年轻时看外国电影，两个男人端着酒杯，倒上那么一点点红酒，一边说着话，一边摇来摇去燕子取水一般喝上那么一点点，除了觉得他们是喝不起抑或是在浪费时间外，一点也感觉不出半点的绅士，哪像我们中国人来得痛快，拿起酒瓶咕咕咚咚倒上那么一大碗，捧起来举过头顶喊一声：来，干！一扬脖儿酒水随着两只嘴角冒溢出来直淌到胸前，然后扯起袖口擦拭一下嘴角下巴！

这些年我或许因为赶时尚，或许因为自己本来也优雅了许多，竟然也与红酒打上了交道，什么赤霞珠、路易十三还是十四的，什么拉菲古堡、沉默之船还是之舟的，无非也是倒啤酒一般倒入酒杯，然后跟着大伙儿像喝啤酒一样大把握住，扬起脖儿一饮而尽，直喝到昏头涨脑找不到回家的路才算完事。昏昏沉沉醒过来摸着脑袋想一想，这红酒有什么喝头儿？除了酸就是涩，真不知道那些绅士风度的人们绅士在什么地方，无非都是在附庸风雅卖弄身份而已，就连自己都没觉得喝红酒究竟优雅在什么地方呢。

回到青岛，城阳区的同学把我带进了一个叫作"新涵养袋鼠"的红酒品鉴会所，令我的人生又出现了一次眼前一亮的感觉，一下子便沉醉在了浓浓的文化氛围之中。一道红色的光闪过，一位女子照射进了我的眼中，令我不禁一阵轻眩。那摇曳的莲步，那杨柳的腰肢，那温润的笑脸，那典雅的神态，让我这个还算见过一些世面的人不禁为之赞叹在心。汤唯怎么会出现在这里？还没有回过神来，杜总介绍说，陈老师，隆重介绍我们新涵养公司的总经理——黎雪。于是，一只粗糙的大手和一只香酥的玉手便轻轻握在了一起。

黎雪静静坐下来，就如同一支静静的红酒。漂亮的服务生把醒好了的红酒递给黎雪，黎雪亭亭玉立起来，轻盈地取过酒杯倒上了琥珀一样的红酒，又轻轻把酒杯放倒，哇！酒杯里的红酒刚好到酒杯的口沿。看着她款款的动作，瞧着她款款的朱唇儿轻启，我立刻沉醉在了一种高雅的澳洲红酒文化之中。接过酒杯，我学着黎雪优雅的样子，轻轻摇动，一股澳洲红酒馥郁的香气扑鼻而来，情不自禁地把鼻子深深地伸进杯中，贪婪地把满满的香气满满地吸入，整个身体顿时荡漾起了一种浪漫无比的气息，闭上眼睛，仿佛看到那宛如精灵儿的葡萄红彤彤紫莹莹的，喜气盈盈地长满了澳洲的原野……于是，沉迷之中我端起酒杯，把这迷人的澳洲的原野、澳洲的风情和着满满的友情，一饮而尽。

看着对面的黎雪，我在想：她是不是上帝用自己的鲜血塑造成的一位绝世女子呢？应该是的吧，因为红酒本来就是归属于女人的，尤其是成熟的女人，总是那么艳丽的红，总是那么赏心悦目、高雅纯净、飘溢幽香。我是第一次知道什么是真正的品尝红酒了，在透明的高脚杯中倒上小半杯"上帝之血"，顿时让人微微倾醉，这美妙的红色液体，一旦有了第一次的亲密接触，就会让人越陷越深，酸与涩的完美结合让我回味无穷，仿佛一条清冽的小溪缓缓流过，抵达心灵的彼岸，好似一泓柔柔的波儿，在心里荡起了轻轻的涟漪……

澳洲红酒与女子相装点，女子赋予了澳洲红酒更多的内涵和神韵，我们在温馨浪漫中抒发着情怀，在静夜中谱写着心曲。女子与红酒的融合，是灵魂的交融，是美到极致的小夜曲。红酒不在于喝而在于品，一小口呷入，口中那种轻飘飘的酸与涩，细品之下却是一种微微的甜和醇醇的香。这就像眼前的这位如酒般的女子，高贵典雅，浑身都透着迷人的气息，让人不经意间就会为之醉倒。

听着黎雪轻言曼语描述新涵养袋鼠和澳洲的风情，我的心也在漫无边际地遐想了起来……红酒裹着高贵浪漫，成了温婉的女子，饮红酒的女子又成了一道温婉的风景，于是，她的魅力在红色的酒液中无限地散发了出来。我似乎看到一个恬静的女子，在自己田园一般的家里，脱掉高跟鞋，纤纤素手拿着透明的水晶高脚杯，在临海的阳台上，闲适地坐在藤椅中，慢慢地晃动着红红的液体，用红唇缓缓地轻啜缕缕的醇香……啊！只有这种情致的女子，才能绽放出如红酒一样醉人的美丽。

这一支澳洲的红酒啊，或许带点妖艳，或许带点高雅，抑或也带着诱惑的因素。红酒让女子平凡的生活有了一点点放浪的诗意，只要那么一口，你就会为其倾倒，唇齿留香，酸中回甘。喝红酒，当然是要在夜里，守着一位美女，当月凉如水，清风绕梁，点亮一支白色的蜡烛，端起酒杯，看透明的液体缓缓地从杯底流到杯壁，再缓缓地含在口中，仿佛要经历一个世纪那么绵长而悠远。这种澳洲纯葡萄酿制的精品，充溢着岁月留下的光影，使人沉迷，使人陶醉……

黎雪脸上泛起红晕的时候，就像红酒一样娇艳无比，身上也散发出了红酒一样的甜美香味，如此暧昧，如此迷离。充满浪漫情怀的红酒，因为这份与众不同而显得超凡脱俗。女子赋予红酒以生命，红酒则渗透女子的身体，这是天地精灵与自然精灵的激情碰撞。这时女子是红酒的主宰，红色的酒液如同女子脸上娇媚的花朵，女人的婀娜多姿竟被红酒衬托得如此完美如此无瑕！一个懂得品味红酒的女子，一定懂得如何品味生活，而这样的女子也与红酒互相映衬、互相美丽着。

黎雪与红酒，一样的静，一样的红，一样的暗香浮动。这含蓄的"新涵养袋鼠"分明就是美女黎雪的心，深藏着她的幻想、回忆、甜蜜和那水晶一般的泪珠儿。一杯红酒在手，顿增几分娇柔妩媚，让我懂得了她就是文化，她就是心情，她就是情调，她就是品味，她本身更是一种氛围。

我真是对新涵养商贸的杜总佩服得五体投地了，他把"袋鼠"施展开魅力从南澳"拐带"到了青岛，并赋予了"新涵养"且就算了，你说他怎么那么会慧眼识人搜罗人才呢？大约地球上就那么几个数得着的如红酒一般优雅的女子，都让他募集到了麾下吧！

情致浓处，众目睽睽之下，我饱蘸云头艳，十分优雅地写下了一幅"新涵养袋鼠只为你倾心"的不是很优雅的作品，杜总十分优雅地找到一位十分优雅的装裱师，十分优雅地装裱了起来，挂在了这十分优雅的墙面上。

在这样十分优雅的氛围里，守着犹如红酒之美的黎雪，用两只指头捏起典雅的"新涵养袋鼠"，不优雅死你才怪呢！

新涵养袋鼠，只为你倾心！

立字先立人，练字兼练心

    清华大学的郑福裕教授，是中国著名核物理专家，年轻时即为"两弹一星"元勋朱光亚先生的首席助理，享受国务院特殊津贴。二〇一四年国庆节是郑福裕教授退休十周年纪念日，国家相关部门和清华大学党委准备专门为他举行一个座谈会，因为郑教授是一位对国家、对清华有着重大贡献的科学家、教育家。郑教授决定向领导们赠送十幅书法作品作为答谢厚礼。一个偶然机会，郑教授在朋友的微信圈里看到了一位叫作董全洲的山东书法家的作品，顿时眼睛一亮：就是他了。

一

    青岛农业大学陈岩教授这样评价董全洲的书法：全洲先生的书法，总体面貌以魏碑风格为基，并深得二王精髓，同时融入唐人大草挥洒连绵、收放随意的特点，借鉴了宋人行书适意、随机、文雅，但强化了行笔关节处的特点，突出用笔的方折，并用墨色来强调节奏感。

单独欣赏董全洲先生的作品，明显感觉到作品浓烈的个人面貌，不急不厉，沉稳柔和。这与先生的全面修养是分不开的。可以说董先生的书法，基本是以理性书写的过程，却呈现十分感性的结果。一点一画都讲究起笔、行笔、收笔的到位，突出结字、章法、墨法的法度。不仅保持了传统术法的精髓，也符合现代人的审美要求。

横视当代书坛，人才济济，风格林立，格局多元。而董全洲先生能坚持自己的创作风格，广采博取，灵妙自探，不能不说难能而可贵。

董全洲出身书香之家，爷爷十五岁到青岛，十八岁进京谋生。受到爷爷的影响，六岁的小全洲开始上学，当然也开始写字。在全洲的电脑里，至今还保存着爷爷遒劲沧桑的墨迹。

董全洲从小对写字有着极其特殊的感觉，第一天走进课堂，第一眼看见一排排方队的字体，他的心"怦怦"直跳，心中突然涌出一股无法抑制的激情。以后，每当他坐在书桌前面对纸笔的时候，他就觉得手中的毛笔倏然之间化为一眼山泉，铺开的纸就是一片山野，沟渠纵横，笔中涌出的泉水灌满了田野中的沟沟壑壑，一幅幅美妙的图案就这样构架出一排排字体的方阵……

也许，这就是董全洲书法艺术的起点。

董全洲自幼酷爱书法，以后的岁月里，无论他在干着什么，只要看见书法……不，只要是字，他都要仔细地端详揣摩一番。多年之后他回忆说，只要是看见好的书法，他的心里就会涌出一股激流，这股激流就会沿着书法的字体，汩汩流淌。有时偶遇激情，书法的字体已经灌满，激情还会在眼前的空间龙腾虎跃继续游弋下去，直到自己从陶醉中醒来。他的这种"心书法"使他受益匪浅。他只要闭上眼睛，眼前立马就会出现书法史上著名的字帖。这些民族的瑰宝已经深深地植根于全洲的心田里。

二

立字先立人，练字兼练心，可以说是董全洲先生一生的座右铭，而且几十年来，他一直都是毕恭毕敬遵循着这一人生和艺术的法则，在不断地修炼。回眸全洲先生走过的路，为人清清白白，为官清清白白，为文清清白白。全洲先生堂上八旬老母尚在，全洲先生每天毕恭毕敬哄着老人家开心，老母康乐之余，竟为全洲所染，每日习字上百。

全洲先生对书法之爱，实可谓如痴如醉。

在民族书法神圣的殿堂里，全洲循着艺术巨人深深的脚印一路走来。他学习魏碑以张猛龙、郑文功字帖为师；其后习行书以王羲之、王献之法帖为师；再其后习草书以张旭、怀素字帖为师，兼学于右任草书，临帖、摹帖，精妙传神。

光阴荏苒，书法艺术的灵犀之气渐渐在他的身上初露端倪。

他深悟书法的深藏之道，他始终如一地坚持对书法进行钻研和锤炼。不方便用纸笔时，他就在掌上练，地上练，心里练，心领神会，翰墨染意于宣纸之上，终将书法艺术推向了一个通灵透悟的境地。用董全洲的话说，他有"四为"：学秦篆为探书法之源，临魏碑为养书法之气，摹唐楷为壮书法之骨，书张（旭）怀（素）之草书为悟书法之神韵。

董全洲的书法，字体运笔流畅而稳重，线条柔韧苍劲，结字寓变化于飘逸之中。字体的大小参差不一，行距字距错落有致，时现变化之妙。字与字间有断有续，飞白自流，妙趣天然，断处觉密，续处成疏，笔画舒展，线条明快，笔到意到，刚柔相济，飞珠溅玉，留空白以资遐想。从整个书法作品来看，在拘巧中显露潇洒，灵妙中透出朴重，豪放中独见情怀，浑厚中呈现朴拙自然之风，平淡朴实中呈现绚丽之美。

三

董全洲笔下的字，融进了他艰辛的劳动和深厚的"字外功"。

全洲先生历任乡镇长、党委书记，基层的工作艰辛，使他的胸怀变得越来越大了起来，后来，他担任市级机关领导干部，又把这种心胸慢慢地疏放出来，使得他的人生价值和艺术价值，在这一时期同步得到了尽情挥发，尽情张扬。在国家海洋局（北海分局）任处长期间，全洲更是如同大海一样，变得越来越潇洒自如：人如春风舞春潮，字如春风意气高。官有正声胸襟阔，挥笔霜风在银毫。这一时期他的作品，足以看得出马蹄疾驰的人生潇洒和豁达。

这些年来，董全洲为了在艺术上广收博采，他像一位虔诚的朝圣者，他的脚步走到了许多艺术圣地和殿堂。他的书法艺术在美国、意大利、日本及我国香港、台湾等地，有着不可小觑且日渐增大的影响。

但是，董全洲很不介意名气和地位。他说，一个书法家是靠作品说话的。他极力主张书法家要学者化。他说，古代的书法家，首先是学者，然后才是书法家。历史上无数有名的书法家都是大学问家，学富五车，满腹经纶，他们的书法无不透出学问的浩气，他们的学问也无不透出书法的筋骨。真正的书法家是学问与书法结合完美的人。

他认为，书法不仅是"写字"，更重要的是把人格力量提高到一个更高的境界，这才是真正的书法艺术。

董全洲正是沿着这样的一条路走下去的。他多才多艺，不仅精通书法艺术，同时对写作、摄影、旅游、考古等多门学科均有着很深的造诣。

四

我们面对着董全洲一幅幅精湛的书法艺术，感悟、品味、掂量着董全洲的书法作品，似乎感触到一阵阵有力的脉动。这是时代的脉动。这些作品"字中有画，画中有诗"，你会感到他的书法是有灵魂的，是活了起来的。你站在她们的面前，就好像在与历史对话，在与艺术对话，在与你的灵魂对话……

全洲先生是一位饱学之士。孔孟之乡的优良传统熏陶了他，书香门第的高尚家风培育了他。因为饱读子集经典，广涉社会科学，使得他上知天文，下知地理，各门各类，无所不通，无所不晓。按照全洲先生的话说，书法艺术，不是技巧的展示，而是文化底蕴的凝结。为什么中国书法有着如此迷人的魅力？正是因为它是中国文化的博大精深的体现。难怪清华大学郑福裕教授当时看到全洲先生的作品，就十分肯定，因为郑教授当时就从作品的点画线条的勾勒和布局中，看出了全洲先生不仅仅是一位饱学之士，而且还是一位对社会、对人民有着强烈责任感和真挚感情的理性汉子，也是一位对事业、对人生有着极其深刻的认识和怀有远大抱负的志士，更是一位有着远见卓识、与时俱进的高人。

我们凝视着董全洲先生的一幅幅作品，心里只有一句话：祝福董全洲先生的书法艺术，根深叶茂源远流长。

方涛：中国书法艺术的传播者

　　中国的书法是中华文明历史发展的一个载体，作为一个书法家，理应将传承中华五千年文字之美，作为自己神圣的使命和不可推卸的责任和义务，尤其是将书法艺术传授给青少年，对于文化的传承，更具深远的意义。这是书法家方涛先生的座右铭，更是他对中国书法真谛的深刻理解。

　　方涛，号泓韵斋主；著名书法家高波先生的得意弟子，青岛市著名青年书法家，山东省优秀未成年人书法教育工作者。幼承家学，书法功底深厚，其创作法度严谨，厚重而不失飘逸，灵动而不失庄严。他注重吸收历代名家之长，无论是作品的题材、构想、章法、意境等方面，均能广为接纳，为我所用。

　　作为中国书法的优秀传播者，方涛十多年前就注重青少年书法艺术的教育与传授，在教育培训过程中，着重向学生们传播中国的书法源远流长的艺术理论，从培养学生们热爱祖国传统文化入手，以培养学生对古诗文的兴趣作为传播基点，以书法创作要领和技法作为传授重点，使学生们在学习书法的过程中，不但熟练掌握了书法的创作技巧，也大大提高了学生们对博大精深文化知识的兴趣，做到了书法和文化齐头并进，取得了优秀的教育培训成果，很多学生通过走进他的教室，增强了学习文化的兴趣，连续获得"三好学生"荣誉。

在方涛的心里，书法中的法字即法则，法不可违，因自然不可违。任何艺术都有它特定的形式原则，书法也不例外。因此，在教育培训过程中，他严格要求每个学生反复临写各类字帖，掌握"书之妙道，神采为上，形质次之，兼之者方可绍于古人"理论体系，引导学生掌握住点画线条及其结构组合中透露出的精神、格调、气质、情趣和意味，并在日臻成熟的基础上，融入自己的学识修养和自己的审美情趣。

宝剑锋从磨砺出，梅花香自苦寒来。为了把优秀的传统文化和书法艺术认真地传授给学生们，方涛遍访名家，潜心求教，把自己获得的教益一点不漏地传播给学生，传递给社会，做到了真正意义上的教学相长。学生王佳宁的家长对记者说，方涛老师在培养孩子们的艺术兴趣方面，真的是呕心沥血，用自己辛勤的汗水和心血，滋润着孩子们在书画艺术道路上茁壮成长。

辛勤的汗水，换来的是丰硕的成果。十多年来，从方涛手里走出了一千二百多名优秀的学生，他们大都在不同的岗位上发挥着重要的作用。同样，他所教授的学生们，共有六百多名获得了全国、山东省和青岛市、李沧区中小学学生、行业系统书画大赛（展）的金银铜奖，有的学生已经成为专业的书法家，在全省书画大展中，获得了优异的成绩。

从方涛的身上，我们看到了中华优秀的传统文化的未来，看到了中国书法艺术的辉煌。愿我们的社会多一些像方涛这样为了祖国书法艺术而"俯首甘为孺子牛"的传统文化的传播者。

飞针"盛小鬼"

大千世界，无奇不有。

初中的时候学过一篇课文，叫作《卖油翁》，当时就为卖油老汉"取一葫芦置于地，以钱覆其口，徐以杓酌油沥之，自钱孔入，而钱不湿"的功夫所惊奇。随着年龄的增长和阅历的增多，我突然发现身边有了越来越多不可思议的高手牛人，无论电视上还是网络上，都能经常看到这样那样的民间技能达人的奇闻异事，这些奇人奇事为社会创造着众多的奇迹和财富，也如同鲜花绿树、青山河流一样，装点着我们的生活。

九月份我回了一趟即墨，因为青岛有一个文化发展策划项目，所以在即墨待了较长时间，也有了足够的时间同亲朋好友相聚，于是，四弟李兆逊接我去他家住了几天。兆逊在家排行老四，所以我总是称呼他老四。老四是我即墨的一位好兄弟，他自己做了一个建筑公司，缘于为人谦逊和诚信专业，在墨城建筑行业颇有一些名气。老四年轻的时候就对畜牧兽医尤其在畜牧检疫方面很有些研究。多年来，即墨区对动物检疫工作抓得很紧，随着禽畜养殖屠宰加工行业的不断发展，动物检疫工作量陡然增大了起来，一些监督站在畜牧兽医局的安排下，遍访全区畜牧兽医方面的社会人才，吸收充实进动物卫生监督队伍，老四李兆逊就这样被充实进了即墨区畜牧兽医局城区动物卫生监督站。老四为了动物的卫生安全，更为了畜牧局领导的知遇之恩，把建筑公司的事务交给了公司副总全权打理，义无反顾地整天开着他的"雷克萨斯"奔忙在了城区动物卫生监督的道路上。尽管以前也经常因事回即墨，但是通常都是来也匆匆去也匆匆，加上老四整天忙于工作，有时候经常工作到下半夜，所以我回去一趟也就是电话打个招呼问候一下而已。

老四知道我喜欢吃海鲜，星期六晚上他弄了一堆螃蟹大虾、海螺贝类，找了几个城区监督站的同事陪我一起喝喝酒聊聊天。席间，一个算是五短身材的"大男人"引起了我的关注和兴趣，你看他那沙窝地里长出的芋头似的头上，密匝匝长满了短短的头发，两只耳朵呈扇子形挂在两边，从正面看过去都能一览无余，黑扑扑的一张脸上，闪烁着两只挺大的亮亮的眼睛，大概黑夜里关灭了灯都能看到两个亮点在忽闪。或许是因为嘴巴太小，一笑起来，他的嘴巴就会使劲儿地往外咧，以至于眼角和鼻子两边都会抻起一道道的皱纹，于是，这张脸上便刹那间写满了忠厚，写满了实在，写满了笃诚。老四半打趣半认真地跟我说，陈哥，他姓盛，我们大家都管他叫"盛小鬼"呢。说到这里，大家都开怀大笑了起来。这个"盛小鬼"刚刚喝了一大口啤酒，一听此言，噗的一声，啤酒沫子从嘴巴里和鼻孔里一齐喷射了出来，笑得自己直抹眼泪儿。老四说，别看他长得不起眼，可是身怀绝技，有"飞针采血"的本事呢。

飞针采血？这个词一下子勾起了我的兴趣，于是，我不但来了个"刨根问底拦不住"，而且经过监督站朱站长同意，第二天便来到了他们的工作现场，对他的"飞针采血"来了个现场观看。到了工作现场，我才了解到原来这个"盛小鬼"在即墨以及即墨周边，是一个小有名气的兽医呢，无论牲畜疾病防治还是牲畜人工授精，他都非常在行，鳌山卫养殖户跟我说，他们家的牛羊，都是盛老师"亲自配"的哩。这话说得多"生动形象"啊，大伙听了都哈哈乐了，说这是真的呢！

"盛小鬼"本名盛瑞辉，父亲是一个老退伍军人，改革开放初期，父亲开始养殖奶牛奶羊，养殖规模也慢慢扩大，那时候农村禽畜养殖业方兴未艾，牲畜疾病防治成了大家焦虑的事情。就是从那个时候起，"盛小鬼"决心要学一手精湛的兽医活儿，于是，他趁父亲请青岛著名兽医专家王荣庭和张树林两位教授来养殖场给牛羊防治疾病的机会，屁颠儿屁颠儿跟在老师的屁股后头，偷偷学了起来。两位老师发现了他干起活来不怕脏不怕累，总是一副灰头土脸鬼头鬼脑的样子后，笑哈哈地说："你呀，真是个聪明伶俐的小鬼头啊！"就这样，他便十分荣幸地拥有了一个很诙谐的绰号——盛小鬼。

从此，"盛小鬼"就拜在了两位专家门下，两位专家对这个鬼头鬼脑的家伙甚是喜爱，把各自积累的专业技能一股脑儿地全盘教给了他。这下子盛小鬼可"翅翅"（即墨方言，骄傲的意思）起来了。你想啊，当年的寇老西为了审潘杨两家的案子，才好不容易向皇帝讨了个"双天官"，眼前的这个"盛小鬼"凭着机灵和勤奋，竟然博得了岛城两位大专家的青睐，直接收为亲传弟子，何其幸哉！就连我都为"盛小鬼"当年交了"兔子运"骄傲的呢。

"盛小鬼"得到了专家的真传后，勤学苦练，无论是牲畜疾病防治还是人工授精，只要经过了他的"鬼手"，命中率那叫一个百分之百还多呢。

我不知道牛啊驴啊羊啊猪啊什么的，是不是也像我小时候最怕打针，见了医生就如同见了鬼一样恐惧，但是有一点是肯定的，动物们见了兽医肯定不会那么友好，就如同一个屠夫摸了一把成年的猪以后，猪就会不吃不喝一样。牲畜们见了穿着防护服的卫生检疫督察人员，也许意识到又要受皮肉之苦钻心之疼，而且又将面临"血光之灾"，于是大都会拼了老命一般挣扎，自然就会给检疫血样采集带来很大的难度，不但会影响畜牧卫生检疫进度，而且也会造成不必要的人员伤害，更会影响牲畜的正常生长和生产。"盛小鬼"说："栽树莫让树知道，采血需趁畜不防。"经过多年的勤学苦练，这个"鬼"终于摸索出了一套令人脑洞大开的"飞针采血"的技能。

牛栏里，奶牛正慢条斯理地咀嚼享受着甜甜的玉米秸秆和精饲料拌在一起的香甜滋味，沉醉在"牛生"的甜美幸福之中，"盛小鬼"和同事走近了，牛儿歪着头哞了一声算是给了他们一个不太友好的暗示，接着又慢条斯理地享受"牛间"幸福生活去了。这时候，只见"盛小鬼"在距离牛儿五六十厘米开外的地方，前腿那个弓后腿那个蹬，心不慌来那个眼儿明，右手举针左手晃动，一支针管飞出手中，一根针儿精精确确插在了牛脖颈中……朱站长在一旁说道，他是飞针无虚发，针针必见血。

我问"盛小鬼"如何练就了这么一身"牛"功夫，"盛小鬼"嘿嘿一笑，学着卖油老翁的口气，滑稽地摇着头晃着脑说道："无他，但手熟尔。"

世上无难事，只怕有心人。只要功夫深，铁杵磨成针。有句话道，"高手在民间"，不管你信不信，反正我信了！

与善良同行，到处都有阳光

胡佳燕给我寄来了两本书《文静语录》（上下册），透过满满的励志文字，我看到了作者邹文静励志发奋，成就了奇迹人生的精神，更看到了一个非凡生命的历练过程。正如佳燕跟我说过的，邹文静是她心目中所崇拜的最伟大的老师。

一个人，如何生活才算一个完美的人生？浑浑噩噩是一辈子，励志向上是一辈子，传递能量激发别人也是一辈子。多年来，我总结出一个道理：凡是向社会不断传递散发正能量的人，才是真正意义上善良的人。

胡佳燕就是这样的一个平凡却又不平凡的人。佳燕是湖北恩施一所三甲医院的白衣天使，同时，她还是一位具有高水准的营养师、健康管理师、食疗调理师。不但人长得漂亮，而且拥有着一副善良阳光的心肠，从她的微信朋友圈可以看得出，她已经把对社会弱势群体的关爱，当成了自己生活中一件很自然的事情了，就如同善待自己的父母亲人一样，自然得已经不能再自然了。我曾经一次次揣着一颗敬重的心去翻读她的朋友圈，一次次为这样的一个年轻人的善良和义举所感动，她的善良有一种佛性的光点，所以我竟一度猜测她是一位身被佛缘的奇特女子。尽管与佳燕交流不多，但是我却能从字里行间看出一颗平静的心、一颗平常的心在我的眼前殷殷跳动，这颗年轻的心无时无刻不在散发出一种能量一种信息，在敲打着我的灵魂，在端正着我的思想和行为，在升华着我的生命，于是，一种力量便生成在了自己的身上。

医者父母心，悬壶能济世，是一种大境界，而生成这种济世境界的内在，便是善良。一个人怀揣着一颗善良之心，无论身处何等境地，都会被一片片的阳光所照耀所包围，自己的阳光积累得多了，便会自然而然地挥发出来，给别人以光明和温暖，让更多的人受到感染，受到敦促，于是，更多的人也变得善良了起来。

年轻的时候我读佛教经典，总是想不通为什么如来佛祖、观音大士、菩萨罗汉们周身或头顶会有着光环，到了现在才悟出了一些端倪，原来他们头顶上的光环不是画出来的，而是他们不断修行自己、不断普度众生所"修炼"而形成的众生对他们的敬仰。有了众生的敬仰，佛便有了耀人眼目的光环。其实，人何尝不是如此？一个人能够常怀善良，心存感恩，便会聚拢更多的能量，有了这种无比的能量，便会吸引更多的人们聚拢在身边，来分享，来发散，于是，便会拥有众人的尊崇，便会光环闪耀。

胡佳燕就是一个头顶上有着光环的人。

与善良同行，到处都有阳光，所以，胡佳燕总是那样阳光灿烂，因为她的整个心灵，都充盈着满满的阳光。

心里有阳光，人生就不会有阴霾。

与善良同行吧，你也会到处都有阳光！

黄蓉和她的博雅汉韵

【采访概述】

黄蓉：青岛博雅汉韵文化艺术培训机构创始人，青岛广博风雅文化传播公司总经理，现为青岛市委宣传部讲师团讲师，青岛农业大学客座讲师，青岛市语言表演类大赛评委，青岛市培训师联合会理事，即墨区政协常委、即墨区语言表演艺术协会会长。其创办的青岛博雅汉韵文化艺术培训机构，成为山东社会培训机构的一个优秀的品牌，正在满面春风地向我们走来，今年暑假期间，博雅汉韵"魅力培训系统"正式启动，将面向全国进行演讲培训、魅力声音塑造师资培训，打造一流有激情活力的演讲主持讲师。

在青岛，有一处可以称之为"老字号"的文化艺术培训机构——青岛博雅汉韵文化艺术培训。说起博雅汉韵，在整个青岛地区乃至山东大地，可谓响当当。忽如一夜春风来，万紫千红百花开。十多年来，从这所学校走向社会的优秀文艺人才已经遍及齐鲁大地，有的已经成为地方电视台的台柱子。可是谁能想到，当初创办这所学校的，竟是一位年龄不到三十岁的姑娘——她就是多才多艺、美丽俏皮的黄蓉。

自主创业，走出一条成功路

2008年，青岛即墨市总工会，一位美丽的姑娘走进工会领导办公室，落落大方地说想利用总工会职教中心部分房子，创办一所文化艺术培训学校。工会领导端详着这位双目写着坚毅的姑娘，似乎有些担心地说，姑娘，自主创业值得大力支持，但是创业项目一定要慎重，培训学校招生会有一定的难度，这些你都想好了吗？黄蓉扑闪着两只大眼睛，一声不吭地拿出自己经过半年多广泛深入的社会调查形成的创业报告，双手递给了领导。领导仔细阅读了她的创业报告，大为赞赏……就这样，最初的即墨博雅艺术培训学校挂牌成立了。

风乍起，吹皱一池春水。一个新生事物的生成，必然会引起人们的怀疑和观望。黄蓉经过社会调查，摸准了大家的心思，于是，她公开宣布：任何人都可以先行来博雅汉韵试听，想不想正式报名学习一律请便。那时候，从青岛聘请的优秀授课老师的授课费用可是一笔不小的数目，说实在的，也就是黄蓉这样大咧咧的人能够做得出来。经过一段时间的试听，博雅汉韵的培训竟然忽如一夜春风来，一下子吹遍了即墨城的大街小巷。那时候正是青岛地区婚庆文化兴起的初期，很多年轻人想从事婚礼主持、新娘彩妆等行业，博雅汉韵的诞生，正好满足了这一群体的需求。很多人经过试听，纷纷报名参加学习培训，使得博雅汉韵这株幼苗，很快得以成长起来，就连济南、青岛、烟台等地的人们，也慕名走进博雅汉韵。几年来，从博雅汉韵学校走出去的主持人、彩妆师、策划师等，竟达五千多人。很多学员脱颖而出，已经成为当地电视台、电台的主播，有的成为当地文艺团体的台柱子，有六百余名学员在全国、省级、地级专业技能大赛中获得金、银、铜奖。

青岛金牌主持人吴歌（吴祥青）来自即墨偏远的农村，十年前，他在一个偶然的机会接触到博雅汉韵，经过专业化的培训，改变了自己的一生。他说："没想到博雅汉韵黄老师，把我从一个地地道道的农民，打造成了享誉岛城的农民艺术家，让我在舞台上叱咤纵横，成了青岛民间文艺界的'明星'，我由衷地感恩黄老师，感恩博雅汉韵。"

少儿艺术，百花争满在岛城

金庸先生在《射雕英雄传》中塑造了一位古灵精怪、聪明伶俐、童心无邪的可爱的黄蓉，世间的事情就是这么巧合，即墨博雅汉韵的这位黄蓉，与"桃花岛"出来的那位黄蓉，有着惊人的相似（只不过博雅黄蓉不会武功）。因为怀有一颗童真之心，黄蓉发现即墨当地的教育部门尽管非常重视普通话教育，但是因为方言等方面的局限，学生们的普通话成为家长和社会头疼的事情。黄蓉通过跟一些小学生交流，忽然感到自己肩上的担子重了起来，于是，博雅汉韵少儿才艺表演、少儿普通话、少儿主持人、少儿口才与演讲等一系列少儿艺术班，应运而生了。

博雅汉韵少儿才艺系列培训班成立的消息传来，即墨城区一度出现过一道亮丽的风景：一到周末节假日，博雅教室外总是聚集着一堆孩子家长，满心欢喜地隔着窗户，欣赏自己的孩子演讲和表演，看到孩子们有板有眼的表演，妈妈们的心里都开了花。

在对孩子们的培训教育过程中，黄蓉几乎每堂课都要用孩子们的语言和腔调同孩子们交流，给予孩子们以鼓励和能量，孩子们都亲切地喊她"大眼睛姑姑"。看着一茬茬少儿班的学员们的优秀表现，黄蓉犹如看到自己孩子有了优秀表现一样，脸上显现出灿烂阳光。她充满深情地对记者说：孩子是祖国的未来，在博雅汉韵，我们不但让孩子们接受到了正规的艺术培训，还让他们受到了优秀的传统文化教育，这对于孩子们来说，真真正正地为他们的未来做好了传统文化的基础准备。因此，学校少儿班同学多次获得即墨区十佳小主持人、青岛市十佳小名嘴、全国优秀小主持人等称号，学校主持演讲比赛项目的冠军的 80% 以上，都是学校的三好学生和优秀班干部。

成人艺术培训如火如荼，少儿艺术培训万树梨花。在常人的眼里，黄蓉应该感到满足了，事业、家庭、社会影响和地位都纷纷眷顾着她，可是，黄蓉又是怎么想的呢？

企业培训，全景展现大风采

不登高山，不知天之高也；不临深谷，不知地之厚也。知识，是黄蓉不断进步、不断提升的阶梯，更是黄蓉和她的博雅汉韵不断走向辉煌的有力支撑点。

为了做好艺术培训，这些年她参加各种各样的语言表演培训、演讲培训、曲艺训练、魅力演讲……前年还报考了中国传媒大学系统培训班，每年都要拿出大部分时间来进修学习；2010 年，刚结婚生子不久的黄蓉，做出了一个令全家都"目瞪口呆"的决定：报考清华大学企业管理领袖培训班。说干就干，说走就走，是黄蓉一贯的作风。走出去，世界就在你的面前；不走出去，眼前就是你的世界。经清华大学一年的培训，黄蓉的学识、阅历陡然提高，视野、心胸更加开阔，学成回到即墨，借助个人魅力和博雅汉韵的品牌力量，把即墨的企业文化培训搞得光彩夺目。

青岛浩尔服饰有限公司，是山东省著名的内衣生产企业，公司研发推出的"鸥都""豪尔斯丹"针织内衣品牌，享誉国内外，成为国内优秀的针织内衣品牌。总经理车淑梅对记者说：自从我们浩尔邀请黄校长担任公司的文化礼仪培训顾问以后，员工精神面貌发生了巨大的变化，企业风采也得到了极大的展示和释放。

听着车淑梅神采飞扬的描述，我突然领悟到黄蓉那句"博雅汉韵，就是要让企业风采全景式展现和释放"的真切含义。

博雅汉韵，潮平岸阔正扬帆

优秀女企业家的桂冠戴上了；著名企业、优秀文化艺术培训机构的荣誉接踵而至……

成功，不仅仅是来源于辛勤的汗水。博雅汉韵从单一培训到整合发展的过程，每一步都浸润着黄蓉的心血和智慧。一路欢笑，一路凯歌，一路阳光，一路花香。花香自有蝴蝶来，海阔引得龙凤舞。

著名评书大师刘兰芳来了，欣喜地看到励志奋发的黄蓉，高度评价道："她的文化底蕴和艺术水平决定了她思想的高度；思想的高度，又支撑起了她事业的高度。黄蓉的成功之路，是一部励志的书，捧读黄蓉，你会感受到有一种正能量充盈在心间……"

山东省曲艺家协会主席孙立生评价说："别看黄蓉年纪小，聪明智慧满大脑。博雅汉韵是沃土，桃李芬芳尽妖娆。"

著名相声演员唐爱国（糖葫芦）和山东电视台著名主持人"小么哥"等也纷纷给予了黄蓉和她的博雅汉韵以高度而中肯的评价……

潮平两岸阔，风正一帆悬。

黄蓉，你就是一片阳光。博雅汉韵也宛如阳光下蓝蓝海面上的一条大船，在阳光下扬起风帆！

温润如玉的女子叫管静

　　美女管静给我从广州寄来了一个精致的小盒，轻轻打开来，一尊用鸡蛋大小的和田羊脂精雕而成的观世音菩萨，静静地打坐在莲花宝座，慈悲的眼睛柔柔地看着我，兰花般纤纤玉手里的玉净瓶儿里，似乎装满了东海之水，正一滴滴地挥洒着甘霖，滋润着大地，滋润着我的心灵。

　　我不知道为什么世间所有的美都是与女子有关：春天的芳草是女子的清秀；夏天的花儿是女子华颜；秋天的丰盈是女子的雍容；就连顶天飘舞的雪花儿竟也是女子的纯洁呢。我真服了自古以来的那些个文人墨客，他们怎么就把世间的美都与婀娜的女子联系在了一起，把人间的事物描写得如此曼妙如此多姿多彩？就连一块石头，因为有了与女子的结合，也变得有了灵性且益发贵气了起来，于是这世间的女子也变成了如花似玉的灵动的仙子了。

　　今年六月份在广州采访时，我认识了一位女子，美貌如若一朵沾着露珠儿初放的花儿，柔情更似一块精美温润的宝玉。一见到管静，陆机的"玉容谁得顾，倾城在一弹"的诗句，便闪现了出来，我搜肠刮肚想找一些词句来形容眼前的这位光彩照人的女子，这时，醉乎乎的李太白老爷子飘过来，附在我耳边摇摇晃晃轻轻说了一句：玉面耶溪女，青娥红粉妆。天哪！我真的是对李太白这个浪漫的老爷子佩服得五体投地了，你看人家醉得东倒西歪，月朦胧鸟朦胧，见了美女依然这么才思敏捷，真真让我自愧弗如。

女人如玉，玉如女人。眼前的这位管静为何会这样如玉般温润，如玉般楚楚动人？原来人家本来就是和田美玉滋养出来的呢！

和田自古出美玉。管静祖祖辈辈就是昆山玉工，那从远古走来的昆山之石，从她的一代代祖先手里出来的时候，便有着生命灵动的羊脂般的温润。到了她父亲这一辈，更是赋予了昆山之石以生命。从小就在美玉林中长大的管静，对和田玉有着奇特的情感，豆蔻时代已经学会了玉器的雕琢和鉴赏，大学毕业后，这个如玉的女子悄然携带精美的和田来到了羊城，建立起了一座富丽堂皇的"锦绣玉宫"，成了整个闽粤地区响当当的玉器经营和鉴赏的文化企业。进得"锦绣玉宫"，美玉，美女，美景，美意，一齐美美地包围着你，让你的心儿感到美滋滋甜蜜蜜的，宛如贾宝玉进了太虚幻境迷离不归，又像是刘姥姥进了大观园眼花缭乱。

如果说佩玉的女子总有一脉脉一丝丝说不尽的婉约，那么做玉的女子，本应该伫立于陈逸飞的油画里；如果佩玉的女子天生就是与茶与琴为伴，那么做玉的女子便是那万丈红尘也无法惊扰到她的人间仙子。尽管风雨侵袭，时光轮回，岁月沧桑，也无法在她的脸上留下岁月的痕迹，无论时光如何老去，她抬眼一笑，依旧是从前的月白风清。

管静，是一位既佩玉又做玉的女子，天地的灵气，岁月的精华，都一览无余地集中在她的身上，这不能不让我心生妒意：天下女子千千万万，为什么上天要把所有的美都集中在她一个人的身上呢？

"丽华秀玉色，汉女娇朱颜。"中国的女子，天生适合佩玉。玉的温润莹洁、玉的含蓄细致，那种静静栖于一处不事张扬的内敛，那种蕴含在极深处的世事沧桑，也改变不了她的美丽。

想象着一个清丽的女子，自茫茫人海中盈盈逸出，齐眉的整齐的刘海、完美的古典的鹅蛋脸，浅笑轻颦，脸颊上浮起淡淡的红润。偶然间，一阵轻风荡起她的长发，她伸手撩到鬓边，露出了戴在手臂上的翡翠镯子，莹莹的剔透的白，里面有凉沁沁的翠绿色在舒缓地荡开……

一块玉，在与肌肤的日夜相亲相随中，渐渐会变得更加细致和更加柔润。一个人，在与玉年年月月的长相厮守中，终将与玉渐渐共为一体。于是，一首嵌字诗便在我心中氤氲而起——

管子后人尽风流，

静观春夏与秋冬。
如若瑶台仙子在，
玉出和田不可求。
珠光宝气照岭南，
江晖山影一眼收。
流丹浮翠生百媚，
彩凤关关动九州。

南国情暖满心窝

　　贾波从海南岛给我寄来释迦果和玫珑瓜的时候，北纬40度的北京正是寒风凛冽，连电线上的麻雀都瑟瑟发抖的时节。打开包裹得严严实实的箱子，看见一只只可爱的南国的瓜果，我心里一股暖流涌动着，暖流的涌动，使我不禁又对真诚的友情多了一份感悟。

　　贾波是哈尔滨人，作为黑龙江省最大的房地产开发商——黑龙江金源房地产开发集团公司海南公司的总经理，缘于工作关系，二十多年来已经在海南深深扎下了根，更像海南高高的椰树一样，高高地结出了丰硕的果子。东北汉子的浑厚，东北汉子的彪悍，东北汉子的质朴，东北汉子的豪放，海南男子的热情，海南男子的细腻，海南男子的柔情，海南男子的真诚，一样不少地集中在了他的身上，又一样不少地写满了他的脸庞，最后浓缩在额头下面的那双似乎总也睁不大的小眼睛里。于是，即便是看上去满脸怒气的时候，那双小眼睛也每时每刻发散着柔柔的笑意，会让人油然而生一种一见如故的感觉。正缘于斯，我同贾波于丁酉兰秋之时，因小弟庆子大婚，相识在了美丽纯净的百湖之城——大庆。

　　七月的大庆，廊榭共芷水合璧，兼葭同蓝镜媲美！萨尔图的蓝天上，静静悬挂着朵朵白云，把大庆人的好客高高地描绘在了天上；莲花湖碧水荡漾、百鸟歌唱，用婉转悠扬的歌儿呼唤着五湖四海的宾客；龙凤湿地的荷花，绽开了一张张粉嘟嘟的笑脸，淋漓尽致地舒展着大庆人的热情。就在这样的一个令人激情荡漾的日子，我又一次来到了大庆，并第一次见到了贾波。

在大庆的几天里，我和贾波以及他海南好友阿云、阿陆等，如同久别重逢的老友形影不离，做事的时候撸起袖子杠杠地拼，喝酒的时候飙起膀子嘎嘎地灌，把阿云阿陆两个纯正的海南人，也熏成了嘎嘎豪放的北方汉子了呢。本来不胜酒力的两个海南"大汉"，在贾波一句"烟是爹，酒是娘，抽死喝死总比枪毙强"的强大的"震慑"下，每人竟然能灌下去一瓶多"东北王"……庆子婚礼结束后，因金源地产在哈尔滨开盘，我应贾波之邀到了哈尔滨做了两天的短暂逗留，分别之时，贾波阿云驱车相送，依依不舍。尽管他们盛情邀请我去海南做客，但是对我来说似乎是遥遥无期，心里也就默默把贾波的邀请沉淀成了一份朋友间的客套。

缘分的降临和延续往往就在一瞬间，很多重逢看上去似乎遥遥无期，其实就在一步之遥。九月末的时候，三亚举行世界太极文化大会，我受栏目组指派带队前往进行采访报道，竟成就了我和贾波的海南之约。火车从琼州海峡的北港码头登上渡轮到达海口南港码头的时候，已是凌晨两点多了，刚登陆，我就收到贾波祝贺登陆的微信。原来他一夜没睡，时刻关注着火车动态啊！我的眼睛里顿时噙满了热泪……

东方到了！当我拖着行李箱走出火车站的时候，贾波已经等在了凌晨四点的东方站口。一个紧紧的拥抱，两个大男人竟然相互间没有说出一句话。在海南，贾波喊上阿陆阿云一群好友，像照顾一个耄耋老人一样悉心照料着我这个大哥，让我这个第一次离开大陆到了海南岛的人，深深感受到了这份炽热的兄弟情，把海南深深地，深深地印在了心里……

人世间，友情是一种特殊的旋律和美质。当我们在时空的长河里跌跌撞撞跋涉了几十年，回首再看世事沉浮，深感人与人之间的相遇和交往是多么美好，如果没有友谊，生活就会没有悦耳的和音，也如同嚼蜡般乏味。有个比喻说得极具形象性：伞撑了许久，雨停了也不肯收；花儿嗅了许久，枯萎了也不肯丢；真挚的友谊，即使青丝变白发也能在心底深深地保留。所以友谊之于人，犹如阳光之于人，饮食之于人，生命之于人。珍惜友谊的人是高质量高品位的人，茫茫人海知音难觅，友谊无价！牵挂别人，是一份责任，被别人牵挂，是一种何等的幸福和温暖啊！

我的海南岛的兄弟们啊，你若安好，便是春天！

有诗的地方是远方

　　波修从北京领奖回到家，把获奖证书和奖金往抽屉里一放，就到他的玉米地里收玉米去了。按说作品获得全国级的创作大奖，起码要请请客祝贺一下，让大伙跟着分享一下喜悦，也正好借大伙之口传播一下，这应该是很正常的事情，而波修却是默默地来到北京又默默地回到了家乡，甚至别人都不知道他来没来过北京，即便是知道他来了北京，恐怕也不知道来京是为了何许事。

　　他就是这样一个低调的人，低调得心里只装着梦想，只装着远方。

　　在诗人的眼里，诗就是远方，远方便是诗。

　　我不知道当年李太白为什么说钟鼓馔玉不足贵，也不知道杜工部的茅屋缘何为秋风所破，更不知道陶渊明怎么会归去来兮，悠闲地采菊于东篱之下……自打与波修相交，方从他的身上看到了古人的影子，也琢磨出了古代圣贤的那份心存恬静而又意于远方的情怀。

　　李波修写了三十多年的诗，他的笃诚，他的信奉，这么多年来在我眼前依然栩栩而见。

　　我与波修是即墨二中同学，又同属温泉镇，所以相交甚笃。在温泉工作时，两个人经常在他的家里把酒彻夜，听着海浪声声，想着天上云动，激扬文字，挥斥方遒，就着那少年风发、书生意气，杯杯下肚，他肚子里的诗歌，也便借着喷薄的酒气喷薄涌出。波修读了好多书，他尽管在表达上不算才思敏捷，但他对诗歌的创作，确是精雕细琢，字推言敲。上次我回即墨，从怀英主任处偶见新出的《即墨诗词》，上有波修格律诗几首，读来颇有感触，波修那痴迷的样子，很自然地又浮现在了我的面前。

年轻的时候，我曾主管温泉群众文化事务，当时波修送我一首对我饱含希冀的沉甸甸的诗，在他的"愿君终成垂钓人"的字里行间，我分明看到了纸的背后那一双朴实的眼睛和他那张朴实的脸。后来，在我发起的首届"新温泉杯"文艺创作大赛中，波修的一首《江流远》走进了评委们的眼里，当时为了避嫌，尽管评委们大都建议评为诗歌类一等奖作品，但我还是坚持把他的作品列入了二等奖，想来这是我最对不起波修的事情了。

波修与世无争，一直生活在家乡的农村，就像厚实的大地一样，仰望着辽阔的天空，才情和诗意如同土地上的树木花草一样，日日生发，岁岁生长。不论生活多么艰苦，不论风霜多么冷酷，他都是默默地用一双诗人的眼睛，静静地面对着天地万物自然界的一切，采撷着一朵朵生活的浪花，写成一行行诗句，以之作为大地和长天的对话；又像是一个歌者，用美丽而朴实的诗句，来尽情讴歌着朴实而美丽的生活，向着天地之间，传递着一种带着光芒的能量，照亮着一个个生灵，向着远方，向着远方遍赏一路风光。

波修写了三十多年的诗，而我手头，却只有他以前写的寥寥几首。那就让我们像向春天的大地播撒几粒种子一样播撒在此，愿这些种子能破土茁壮成长，开放出最美最艳的花儿，来装点纯文学的园地，装点人们的生活。

有诗的地方是远方。

李波修，你的远方有诗，你的诗里有远方……

德平媳妇的崂山绿

我真是让苏东坡老爷子这个彻头彻尾的茶痴搞醉了。对于茶，他可是无所不用其极。他写过一首至今为人津津乐道的《次韵曹辅寄壑源试焙新芽》：仙山灵草湿行云，洗遍香肌粉未匀。明月来投玉川子，清风吹破武林春。要知冰雪心肠好，不是膏油首面新。戏作小诗君一笑，从来佳茗似佳人。

心向阳，人淡情浓，是一种生活态度，更是一种人生境界。对着一盏灯、一壶茶、一卷书来细思量，这是古代许多文人墨客的生活写照。书伴左右，茶沁人心，他们以茶配书，以茶会友，更以茶养性。茶，就像人生的一幅泼墨山水画，表虽浅，意却深。品茶之人如是，那么采茶制茶之人又若何哉？按照苏老爷子佳茗似佳人的说法，我想，采茶制茶的一定是仙子转世，别的人我不知道，徐德平的媳妇绝对算得上是其中之一了。

今年春天的时候，远在家乡即墨的好兄弟徐德平给我发来一箱崂山绿茶，我没舍得自己喝，分享给了几位北京的好友，他们喝了我分享的茶叶后，一齐给我打电话问是什么茶，为什么从来也没喝过如此好的茶？更有甚者，竟然电话中兴师问罪，说什么认识修远这么长时间了，有这等好茶竟然藏匿至今，弄得我心里一个劲地埋怨小徐，家里有这等上好的仙茶偏偏不早些让我分享。

小徐家的茶其实是小徐媳妇负责生产加工的。小徐做的是建筑行业，每年都有几千万的建筑工程，平日里除了喝茶之外根本就无暇顾及他们在崂山的茶叶种植生产基地的事。听小徐媳妇说起炒制茶叶，仿佛会感受到天地之间一股氤氲的清气，从心间蒸腾而起，看着小徐媳妇督导炒茶，那叫一个享受，会令你沉醉在一种浓郁的茶文化的氛围之中。

新茶如酒易醉人。听着小徐媳妇对采茶和制茶那细腻的讲述，我的眼前仿佛看到了漫山白雾弥漫下的黛青色的崂山，那青山，碧水，清露，茶尖，碎花头巾，碎花衣衫，茶山妩媚的春色。

融融八水九水崂山水库，薄纱晨雾，娇娇莺啼，茶乡飞歌，绿红相扶，一缕缕淡淡的茶香，氤氲着这中国北方的道教名山。

巧手细采云中月，采得满怀染乳香。碧水蓝天，鸟语唧啁，歌声婉转，笑声爽朗。一行行齐整的茶树，三五成群的采茶女，背着茶篓，穿梭于茶林田埂，一双双轻盈的莲步，踩着春天的鼓点，在云雾中徜徉，在春风里嫣然。

崂山的春茶啊，在小徐媳妇她们的欢歌笑语中，欣欣然醒来了，经过寒冬的洗礼，春雨的滋润，吐着新绿，鲜嫩滴翠，抖落一冬的霜雪，叽叽喳喳地舒展开来。绿气盈盈的晨露里，她们玉指舞动，采撷着点点新绿，收获着大山的梦境；玉口倾情，哼鸣着采茶恋歌，嬉戏着早春的情趣。"采茶人儿山中走，茶歌飞上白云头；满山茶树亲手种哎，崂山的茶香满山流。风吹茶树香千里，惹得天上神仙人间走……"优美的韵律在山谷荡漾，寂静的山坡充满了青春的活力，朗朗的笑声感染茶香，山谷变成了欢乐的海洋。

一袭袭裙裾，一篓篓春色，妆点着绿浪翻滚的茶园。

小徐媳妇可谓是制茶好手，她轻启朱唇，娓娓道来："茶叶采摘下来后，茶叶极易吸异味，因此盛放茶叶的都是没有异味的竹篾筐。在竹篾筐中把茶叶薄薄一层摊开，叶上不能叠叶，将水汽晾干，便可下锅炒制。手工炒茶用当天采摘的新鲜茶叶，色泽翠绿，叶质柔软，使用农村的传统土灶、大铁锅和木柴，大火使铁锅受热。用手掌感受铁锅的温度达到适宜，迅速倒入簸箕中选好的茶叶，一次放入五到八两鲜叶为宜，双手迅速翻炒，使茶叶均匀受热，水分大量蒸发，颜色变暗，有茶香飘出，这是第一步：杀青。第二步：做形。将杀青后的茶叶放入簸箕中摊凉，改用小火复炒，双手展平拍打，紧压茶叶，使茶叶固定成形。既要搓成卷曲状，又不能用力过猛以致揉烂。第三步：烘焙至干。用铁锅的余热，翻炒后将茶叶摊平在锅中，茶叶散发出沁人的清香。最后，茶叶完全失去了水分，外形扁平挺直，色泽黄绿明亮，茶香清新，及时出锅并封存。"

　　六月份在崂山访道期间，看到小徐媳妇携三五同伴一起，给崂山道长送上了自己炒制的新茶，于是，我想到那道法超然的崂山道士，他们是不是因为天天品尝这曼妙的崂山绿茶，才具有了超凡的法力，才具有了这仙风道骨、鹤发童颜？能品出"茶山听鸟鸣，清茶闻泉吟"的意境的，不正是崂山道士吗？几片茶叶，浸泡在他们案几之上的青瓷茶杯中，然后舒展叶片，在水中轻轻地，轻轻地漂浮。夜色渐浓，清香弥漫，袅袅地飘散在每一个寂静的角落，若一支绵长的乐曲，在人生的四季里，起起伏伏。一抹淡淡的绿，能听见山风，能感觉到阳光雨露，唤醒茶的前世今生。茶之韵，在于喧嚣城市中的回归自然，平复心情的清心静气。茶之韵，在于在袅袅茶香中感受到清淡里的隽永悠长，瞬间即永恒。心之静，茶之香。看着清澈的茶汤，闻着淡淡的茶香，回味悠悠的太极阴阳，在这样的氛围里你能说这仅仅是在品茶吗？

　　茶禅一味、诗酒文章，古往今来能把酒文章做到瑰丽多姿的只有李白了。这位旷世奇才号称斗酒诗百篇，不论这个称号是否夸张，单就一句"天子呼来不上船，自称臣是酒中仙"就把这位大诗人蔑视封建权贵的傲然风骨表现得淋漓尽致，能把酒喝到这样一种境界的人，上下几千年也就是这位诗仙了。饮酒饮的是一种豪情和胆气，浅斟慢饮是达不到这个高度的。

　　把饮酒饮到忘我境界的还有魏晋时期的"竹林七贤"，宽容的社会环境和多元化的文化融合，为这些文人提供了宽松的表演舞台，在这个舞台上他们留名青史。"竹林七贤"是最符合文化人形象的，俗话说文人无行，尤其是酒醉后的文人，"竹林七贤"常常在酒后放浪形骸、狂狷无束，全然没有了文人的斯文和矜持。也许就是在酒精的催化下，人才显出本来的面目，放下套在精神上的枷锁和所有的条条框框，无拘无束、坦坦荡荡才能写下名垂千古的文章，一味地循规蹈矩只能是墨守成规，一味地瞻前顾后只能是患得患失。如果我们用世俗尖刻的目光打量"竹林七贤"，用常人的思维去考量他们的言行，或许中国的魏晋史就平平淡淡，灿烂的文学星空就会少几颗闪耀的明星。

　　我的老师韩乃桂先生曾经对我说过这样一句话："饮酒使人浊，品茗使人清。"只可惜我虚度了这么多年的时光，平素里只是对烟酒情有独钟，而与香茗不怎么结缘，所以总觉得自己浑浑噩噩。品尝了小徐媳妇的崂山绿后，竟也忽然间感受到了饮茶的妙处，于是，我也学着文人雅士，轻拈几片崂山新绿，放入透明的玻璃杯里，看着绿绿的芽片灵动沉浮，一股氤氲之气从心底蒸腾开来，尚未沾到嘴唇，心儿已经醉了！

　　小徐媳妇的崂山绿啊，如酒，沁醉了春天；如歌，唱美了人间……

黄陂鬼马王学文

黄陂是个蛮有魅力的地方。

大江大湖千万年灵气的浸润，吴山潓水的日日荫佑滋养，使得黄陂这个有着近五千年造城史的灵秀的地方，拥有了众多得天独厚的资源。"木兰八景"诉说着千年花木兰故里的动人故事，锦里沟花海释放着生命的多彩与浪漫，七百多年大余湾的街头巷尾，每一片砖瓦每一方石头，都是一个个历史沉淀的故事，当沉醉在云雾山的云雾里的时候，你会在仙气缭绕中感觉自己原本就是神仙呢！

天宝物华，地灵人杰。一个得天之独厚灵动的地方，自然是江山代有人才出，各自引领时代的风骚。你看——花木兰的故里是这里，璀璨的"二程文化"（程颐、程颢）在这里发祥，就连那位自号为"黎黄陂"的民国大总统黎元洪先生，竟也贪婪地生于斯长于斯……俱往矣，今天的黄陂更是人才济济如春潮涌动，尤其在文化艺术领域，他们更是宛如诗文书画百花园里的一朵朵奇葩，争奇斗艳，成为点染黄陂的又一道亮丽的风景。

"鬼马先生"王学文便是其中之一。

说起王学文，我是在五年前与之相识的。我在黄陂所认识的朋友，大多都是通过仁棣张宸。张宸的老家是黄陂六指镇，几年前颇有文化底蕴的他凭着对文化艺术的挚爱和追求，放弃了舒适的工作和优厚的待遇，在黄陂前川做了一个叫作"德云阁"的书画院，于是，一大群文人墨客三教九流，便有了一个高雅的饮茶品茗著作论道的好去处，他的这个"德云阁"在黄陂的名气那叫一个火撒（火的意思），街头随便打一辆出租差（车），说一声：德润郭（德云阁）几乎都知道呢。

初见"鬼马"先生，我心里暗自好笑：说他是鬼一点也不为过，但是怎么看也跟马儿联系不上。你看他一头卷曲的长发，有些凌乱地铺撒在他那宽大的佬廓廓（脑壳壳）上，脸上横着竖着深深浅浅地写着一些读书人特有的"苕气"（呆，愚钝之意），走起路来似乎脚不沾地儿，像是一股黑气慢悠悠飘进来的，看那慵懒的样子，简直就是一只"黄狗蛇"。在湖北有一种因为懒惰行动非常迟缓的蛇叫"黄狗蛇"，饿了就呜呜叫几声，小蛇受到声音的诱惑，就会主动爬到它肚子里给它充饥……心里笑归笑，但又想到，毕竟黄陂是个非常有文化的地方，每个人谈经论道、说书讲古，都蛮刮毒（厉害，高端），总不会给这个与马没有任何关系的"鬼"取一个不相干的外号吧。

晚上靠杯（喝酒宵夜）的时候，鬼马先生竟然一改常态，满口金玉，浑身幽默，从一"嘎式"（开始）到靠完杯，几乎都是在他的幽默中度过的，令我不得不在心里暗暗叹道：人真的不可貌相啊！

靠完杯回到"德云阁"已近午夜，他乘着酒兴唰唰几笔给我画了一幅"一马当先"，一匹傲首奔腾的快马，咴咴嘶鸣着，马蹄咔咔似乎从天外踏着七彩祥云奔到了我的面前哩。看着学文用书法的笔触画马，落笔提按张弛有度，行笔迅疾不乏从容，从他笔下"跑"出来的马，匹匹情态不一，用栩栩如生来形容实在有些词不达意，因为他画的马，不单单形神兼备，而且简直画的是马的魂！于是，我终于被蛮有文化的黄陂人折服了：这马只有鬼手方能有所及，真的不愧为"鬼马"也！

"鬼马"学文在武汉还有一个名号——马痴，足见其对马对艺术的痴迷，也难怪他的脸上多了一些常人所没有的"苕气"。今年刚四十五岁的学文，毕业于湖北江汉大学艺术学院，现为武汉市美术家协会会员、武汉市书法家协会会员、黄陂区书画家协会会员、黄陂艺术教育协会会员、武汉市木兰文化研究会会员、黄陂职校美术高级教师，同时被湖北响当当的黄陂区老年大学聘为国画教师。源于对民族龙马精神和传统文化的精研和理解，他把一颗民族生生不息之心融入到他对马的理解上，因此他的马彰显的不单是马的灵魂，更多的是张扬着民族之魂啊！难怪他被称为"鬼马"！学文的马是一绝，山水花鸟也是"鬼手",他的作品只要一出手,在省级市级大展大赛上,恐怕不拿大奖都不行哩。

昨晚因为我赶飞机走得早,学文没有赶来送行,彼此心里都觉得少了些什么。可巧的是,当小才子吴高平老师和朋友冒雨驱车把我送到天河机场的时候,航班因为天气因素不能确定起飞时间,因此改签到了今天早上,高平老师欢呼雀跃:真乃人不留客天留客哉!于是,一通电话,一群好友接近半夜了又重聚"德云阁",这时,鬼马学文竟也在"火"(喝)了三杯"白云边"之后,又闻讯赶了过来一起出去靠杯畅谈……

借着酒酣淋漓,我突然想起两句词:鬼手绘骏马,妙笔写山水——这不正是学文老师艺术追求和艺术成果的写照吗?于是,趁着午夜的酒兴和对学文民族情结的感佩,我饱蘸浓情,挥笔写下了——鬼马学文!

守望春天

周春雨，一位我从未谋面的家乡即墨文学爱好者。

看他的字里行间，应该是一位底蕴深厚、文笔老到的作者，从他的很多诗歌和散文作品里，我读出了一颗守望中国纯文学春天到来的一颗孜孜不倦的心。

文化苦旅。从事文化和文字工作，是艰苦的，尤其是守望着纯文学的营地，更是一条洒满血泪的艰辛之路。我曾和路遥文学奖组委会的高主任有过很多的接触，通过这位路遥的乡党和早年的同学，我了解到了一个世人鲜知的路遥。路遥，作为影响中国乃至世界当代文学史的伟大的作家，他经历了凡人所不能经历的贫困和病痛，最终把一副为纯文学捐躯的骨柴，埋在了中国纯文学微微有了一点绿色的荒漠中。我不知道周春雨先生所从事的职业，更不知道他所担任的职务，但是就凭着他这些如同春天的雨点般的文字，就能判出他是一位热爱社会、热爱生活的人。

生活，在周春雨的笔下，真的是美好的。

生活之美，在于艺术家的慧眼，在于艺术家的笔端，更在于艺术家用自己一腔热血去描绘，描绘出一个个普通人发现不了的美，然后，再把一颗炽热的丹心，捧送给世人。于是，这个世界便会多了一份感动，这份感动，也随之化为一种力量，一种民族的正力量，激荡着，舞动着。

我是一个崇尚和热爱中华民族优秀传统文化的人，因为我从小就在传统文化耳濡目染的浸润中慢慢长大，慢慢成事。记得以前有一位诗人朋友曾经跟我说，出本诗集简直就是赔本的事，对此，我深有同感。后来，我读了这位朋友的诗集，才隐隐感觉出有一种说不出的味道，满纸都是无病呻吟，满书都是离我们读者生活很远的近乎于虚无缥缈的字句，心里终于悟出了诗人朋友所说的个中缘由，一个脱离了生活的诗人，一堆背离了地气的文字，他所谓的诗和诗集，如何能够产生心灵的共鸣啊！

周春雨的诗，是接地气的。由此推之，周春雨的人，也是一位接地气的人。一个人，之所以能够接地气，因为他绝不是一个仅仅多读了几本诗集的人，而是一位综合知识和社会文化满腹之士。一个人，在社会上获取的知识越多，便越会从心里对社会、对大众产生出强烈的感恩之心，有了这份感恩，他深邃的眼睛便会永远向下，他的宽阔心怀便会永远向上，于是，便会对他所热爱的事物，更多了一份坚定的守望。

我不愿意说周春雨是一个诗人，只能说他是一个有良知的人。他是用诗人的良知来洞察社会，提炼社会，用诗的语言来传递人生的情怀，来塑造和传递人世间的完美。接地气方能通天理，通天理方有大作为。透过周春雨的文字，我似乎看到了纯文学的春天，已经烂漫绽放在了他的这颗明澈的心里。路漫漫其修远兮，吾将上下而求索。中国纯文学之路，任重而道远，有了如同周春雨这样接地气通天理的守望者，我的脸上，似乎已经有一股浓浓的春风温暖地吹拂过来了。

春天，需要守望。

周春雨，就是一个长着一双翅膀的守望春天的天使。

LUO BI CHENG HE

一瓣心香

三月的女子，春天的名片

　　桃花是我最钟情的花。钟爱桃花者，其实不止我一人，古代的黄巢爱桃花比我尤甚，他手舞足蹈挥笔写道："飒飒西风满院栽，蕊寒香冷蝶难来。他年我若为青帝，报与桃花一处开。"黄巢先生本来爱菊，但似乎更爱桃花，为了爱桃花赏桃花，你看他都狂放到了将自己化身为掌管百花的司春之神了呢。

　　作家胡兰成曾说：桃花难画，因为它太静。翻阅词典，静者，安详也，娴雅也，安静也，冷静也……种种意思，似乎大都是对女子的形容。于是我想，把妇女节定在三月，大约是因了三月桃花盛开吧。

　　桃之夭夭，灼灼其华。桃花必定是女子，而不会与梅兰菊竹等同。因为梅兰菊竹要担当的是傲骨、幽然、坚韧、淡泊，而桃花则是在这三月的熏风里，连开花都是轻轻悄悄的，静得小心翼翼，静得让你听不到花开的声音，就这样不泛滥，就这样不张扬，就这样不炫耀，就这样粉粉的，自顾自地嘟着小嘴儿美丽着。

　　倘若男人与男人就着桃花饮酒，自然便会想起李太白那桃花潭水深千尺，都不及汪伦相送之情了，即便是相忘于江湖，也已然友谊长青。饮着酒，踏着歌，一个是劝君更尽一杯酒，一个是将进酒杯莫停。听着桃花曼语，赏着桃林美景，一种自然天真之趣，便会教人豪放不羁，放浪于形骸之外，游目于天地之远，俯仰之间，情怀驰骋，唯有坐在这绯红之间把酒临风，宁愿伤了身体，也不愿伤了感情。

"美人非是母胎生，应是桃花树长成。"你看看，你说六世达赖从哪里搜肠刮肚弄出这般讨好女子的句子，他的文字竟是那般流畅清新，以至于使我觉得世间的女子都是那田螺姑娘变的真人之身，因为她们一个个除了美丽动人、楚楚可怜，最最重要的是她们还拥有一颗慈悲怜爱之心，把人世间装扮得就如一道和谐的风景，让世间的男人们徜徉在爱的世界和爱的拥抱之中。

于是，我用灼灼的目光，一寸寸痛惜地触摸着这个美如桃花的三月，尽情艳遇着这静谧的霞色。桃花，你是这书香里翰墨不干的沉吟，你是那西窗前缠绵不绝的青丝。一朵桃花，就是一个盛开的微笑，一朵桃花，就是一张春天的名片。桃花是春天的名片，名片传递到哪里，春天便会一路笑到哪里，春天笑到了哪里，人心就跟着醉倒在了哪里呢。"胭脂鲜艳何相类，花之颜色人之泪。若将人泪比桃花，泪自长流花自媚；。""桃花帘外开仍旧，帘中人比桃花瘦。"……看起来把人面和桃花相映在一起的，更应有多情的崔护。"去年今日此门中，人面桃花相映红。人面不知何处去，桃花依旧笑春风。"从古人的笔下知道，原来桃花真的若女子，女子真的如桃花……既如此，世间一个个女子，也便成了一张张春天的名片，名片散到哪里，春天便笑到哪里；春天笑到哪里，人心也就醉倒在了哪里。

满目桃花，你在晨风中摇曳绽放了绚烂的春色，世间的女子啊，你在和谐中静静孕育了无限春光……

谨以此文献给你，献给你这春天的名片般的世间的女子。

北纬 40 度的初冬

　　"指尖以东在你夹克深处游动，能抱拥便抱拥，下次用好友身份过冬……"莫文蔚的歌，忽然无缘无故地响在我耳边的时候，我正身处北纬40度的一个迷人的小镇，一只手在空中比比画画，终不知指尖以东究竟指的是哪个地方抑或是哪个方向。于是，我便愈加疑惑起了生活中东西南北的确切定位。

　　今天是立冬。站在细雨中，身上陡然多了一些些寒意，下意识裹紧衣襟的刹那，突然意识到冬天已经挟持着黄黄的叶子，毫无表情地走到了我的面前，以严酷的眼睛审视着我，我在和它四目相对时，顿时感到浑身一阵阵瑟瑟发抖。

　　人生宛如四季。走过了万象生发的春天，愉悦的脚步就像山间淙淙的小溪，唱着跳着向着自己的梦想，脚下如生风般地迈开了欢畅的步子；炽热的盛夏里，欣赏着鸟语花香、杨柳依依，恣意徜徉在大如磨盘的骄阳之下，天地万物都在剧烈地膨胀着，一颗期待的心儿在炽热的追求中，不时地显得浮躁了起来。眼前的，远方的，便都收拢在了一袭心境变化里。秋风乍起，秋雨随之而来，一些爽朗便糅在了心中，经历了酷夏的沉闷，送来了累累的十月。于是，车也闹起来了，心也欢起来了，我用一颗虔诚的心，长跪在莽莽原野，感恩着大自然的赏赐，也祈祷着上天能够让我所有的奢望都如愿以偿。忽然间，冬天怎么就来了呢？

在冷冷的风里，我的神志变得越来越清晰了起来，冬天会让你的躯壳变得臃肿，但会把你的心灵紧紧收缩，收缩了春天的丰盈，收缩了夏日的浮躁，收缩了秋天的喜悦，收缩了人性的张扬，在颤颤巍巍的虔敬中，再重新获取下一个轮回。

难怪有人说冬天来了春天不会太远，其实，我们每个人的心里，都藏有一个春天的梦……忽然，我的灵光一现：指尖以东，应该就是春天的方向啊！

收拾起北纬40度的初冬，打理好北纬40度的心情，串联起这北纬40度的一腔情思，明天，我将穿越冬天，向着春天继续远行……

穿行在呼和浩特的凌晨

其实我中午几乎是不睡觉的。

昨天中午不知不觉睡了一觉，午夜时分躺在床上辗转反侧，不知何故，心里涌动起一阵阵波澜，竟难以入睡。拉开窗帘，从巨华国际酒店十九楼我的房间望出去，城市的绚烂街景扑入眼帘，前面成吉思汗广场的灯光在召唤着我：出来走走吧，缓解一下心灵的积滞。于是，一向懒沓沓的我，迎着微微寒意，穿行在了呼和浩特的凌晨。

悠悠漫步，燃上一支"呼伦贝尔"，大大地吸上一口，一阵剧烈的咳嗽，使我感到胸闷气喘。呵呵，这呼伦贝尔的烟啊，着实有些劲头呢。独自一人走走停停间，仿佛有个声音在呼唤着我，我顺着那个既熟悉又陌生的声音，一直走了很远很远，竟一时找不到了来时的路。人之一生，或许都会有一种神秘的力量，导引着我们走向远方，又或许会在路途中迷失了方向，但是无论如何迷失，终归会在幡然之间找回自己，漫漫长夜里，有光的地方就有方向，有光的地方就有希望。

敞开心扉，让阳光进来，人也便有了光彩，就如这呼和浩特的亮丽的凌晨，处处都散发着迷人的光彩。沿着一路光茫，我蓦然远远望见了巨华酒店顶端的宝石，熠熠发着莹莹的红光，于是，心里一阵热流充盈了起来。

我在呼和浩特的凌晨，找到了自己。

我在呼和浩特的凌晨，找回了自己的心。

愿我的心，能够照亮远方的你。

愿我的心，能够点亮远方的你们。

独舞黑白

黑的是夜，白的是月。

好不容易盼来了太原的一钩残月，朦胧间，天地间依然混沌没有了颜色。

黑的钟楼，白的鼓楼，晨钟暮鼓也已久远封存，无色无声。

黑白间，独舞在没有色彩的古城太原。

尘缘薄得如同淡淡的梦，几多情，已是瘦了流年；碧落黄泉，倩影连连，不知此情是否抵得过沧海桑田。凝眸问月，谁的叹息痛彻了谁的心扉，谁的独舞，浸润了谁的双眸？

在这般黑白的独舞中，马致远窸窸窣窣走近我，一声轻叹：夕阳西下，断肠人在天涯；李商隐来了，丢下一句：春心莫共花争发，一寸相思一寸灰……眨眼之间，消失在黑白之间。望着匆匆而逝的两位，心里油然对古人的情思，多了一份同情，多了一份怜悯，多了一份伤感，竟落得两行清泪。

前番既已苦，今番又何来？一纸墨香一纸泪，离殇，枯城，耳边遥遥传来五台的木鱼声，声声木鱼，敲碎了前世今生的梦。笑古人，折一曲衷肠无人能诉，时光弥烟，染尽了伤感，染透了眷恋，风花雪月的浪漫，一如匆匆的过往，独留一片无法屏蔽的嫣然。黑白舞动中，古人的伤感在举手投足间，一起伴着我的舞步，纷纷撒泪倾诉——前世五百次的回眸，方换得今生的擦肩而过。那一世，你为我研墨作画，那一世我为你采药，为你采摘天边的雪莲花，于是，我在佛前求了五百年，佛便把我变成了这般容颜，而今散落一地的不是凋零的花瓣，而是我凋零的心。

独舞黑白，竟引得千年幽魂，一帘幽怨。

不过，古人的幽怨不是没有道理，其实人生就是这样，无论是否抓住抑或远去，有些东西始终不会离去，始终铭刻在灵魂之中，难道今人不是在重蹈着古人的幽怨、古人的相思、古人的离愁别恨吗？

凭窗倚栏，幽妍娉婷，过尽千帆皆不是，望穿千山，望断秋水，望穿前世轮回。一生一世为伊，执笔封心，守一座城池，为伊而舞，为一人倾城。

独舞黑白，黑白间独舞。

和你遍赏一路风光

茫茫人海，渺渺红尘，在人群中只一眼，就注定了我和你今生之缘。我愿为你在心中，种下一片玫瑰花园。与你轻嗅玫瑰芬芳，分享一生的时光。

静静地守在车窗前，面朝你的方向把思念遥寄，追寻着魂牵梦绕的时光。欢乐，太短；寂寞，太长……

何必太匆匆？我只想，我只想和你分享一些时光。记得初相见，心里一场盛世花开，便成了整个季节芬芳。牵手阳光，幸福满满抱入怀中，我便在阳光下舞蹈欢唱、轻嗅花香。

何必太匆匆？我只想，我只想和你分享一些时光，在你受伤的心的路上，用我的脉脉温情，消解你满心的惆怅。

何必太匆匆？我只想，我只想和你分享一些时光，在你身心俱疲的时候，轻轻拉着你的手，静静陪伴在你的身旁。

何必太匆匆？我只想，我只想和你分享一些时光，在你泪流满面的时候，轻轻拥你入怀，用我火热的心，给你一片心灵安详。

何必太匆匆？我只想，我只想和你分享一些时光。在你茫然无助的时候，传递温暖的力量，坚定你前行的方向。

何必太匆匆？我只想，我只想和你分享一些时光，伴你走在人生路上，无论月圆月缺雨雪风霜，都拉紧你的手，直到你我白发苍苍。

何必太匆匆？我只想，我只想和你分享一些时光，从青春到暮年，从青丝到发苍，你人生每一点进步，我人生每一分成长；你人生每一次成功，我人生每一次出场，都陪在彼此心旁，不离不弃冷暖共尝。等眼花齿落，等走路踉跄，我还陪在你心旁，吻你一世沧桑。

不要太匆匆啊，梦儿碎了会再圆，心儿伤了我会给你疗伤。人生的路啊漫漫长，不要因为一点阴影而忽视了阳光。因为我只想，我只想牵起你的手儿，和你遍赏一路风光……

剪一缕情思给四季

　　岁月清浅，流年清浅。

　　时光宛如白驹过隙，如风般转眼而去，许许多多的时候，轻轻把蒙在记忆上的尘土拂去，翻开记忆深处的那份静静温润的情思，才忽然发现，在我们的生命之中，总会有一些美好的时光，是我们温暖的来源，温婉着我们彼此的心灵。那些融进生命里的温暖，不增，不减，也不曾远去。岁月清浅，你就是我生命里的那份温暖。

　　人生，其实最动人的情感，应该是彼此思念、彼此温暖，相携天涯。人的一生，总有一些记忆和一些人，会在生命里铭心刻骨。滚滚红尘中，我愿把你的心轻轻放在我的心里，安静地，安静地为你守候，让两颗心在尘世中依然温润。岁月清浅，你就是我生命里的那份温暖。

　　虽然隔着千山万水，其实如同隔着薄薄的蝉翼，未必千里烟波，暮霭沉沉地远天阔。人生苦短，犹如一次回眸，岁月如梭，宛如一缕轻烟，天宇洪荒，生命里究竟会有多少次的缘聚缘散。一季花开，有缘便是圆满；一次回眸，有你就是春天。岁月清浅，你就是我生命里的那份温暖。

　　剪一段流年的时光，将你的身影深深镌刻在岁月，拈一缕相惜的暖意，把清浅时光的相遇深深铭记在心里，自此，一份牵挂，一生相随。于是，我用这份生命的牵挂，将流年望穿，去诠释不老的传奇。茫茫红尘深处，握着一路相伴的暖意，即便是年华失去，依然温暖相望，回眸处，依然浅笑如初。流年清浅，你就是我生命里的那份温暖。

　　岁月，流水般汩汩淌过。这样的夜里想起你，想起，心里便会涌起一丝柔软；想起，心里便荡漾暗香涟漪。挽着似水的柔情在最深的红尘中散发出的醉人的芳香，一帘幽梦，一缕情思，就这样从三月的栀子里，从四月的桃花里，从九月的金桂里，从腊月的梅朵里，一齐向我涌来。

　　岁月清浅，剪一段故事给四季。

　　岁月清浅，剪一缕情思给四季。

我在生命里寻你

走进了人生，也便走进了牵挂。
牵挂，是春雨中葱葱长出的草，
牵挂，是夏日里郁郁开放的花，
牵挂，是秋风中放飞的蒲公英的种子，
牵挂，是寒冬里的雪花飘然而下。
阴霾千里，山水万重，
窗外的雨啊化成了那缕缕的牵挂，
向着四野蔓延，向着天际生发。
人生的路儿，就像一条长长的线，
人生的路儿，牵起了你我牵起了她。
风里，雨里，我在生命里寻找着你，
雪里，霜里，你是我生命的牵挂。
牵挂是一汪浅浅的湖水，
牵挂是一道长长的海峡。
你对我的牵挂是一份温暖，

你对我的牵挂是那七彩云霞。
牵挂你的心，是一份伤痛，
牵挂着你心，总是一团乱麻。
牵挂如此凄美，如同秋的落叶，
牵挂如此痛楚，就像秋尽凄惨的落花。
一份牵挂一寸心迷，
一寸心迷一寸刻画，
一寸刻画一尺思恋啊，
一尺思恋一生牵挂。
我在生命里寻你，在我的生命里寻你，
把长长的路儿捡拾在手里，
一寸寸一尺尺轻挽，向着你的方向，
怎顾得一身褴褛三千白发——
我在生命里寻你啊，
于是，你便成了我一生的牵挂……
漫漫长夜，给我一个你安好的讯息吧，
好让我依偎着我的梦儿，
轻轻睡下……

秋雨最不解风情

悲哉秋之为气也！萧瑟兮草木摇落而变衰。憭栗兮若在远行；登山临水兮送将归。泬寥兮天高而气清；寂寥兮收潦而水清。憯凄增欷兮，薄寒之中人。怆怳懭悢兮，去故而就新；坎廪兮，贫士失职而志不平。廓落兮羁旅而无友生；惆怅兮而私自怜……

少年不知愁滋味，看看古人笔下的秋天，竟暗自好笑：你说古人竟没有什么不能令之悲切而叹的，连一个秋风落叶都能写成长长的《九辩》，更有甚者，竟举着酒杯，还要仰天长叹：秋风秋雨愁煞人。难道秋天的风秋天的雨，真的是那么肃杀，那么可悲吗？

有的人说，秋天的落叶是最美的，走在美美的洒满红黄落叶的林间小径，听着瑟瑟秋风林间穿越，看着亮亮的秋雨在眼前飘落，打着一只印着枫叶的小伞，那是一种浪漫得不能再浪漫的景色，美到令人窒息。也有的人说，赏着秋风里瑟瑟而下的一片片落红，约上心爱的情人，捧一本书，坐在秋天的枫树之下，细细品读着生活的惬意，心里涌动着爱情的甜蜜和幸福，感染着生活中的人们和人们的生活，让人们觉得生活时时处处都充满着美好。

267

今年的中秋节前夕，带着海南岛的温润，我兴高采烈回到了家乡，这么多年算是我第一次回乡省亲吧，心里着实有一些兴奋。三五好友喝喝酒品品茶，沐浴在家乡秋日的阳光之下，赏赏家乡秋日的美景，写写文章诵诵诗词，感觉自己的心已经插上了白色的翅膀，在秋高气爽的蓝天白云间，自由自在地穿梭起来了呢。忽然间，一场冷冷的秋雨打落了下来，把我的心整个浇透了，如同忽然间走进了一座冰窟，于是整颗心脏便在一股冷冷的寒气里，变得凝固了起来。

今年的八月十五有月亮吗？我竟忘却了月亮的样子，但是心里总是有一场冷冷的雨在肆意地飘落。今天本来约好了朋友，但是早晨一场不解风情的秋雨不知道自什么时候兀自下了起来，让本来就萧瑟的心儿变得愈加萧条了起来。走出门儿上了车，看着一路上一片肃杀的街景，我突然感觉不可以再前行，仿佛前方有一个灰蒙蒙黑魆魆的洞穴，张开着一张巨口……令我不禁一个寒噤。

路上，似乎空荡荡的没有一个人，这灵魂已经飘在了头顶三尺之上，顾影自怜，感觉天地间自己只剩下了一具躯壳，被不解风情的秋雨，肆意地淋着……对面拐角处，一个叫作李易安（李清照）的女子素衣轻纱，站在潇潇的秋雨里，瑟瑟地抖落出一些似醉非醉的凌乱的句子——红藕香残玉簟秋，轻解罗裳，独上兰舟。云中谁寄锦书来？雁字回时，月满西楼。花自飘零水自流，一种相思，两处闲愁。此情无计可消除，才下眉头，却上心头。

我驻足聆听着女子的幽怨，不禁伸手轻挽着她比这秋天都要瘦弱的腰肢，轻扶着她，一步步，一步步，走进了凄婉的深秋。

一挽情思，两行清泪。

春天的雨，如油，滴滴温润着我的身体；

秋天的雨，如刀，刀刀刻画在了我的心上……

太原的清秋

　　时光漫过八月的墙角，微凉的思念在心底里渐渐生长，所有的快乐已漫过忧伤。微闭起眼，想象着有你的画面，仿佛是那最温馨的景致，让温暖的瞬间在掌心弥漫。仰卧在一抹紫色的秋光里，多想，这一生的风景都如此间这般安然，我在远方的空旷里，悄悄地读你。

　　随风依旧摇曳的风信子，带着满满的思念随着风呼啸远方，那明媚的花开，终究也会凋零。我的每一个句子里，都写满了深深的相思，倾注了一腔深情，写下一个温馨的故事……

　　于是，我的念想便安放在了太原黄昏的雨滴里，仿佛放逐了经年留藏的一封封泛黄的信，褶皱的流年，一程山水，一页寄语，一抹相思……一路走来，看过多少物是人非的风景；走过多少聚散依依的旅程；有多少情是隔水观望的花，有多少人是到达不了的彼岸。我不是你的一帘幽梦，而你，却早已是我的千转百回，于是把曾经的过往，装订在岁月的素笺上，打开，便是美好；封尘，便已倾城。

　　倘若，故事总要一个完美的结局，那我只愿一直在你心上眉间，你在我眸里心田；倘若回忆总要一个约定，那我不约天长地久，只约时光静好。阡陌红尘，飘落了谁的等待，如烟往事，不知缱绻了谁的相思。念一个人，从清晨到黄昏，从花开到花落，从云聚到雨落，都是一份执念，有时候固执得太久，就连自己也会不记得被人牵挂是什么味道，只觉得心底的寒意从脚趾蔓延到发梢，从骨髓渗透到血液，凉得太久，得到一点点温暖就会迫不及待地想护住永恒。

如若当初，不忘初心。

天在下雨，我在想你

午后，一场秋雨如约而至。

透过巨华国际十九层的窗户望去，无边绵绵的秋雨夹带着斑斑点点的叶子，寂寥地伏在地上，散落在空中的气息有些湿润有些清冷，冷得心头也萧瑟了起来。我其实并不怎么喜欢秋雨，可是这些日子，无来由地竟迷醉了这瑟瑟的秋雨。于是，下得楼来，信步走出酒店，一阵寒意扫了过来，不由得使我打了一个不大不小的寒噤，呵呵，这时候我才突然发现原来自己竟穿着短袖衫跑了出来。

秋天的雨，没有春天的雨那么细腻，也没有夏天的雨那么狂躁厚重，如同那飘落的叶子般簌簌而落。瑟瑟的雨声，像那细腻的砂纸，抚摸着心头那最薄最弱的地方，令我微微有些悸动有些痛楚。

春天的雨中，宛若会听到草木滋滋生长的声音，而秋天的雨里，却只会听到落叶的叹息，叹息的声音同叶子一起掉落水中，便晕开了满地的忧伤。落红不是无情物，这个季节仿佛什么都有情，都在陪着堆积着情绪，像多感的诗人，有李清照的婉约清冷，有纳兰那印在诗里的愁容，似乎还多了陶渊明那淡泊中的一丝伤怀。随意漫步雨中，忘了寒意阵阵撩在身上，忽然感觉到一股无

271

比的思念袭进心头，却又不知思念着什么，就是无端地感觉心底有个地方湿了，想暖一暖，然后找一些柔软把某个角落塞满。

心生寂寥怜秋雨，最怜秋雨护红凝。这个季节，这潇潇的雨儿，不知成全了谁，谁读懂了谁，谁伤害了谁，谁又痛惜了谁……是谁曾说过，听雨要到梧桐树下，举目四环，我的梧桐却不知在哪方。就让心跳融入在这落雨声中吧，于是，我慢慢听到了潇潇秋雨的寒冷与温暖，忧郁与凄美，沧桑和无奈，黑暗和柔情。

一首歌儿忽然伴着潇潇雨声响在耳畔。天在下雨，我在想你。

秋雨中侧耳倾听着歌唱，眼眸中，一朵女子从遥远的地方，正向着我的方向，婷婷走来……

于是，心儿忽然荡起了一阵温暖，看着满阶落红，我忍不住地遐想——自己的哪段往事，哪个故事能配得上这样的意境？那么悲凉伤感，又那么地绚丽辉煌。

一阵风起，乱了潇潇秋雨，乱了满地落红，乱了瑟缩的鸟儿，乱了浮生。唯一没有吹乱的，是那秋雨中的歌声——

……天在下雨，我在想你……

突然想起张贤亮

　　完成了中华太极拳大师陈中华的专访和关于青岛一位书法艺术传播者方涛的文章，身体疲惫却无睡意。燃一支香烟，青烟袅袅中，突然想起了张贤亮，一位在七十八岁那年就离我们远去了的伟大作家。

　　初识张贤亮，是通过他的一部叫作《灵与肉》的小说。那时我正读中学，我的班主任韩乃桂先生把我带到他的宿舍，把这本他刚读完的中篇交给了我。于是，我一下子就被荒原牧马的许灵均的命运给牵了进去……韩老师看着我被牧马人的生活和命运深深打动，对我说了一句影响了我半生的话："你，将来也要成为这样的作家。"中学毕业后，我有幸进入政府机关，又遇到了一位爱才爱书如命的领导蓝恭珊。在他身边工作期间，有一次我进入他的宿舍，从他那满满的书架上，又发现了张贤亮的一部部小说，从我贪婪的眼神中，蓝书记读懂了我的渴求，于是他交给了我一把他宿舍的钥匙，示意我可以随便读他的这一堆堆的书。于是，我选择了张贤亮作为首读。绿化树下迷人的马缨花，河的子孙魏天贵，孤单的农村老人邢老汉和他的那条狗，汽车司机肖尔布拉克……一个个可亲可敬的人物，一个个可以触摸的故事，便深深印在了我年轻的心里。

　　作为一个作家，通过创办经营镇北堡西部影城，张贤亮积累了市场经济的经验，总结出"文化是第二生产力"的论断。镇北堡西部影城的成功，证明了文化在科学技术之后也是产生高附加值的重要手段，为我国加强文化产业建设和西部大开发提供了另一类范例。在北大国际MBA论坛上，张贤亮应邀发表《西部企业管理秘籍》的讲演，介绍了在经济相对落后的中国西部地区，在劳动者素质偏低的投资环境中如何管理企业的经验。一九九七年张贤亮发表了二十万字的长篇文学性政论散文《小说中国》，阐述了公有制经济体制改革的思路"劳者有其资"和私有财产社会化的论点，首次大胆地提出"私有制万岁"，在读者中产生广泛影响，为我国承认私有财产的合法性，在宪法中明确规定私有财产受到法律保护起到一定的促进作用。

　　作为一个作家，张贤亮是有着超前智慧和思想的，这些超前的思想，不是凭空而成，而是通过作家对生活、对人民、对社会、对民族深深的热爱和思考而形成的。一部作品对社会变革有所探索，一个作家对社会发展有所贡献，这才是时代呼唤的东西，远比单单一个诺奖要高深得多。因为张贤亮拉开了文化产业概念定位和发展的帷幕，这，就是对中华民族的贡献；这，就是对人类的贡献。

　　贤亮先生离开我们三年了，愿他成为一棵永不凋谢的绿化树。

温 暖

　　放下电话，就像寒冬里忽然掬住一束阳光，颤抖不已。光阴是一杯陈年的酒，浓也芬芳，淡也芬芳，只要心中有爱，温暖便一直都在，只要心存希望，就会有春暖花开。

　　一程山水一程远，一程日月在心间。一季花香，点点温情；一蓑烟雨，荡涤心灵。经历过的风景，无时不在叠加着光阴的故事；经历过的风景，无时不在装点着生活的诗意。花开有时，花落有时，于三千风月中回望，那一场倾心的相遇，依然散发着沁人心脾的馨香。午夜梦回，落字成念。

　　展开一张岁月的素笺，把光阴的故事折叠，将悠悠心事注入，聆听那份美好，拾捡那份快乐，感悟那份幸福，充盈一份洒脱，去享受诗意的人生。

　　如果心是温润的，再寒冷的季节也会有温暖。日子，是光阴片段的叠加，生活；是点滴平淡的积累，蓝天白云多惬意，一花一草自灵动。最好的路，是在脚下；最美的风景，蕴在心上。心存美好，再平淡的日子也有诗意；心中有景，何处不是花香满径？

　　人生最美的事，莫过于每天都沐浴在生活赐予的那一缕阳光，就着这暖暖的阳光，一本书，一杯茶，将笔墨落在沉浮的光阴里，将心念放在起落的故事中，优雅地吟诵一首浪漫的小诗，茶亦醉人何必酒，书能香我无须花。

与文字邂逅，灵魂相知，与你相遇，温暖陪伴，便是我绽放在心底最为纯净的花朵，化成了我平淡流年的那个刻骨铭心的印记。

一个眼神的温馨，一句关爱的话语，一朵浅浅的笑靥，一条叮咛的微信，都能凝成心底暖暖的河流，都会吹送微风拂面的温情。光阴就是一幅浓妆淡抹的水墨画，重墨是曾经的千回百转，淡墨便是从容面世的心境。一颗行走于尘世的心，只有被沧桑历练过，让爱滋润过，被幸福抚摸过，才会懂得生命的原乡，才会体味到生命中的温暖。

就让你我携一瓣心香上路，把心事在阳光下晾晒，把辗转的情定格成心底的风景，采撷一季微笑，滋养成温润的诗行，去温暖每一个风起水落的日子……

在温暖中，默默静候，那一场属于自己的春暖花开。

向 远 方

每个人的心里，都会有一个美丽的远方。

微微晨曦映照在三晋大地，山峦复叠影，多少诗情画意，多少柔和宁静，在这满目黛色里，品味着远方朦胧的思绪，那是一种绵绵旖旎的意境。纷乱的心儿，深陷在美妙回忆的泥泞，任思绪在苍茫山水间展翅翔游，任思念在灵魂深处翻飞跳动。不知何期尽，思悠悠，绵绵情意，寻声觅影烟云里，长路谁相依。

人的一生，总有一些拿得起放不下的缠绵，生命里有了远方，生命便不会再有苍白。相逢茫茫人海，相知心灵深处，思念在每个日出日落，遥远的距离成了灵魂里的牵挂。夜，灯光被晚风摇曳，摆开思念的心绪，打开蓝色的心结，于是，心儿变成了炽热与狂乱，梦儿一个连着一个，一些美好，一些酸楚，一些凄凉，一些模糊，散发着淡淡的清香，不停地向我飘飞。

远方，一个我魂牵梦绕的梦想。我可以忍受思念的忧伤，忍受牵挂的痛苦，忍受等待的漫长。无论岁月如何流失，无论世事如何沧桑，无论容颜如何老去，执着的心却不会有些许的改变。此生若有一份真情相伴，旅途再远再难，也不会感到寂寞与孤单。

　　山高水远问归程，云遮雾漫，衣带渐宽；风中谁吟楼台曲，相思缱绻，缘数难期。有人说，不是远方有梦想，而是梦想在并不遥远的地方。幕帘低垂，神思凄然。这时，马致远来了，一身元代楚楚凄惶，在我耳边吟道："暮雨迎，朝云送，暮雨朝云去无踪。襄王谩说阳台梦。云来也是空，雨来也是空，怎挨十二峰。"

阳光漫过心扉

　　一九九〇年是我参加工作的第三个年头，我惴惴然向机关党支部交上了一份入党申请书。这不是一份平凡的申请书啊，以至于在以后的一段时光里，成了市委组织部在党课上宣讲的一份特殊的入党申请书。

　　人生，都会受到很多思潮的影响，选择一个对的方向，选择一个正确的目标，或许在一刹那间，或许需要一个漫长的过程。那时的我，觉得做一个优秀的党外人士，积极为社会为大众做出一定的贡献，似乎会比一个共产党人显得更高尚更伟大。然而，我的转变似乎就在一瞬间。

　　那一天晚上，父亲破天荒地给我倒上一碗酒，于是一段故事，便从他那酡红的脸上蔓延进了我的心里。父亲一边喝着酒，一边给我讲述起他在朝鲜战场上的一段写进他的人生，令他感到耻辱的"糗事"。父亲是一炮手，他的战友张龙（大连人）是二炮手，在保卫松谷里和平谈判前夕的战前动员会上，大家纷纷报名要到看似和平实际上危机四伏的谈判保卫现场，父亲更是举着拳头发出了强烈的请求（那时候，父亲还不是共产党员）。他的战友张龙，也站在他的身边，举起了请求任务的拳头，张龙并没有像父亲那样慷慨激烈，只是看似漫不经心的眼里噙着闪亮的泪花，轻轻说了一句："我是共产党员，请组织相信我。"于是，我的父亲就从这场神圣的保卫战中被撤了下来。战场上，临战被撤下来对一个士兵来说是何等的耻辱啊，这件事便成了父亲毕生的憾事，以至于后来临终，他依然絮絮叨叨耿耿于怀。父亲喝酒的时候，我分明看见了滚滚长江在他的心里涌动，分明听见了滔滔黄河在他的心里怒号。

父亲喝了酒睡下了，我打开电视，一个情景又深深打动了我。那是一个反映某省改革开放取得重大成果的电视剧，剧中有一场项目招标的戏，一个国营企业，一个外商企业，进入到了这个项目最后竞标的白热化的阶段。外商以先进的技术和先进的管理即将获胜的时候，国营企业的党委书记激动地站了起来，眼含热泪举着握紧的拳头，宣誓一样慷慨陈词："我承认，我们的技术没有外国的先进，我们的管理也没有他们那样超前，但是，我是一个共产党员，我以我三十多年的党龄党性向组织担保，我们会把项目做好……"剧中几个年轻的招标干部扑哧一声忍俊不禁，电视机前的我，却已经泪流满面。

就在那一夜，我铺开了稿纸，握起了平时从来也没感觉到沉重的钢笔，远处，李大钊、夏明翰、江竹筠、董存瑞……战火中的共产党员流着鲜血，一个个向我走来；铁人王进喜"石油工人一声吼，地球也要抖三抖"的冲天豪气向我袭来；万亩千担一分田，誓死拿下狼窝掌的冲天豪迈，萦绕在我的心田；近处，袁超、李兆岐、周浩然、王秀珍……一个个墨城英烈鲜活的面容浮现在眼前，他们把惨烈装在了自己的生命，把祥和留在了我的身边。暗淡了刀光剑影，远去了鼓角铮鸣，一腔热血涌动在心间，一腔热血倾注在了笔端……

在我很小的时候，我学会的第一首歌，就是《没有共产党就没有新中国》，那时候，我就懂得只有共产党才能救中国。成千上万的先烈，在我们的前头英勇地牺牲了，他们的鲜血铺出了一条中华民族的光明之路，他们的鲜血染红了一面光辉的旗帜。长大了，置身在火热的中国特色社会主义建设热潮中，我懂得了"只有共产党才能发展中国"的伟大道理，在每一个社会主义建设过程中，你就是一面鲜红的旗帜，引领着全国各族人民，从胜利走向一个个更大的胜利……一篇洋洋两千多字的入党申请书，我流着热泪一气呵成。

一九九一年七月一日，对我来说是一个终生难忘的日子。就在这一天，我眼含热泪，在血染的旗帜下，深情庄重地举起了紧紧握起的拳头，心头的千言万语，远远超过了口中宣诵的入党誓词，从此，阳光便漫过了我的心扉。

这些年，我走遍了祖国的山山水水，深切感受到了在这面绣着金色镰刀锤头的血红旗帜覆盖下的伟大气象。阳光漫过了心扉，三山五岳，五湖四海，滔滔三江，一齐在我心灵的明空滚动。弯弯的镰刀，是明月；重重的铁锤，是山川；弯弯的镰刀，是一道划破宇宙的弧光；重重的铁锤，就是一次次开天辟地的伟大创举。

阳光漫过了心扉，血红的旗帜飘过的地方，就会有太阳的辉煌洒落；有镰刀铁锤收割开创的地方，就会有累累的金秋，就会有宏伟的壮举。

今天，是你的生日！

今天，更是我的生日！！

谨以此文，献给你——我伟大的中国共产党。

一瓣心香

一朵花开，一帘梦乡。

一丝月色，一瓣心香。

坐在空旷的马路，耳闻阵阵车响。世间的种种烦躁，都起在了这初冬的拂晓。一辆车呼啸而过，似乎说的是忙碌的故事；一阵风掠过，其实才是人生梦醒的时刻。

喜欢一个人静静坐着。尤其喜欢今夜一个人静静坐着。

喜欢一首歌儿静静地静静地流淌心窝，燃起一支香烟，青烟袅袅，如禅如悟。黎明前的暗夜里，伸出一只手，在苍茫里画一道弧线，心中竟会有一阵窃窃的喜——原来嘈杂浮躁竟也是一种说不出的美。心里想着，嘴上念着，谁也体味不出其中的小小味道。

这样的黎明，这样的暗黑，这样的一番灵透。

这样的黎明，这样的暗黑，这样的一片情思。

伸开手儿，拥住一束街灯颤抖不已；伸出一只手儿，握住一瓣心香温暖如春。忽然想到了一句话："伸手需要一瞬间，牵手却要很多年。"

伸手需要一瞬间，牵手却要很多年。

　　那么，在这初冬的微寒，在这浮躁的黎明，我愿意伸出一双握住一瞬间的手，期待着很多年后的脉脉牵手。

　　一声默默的祝福，一瓣淡淡的心香，沿着诡异瞅你一眼悄然滑落的时光，就这样穿过你的秀发，就这样轻吻你的脸庞，就这样轻拥你的花腰，就这样，就这样把你的姿态化作一瓣心香，搁在你、搁在我的怀里。

　　一朵花开，一瓣心香。

　　一朵女子，一句诗行。

　　我在这里，送你一瓣心房……

一点梵音起心头

　　一场秋雨，撕落了几许花瓣。

　　清晨，我静静地倚靠窗前，听着秋风瑟瑟，看着几片落叶飞花，心里不觉一阵酸楚涌动——秋风既起，萧瑟之气便伴着这恼人的秋风秋雨，慢吞吞越来越近了起来。就如同一个病中之人，在这样的境遇之下，生命被一点点掠走了一般，等待着他的是如何面对即将到来的冷冽寒冬……

　　记得从前写过一首诗：重病日久惟惧死，长使慊憾遗心头。盖人的一生，总有一些重重的憾事遗落在生命的路上。诸葛亮出师未捷身先死，令多少英雄泪满双襟；韩夫子（韩愈）雄心未酬长眠风雪路上，让天下文人墨客痛彻玉门；毛主席指点江山梦未圆，使九亿神州倾盆长天；小平同志终未踏上香港自己的土地，令举国心碎哭望天涯……延及我，奔走半生，出身寒门，布衣为宗，三尺微命，一介书生。历经坎坷，不知何时有大任将降于我？诵读几本书，心行万里远，结三四妙友，耕几亩薄田，不俯于地，不仰于天，贪淫恶之，赌博不沾，写写文章，发发感叹，妻子女儿，盈盈相伴……想来似乎无憾……

　　人生精神贵奋斗，一路向前，哪怕击楫于江心感月之残。

　　忽然一点梵音缭绕，于是一片晨曦微微露在了心间——原来，人生最难割舍的竟然是一个情字，正所谓英雄气短，儿女情长。我非英雄，一介文人而已，那好，就让我和着这窗外的秋雨，吟唱一番——

> 你见，或者不见我，
> 我就在那里，
> 不悲不喜。
> 你念，或者不念我，
> 情就在那里，
> 不来不去。
> 你爱，或者不爱我，
> 爱就在那里，
> 不增不减。
> 你跟，或者不跟我，
> 我的手就在你手里，
> 不舍不弃。
> 来我的怀里，
> 或者，
> 让我住进你的心里，
> 默然相爱，
> 寂静欢喜。

文人的情怀，睹物能思情，挥泪可著文。那就泪眼相期，滑过秋天，送走严寒，走过四季，旅过荒原。

许你一场春暖花开……

一朵花儿落下来

　　风过时，没有任何踪迹，却带来了一袭秋天的影子。

　　花儿还在努力地开着，云也在空中不舍得离去。枝叶已开始说着离别的絮语。细细的雨里，我双手合十，坐在一首仓促的诗里，聆听夕阳缓缓坠落的声音。浅浅凌乱的思绪，没有去整理也没有去在意。

　　一朵花，落在身边，宛若一片云，飘过眼底，就这样，我在细雨的秋里，静静地念着你。你看不见我的微笑，也听不见我的哭泣，借一片菊黄枫红，装点着梦中那片风景的美丽。我一路行走，一路种诗，期待着等你路过时，你走一步就可以开出一句。一些隐秘的心事，在这个呼和浩特的秋天，又落成了一纸期许，待走过这个季节的凋零。光阴的脚步越走越远，你的身影却越来越近。

　　如果你的心，可以收留一朵途经的花，那么，我一定把所有的花瓣都刻上我的名字……

一树菩提开在心

　　偶于微友空间，看到菩提花开，于是采撷下来细细品赏，燃一支香烟，蕴一杯清茶，袅袅氤氲间，自己似乎便成了落入尘世的生灵……

　　菩提只向心中觅，何求尘世染浮华？人生千转百回，尘念一动，一树红豆为谁发；忘却千年修行，一份牵挂，轮回凡尘人家。一树普提心中开，开放了多少遐想。

　　我试着以你爱的样子生长，可是总感觉追不上你如风般的停留，凡尘中，抚摸自己的伤口，丈量着我们之间的缠绵与纠葛，心底便生发了细碎的惆怅萦回，墨砚纷飞，情绕心头，任一缕疏影，划过我的窗台，你是我渐行渐思美丽的韵脚，我是你且行且惜古老的平仄。读一行，翻一页，岁月温润，手心一杯暖茶，盈盈一方清水。花开菩提深深意，花落菩提深深惜，一花一世界，一叶一菩提。花开并不是唯一的方向，花落并非所有的感伤，飞出心灵的栅栏，真情于朦胧间流浪，往事裁出一袖水乡，时光叠出一座雪镇。流连于菩提花间，晨光照你衣白似雪，傍月华荷葭，轮回红尘人家，只为红尘中的你啊……

　　徒步行走天涯，茫茫人海沧海桑田又是一季花开草发。长夜千里，忆你风袖晨霞，清酒一壶醉里弄琵琶；长夜千里，忆你薄衫秀发，秋雨一帘多少相思话。忘却千年修行，只为红尘中的你，堕入红尘心就不曾放下。宣纸凭墨洒，写不尽前生因缘；青瓷一碗茶，沏入了今世之卦。采下一缕月光打捞忧伤，魂依旧，一曲梵音，伤了千回百转。时光若水穿红尘，遗落在风中的，是一地微凉。时光不语，只有那一树菩提花儿不会老去，行吟山水，一梦千年。

　　看过姹紫嫣红莺飞燕舞，又见竹风穿廊，碧荷生香；看过落霞孤鹜秋水长天，又见素雪纷飞风动林响。如今，一树菩提开在心，我相信这滚滚红尘中有一树童话，愿得一人心，白首不相离。红尘摆渡，心若菩提，我只安静等待，等待那一树倾情花开。

　　一树菩提开在心。愿世间你我，可以相聚菩提树下，喝几碗禅茶，读几页文章，看一场菩提花开，许你一诺执手千年……

一份祝福满心头

家乡下雨了，一首《欣闻即墨降喜雨》的嵌字诗发在《知即墨》"游子吟"，引起了诸多家乡朋友的转载。在即墨做宏昌包装公司的三哥陈学给我微信说，天气预报说今明两天还有雨，我听了心里多了丝丝暖意。三哥接着说，咱村的老书记张才忠病倒了……闻听此言，我的心宛如被什么东西突然扎了一下。透过飞速的高铁窗口，看着天地之间茫茫的雨水，一场冰凉的雨儿，也沥沥下在了我的心头。

要是我没记错的话，张才忠今年应该年近八十的样子了，是一位有着近六十年党龄的老党员了。二十世纪六十年代中期，当时二十啷当岁儿的时候，就走马上任温泉街道（当时为公社）五个人口最多村庄之一的臧村的党支部书记。或许是横亘村后的钱谷山铸就了他的坚毅品格，或许是村前的蓝蓝的大海塑成了他宽广的胸怀，几十年来，他硬是把一个一穷二白的臧村，带成了一个农工商齐头并举的富庶的龙头村庄。村里的老年人们，经常会像说故事一样，说着他的一些工作中的点点滴滴。

二十世纪七十年代初期，村里决定造两艘大马力的机船出远海捕鱼虾，而造船用的技术人员和料物，都需要从崂山组织。大集体的时候，各地对劳动力控制得很严，更不用说造船的物料输出了。晚上，在崂山碰了钉子的张才忠，正坐在人家村里的办公室里想计策，一个老大爷过来送开水，闲聊中老大爷说，这个村子里上上下下都爱听即墨的柳腔戏。说者无心，听者有意，张才忠眉头一皱计上心来。

这个崂山里的村子不但出海而且还种茶叶，平日里青壮劳力出海捕鱼，女人们在家操持着茶园。这天早晨，天刚麻麻亮，白白的云雾在山间悠悠飘荡，早晨从海上蒸腾起来的蜃气，也充斥在这神仙居住的崂山里。村里的大姑娘小媳妇们趁着薄薄的晨雾，沾着露珠儿在绿绿的茶园里采着鲜茶，不时地，这山坡那山坡的回荡着你唱我和的朗朗歌声。忽然间，一阵阵如同山间淙淙流淌的小溪一样悦耳的即墨柳腔戏，从云雾间传来，直引得满山坡采茶的村民们，像一只只被提起来的鹅子一般，伸长着脖子歪着头儿聆听了起来——

"崂山的亲人啊您听我言，俺来自即墨皋虞公社臧村疃（臧村，原属皋虞公社，今属温泉街道）。俺村南傍在大海边，村北依靠着钱谷山。钱谷山里有神仙哎，南海里头有鱼盐。只因为俺们疃里要造机帆船，缺少木料也没有技术员。俺听说这村里人良善，大姑娘小媳妇俊得叫人馋，俺慕名来到恁这求支援，诚心诚意求您在大队干部面前多美言。到时候俺的大船出了海，年头月尾给恁送海鲜。要是恁这里的姑娘想要嫁给俺臧村疃，俺全村父老披红挂绿，开着东方红（拖拉机）接到家门前……"众人仔细一看，只见张才忠头上系着花头巾，手里甩拉着花手绢儿，一路扭一路唱着从山口来到了眼跟前。

张才忠年轻的时候可不是一般帅，这样一打扮，俊得比那大闺女还大闺女。就这样一连两天大清早，直把全村男女老少唱花了眼。最后，老支书感动地说："行，就凭着你这小伙子对集体的这番心，你们造船的事我们包了。"张才忠的如此举动着实打动了当地的干部群众，不但木料、技术员解决了，村里还给臧村的机船送来了一位姓杨的船把头（船长）呢。

张才忠就是凭着这样的一份对群众对集体的赤诚，在担任党支部书记的二十多年间，修水库，建塘坝，挖平塘，使得村里的农田水利建设星罗棋布，臧村的工副业项目发展到了二十多个，村里好几百小青年除了三秋三夏帮助队里抢收抢种外，都当起了风吹不着雨淋不着日头晒不着的工人了，那时候村里有儿子的人家，恨不得安上铁大门，省得媒婆踏破了门槛撞破了门哩。

就在他运筹集体经济继续壮大的时候，三中全会吹开了农村改革的大门。张才忠在舍不得集体经济分化削弱的苦闷中，离开了含辛茹苦近三十年的村支书的位置，奉调到了镇上的养殖服务公司……

一幕幕，一件件，一个老共产党员的形象，在我的心里愈来愈清晰了起来。老书记，病痛对你来说算得了什么呢？正如这雨儿会停天会晴一样。你的心是晴朗的，因此，你的天更是晴朗的。

我的祝福似乎充盈了满满的一列高铁，就让这飞驰的高铁，载着这满满的祝福，飞速地送到你的身边，让满满的祝福化为明朗的阳光，抚摸着你，让你早日康复……

祝福天下老革命、老党员、老干部，健康！长寿！

饮醉一杯六月雨

六月的雨儿，说来就来了，噼里啪啦的雨滴，敲打得人心儿都要碎了。守在宾馆七楼的窗户往外看去，街上的路灯在雨中，散发着惨淡的光，竟给人平添了些许凄惶。

好的时光似乎总是留之不住，尚未来得及细数走过的足迹，时光就已经走进了这六月的雨季，化作了那零落成尘的灰白色的梦。静静地守着窗外的雨儿，好想闲煮一壶清茶，醉心于一卷闲书，等一个人，把盏饮醉在这六月的夜里。

孤馆，小楼。听雨儿敲打树叶的声音，风雨灵动的光阴里，回忆流逝在过往的心境和悸动，一缕缕爱的情愫便萦绕在了心底，花开到荼靡，香依然如故，而人世间的喧嚣，却已经淹没在了雨声里。桌前推杯换盏之时，似乎听到了彼此的呼吸，缠缠绵绵，缠绵在这六月的雨里。

太多的诗意，太多的故事，渐渐地陨落在六月雨中，随着那瑟瑟风儿渐渐化为无迹。六月的雨啊，落在窗前，打在心里，无限的畅想，宛如一缕缕剪不断理还乱的青丝，缠绕在整个身心，从相遇的那一刻起，你就注定是我今生最美的诗意呀，此生此世，无论聚散无论多远，我都会把你丝丝挂牵。

　　你，若归来，走进我的心里，那么这场六月的雨儿，便会在寂寥中敲打出扣人心弦的旋律，安静的世界里，便只会容下一个你，容下一个我。捡拾起散落在雨里的所有时光的点点滴滴，亦如今夜的故事，你一笔，我一笔，写下了两个人一生一世的传奇。

　　六月的雨儿里，适合静静地欣赏雨儿落在地上的风景，更适合多一些淡淡的粉红色的回忆，连同着雨中泛起的淡淡忧伤，淡淡地藏匿在雨滴下面的带着凄美的泥里。尘世的浮躁，尘世的虚伪，尘世的悲怆，都化作了伤痕，又都化作了轻烟。这忧伤，如烟，也如同两滴低垂的悬空泪儿，你一滴，我一滴，融成了那一行晶莹又浑浊的泪水。

　　燃一根香烟，沧桑低吟，流年轻叹，一个夏夜，便定格在了温暖的忧伤。守望着六月的雨儿，一声幽幽的叹息，遗落在了茫茫红尘。雨里多了一缕牵念，多了一缕期待，期待着你沿着陌上的一路花开，去到那烟雨蒙蒙的渡口。

　　几多红尘，几多烟雨，在等待的渡口旁边，你成了我今生今世的归途。一滴雨，一杯酒，一行诗，一颗心，一低头，一回首，我在你左边，你在我右边，平凡中已然美醉得令人荡气回肠。

　　六月的雨儿锁住了一路而来的约定，相守一场红尘雨，仰望天际的泪儿，醉卧一帘幽梦之中，一转身，走进我的梦儿，暖了我的心儿。

　　你从雨中而来，雨便是画布；你从雨中而来，你就是那支能绘出斑斓世界的画笔。嫣然一笑里，我的心儿，便醉倒在了雨儿做成的水墨里。

　　一场六月的雨儿，一幅醉人的画儿，烟雨中，图画里，只为你一人伫立，只为你一人饮醉，饮醉在你的身影化成的一帧静默的风景。

　　饮醉一杯六月的雨，醉了一生情，倾了一世心，只为你，只为你醉在这红尘的最深处，滚滚红尘中，只因有你……

　　六月，剪不断，理还乱。

有梦不觉岁月寒

　　《匆匆那年》里，陈寻说：喜欢回忆的人的脚步，总会比别人的慢一些。时间，如涓涓细流缓缓流淌。岁月，像是承载不了这样的静谧，所以它应允了深秋的寒意充斥在心扉。

　　岁月很长，时光很短，尘世却太过喧嚣。一直以来，我都在羡慕那些遇事不惊、欣赏那些泰然自若的人，有条不紊地打理着所有的一团团如乱麻一般的事情。于是我懂得了我应该修得一颗平静的心，多一些淡定，多一些从容，坐在案前，静静守一杯香茗，捧读一本书，在那一纸素笺一盏浅墨里，任时光流逝在岁月深处，开成一朵花般的油纸花伞。

　　常常用文字来刻画岁月，有人说我有很多文字透着一些淡淡的忧伤，我想或许这是那些时间未曾治愈的伤痛在暗中作祟吧。翻看一些陈旧的文字，有时候确也是风雨如悸，落笔成殇。人说时间是一剂良药，所有伤痛都会在时光流走间治愈。我们无法承受生命的轻，同样也无法承受生命的重。岁月变迁里，从指尖流失的，不只是时光，还有我们的青春韶华。生命在时光里缓缓流动，终归会行将就木，趋于终结，需要心怀悲伤吗？晨曦、晌午、日暮、静夜，我不知道是我遗忘了岁月，还是岁月已然将我丢弃，幸而自己怀揣着梦想，才在迷蒙中找到了前行的路，看到了沉沉迷雾中蕴藏着希望，于是，在这漫长的时光里，我竟然找到了自己。

有情方知三春暖，有梦不觉岁月寒。不必每个梦儿都能成真，不必每一步路都走得圆满，人生只要有梦想，就会永远在路上。

坐在呼和浩特巨华国际酒店十六层的桌前，临睡写下这些不是文字的文字，祝我自己，更祝远方的你，就着这将曙的秋晨，一起做个好梦吧。

早安，呼和浩特！

早安，我的亲人！

早安，爱我的和我爱的人们！

早安，我的朋友！

早安，一切的一切！

站立在新年与旧岁的门槛

（代后记）

这些文字，大都是我每次出差在火车上、飞机上用手机创作完成的。

时光无言，转瞬又是一年。三百六十五个日子于平平淡淡中匆匆而过，光阴流逝中，有欢乐也有悲伤。

拉开人生的帷幕，幸福仿佛永远都在彼岸，坎坷似乎总在脚下。经历了风风雨雨，那是真实地触摸了岁月，阅过了沧海桑田，却从容了心境。经历了甘苦，却丰厚了底蕴；染上了世俗，却淡泊了浮华。经历了风霜，却丰富了阅历；老却了容颜，也储存了智慧。

欣赏林特特《以自己喜欢的方式过一生》中的一段话：人生最曼妙的风景，竟是内心的淡定与从容，世界是自己的，与他人毫无关系。世上再美的风景，都不及回家的那段路，真正的平静，不是避开车马喧嚣，而是在心中修篱种菊。

路过二〇一九年，让我多了一份领悟：学会付出就有回报，学会争取就有机会，学会努力就有成功，学会珍惜就有缘分，学会体会就有感动，学会看淡就有悠然，学会简单就有快乐，学会赠予就有余香，学会去爱就会拥有爱，学会感恩就会幸福。命运在为自己关上一扇门的同时，也会为你打开一扇窗。用一种平淡的心境去生活，一切便会豁然开朗。

感谢父母给了我生命，让我体味到至真至美的人世亲情；感谢红尘历练，让我在喧嚣过后懂得宁静的可贵；感谢岁月给了我平淡的生活，让我多了一份阅尽世事后的从容与淡定，用微笑的韵律，伴随着一个春夏秋冬。

感谢即墨电视台《知即墨》主编刘伦三老师。他为远离家乡的人们开设"游子吟"，唤起了我创作的激情，感谢为本书出版付出心血的编辑老师和其他所有人。

因为有爱，我并不孤单；因为有情，我倍感温暖。细碎的光阴深处，想着在万家灯火里，有一盏属于自己温暖的灯光；想着在尘世烟火之中，总有一群人的心始终在为自己而牵挂着，心中便有了满满的幸福。那些血浓于水的亲情，那些一路相伴的友情，早已融入了生命，流淌在心脉之间，伴我一路前行，让我每一次回眸都能感受到脉脉温情。

人间有味是清欢，天地有情岁月暖。这种极致的日子，我喜欢。

新年的脚步已经来到眼前，让我站在新年旧岁的门槛，祝福着爱我的和我爱的人们——

好人一生平安！！